Azul salado

Marta Simonet

Azul salado

SUMA de letras

Papel certificado por el Forest Stewardship Council®

MIXTO
Papel procedente de fuentes responsables
FSC® C117695

Penguin Random House Grupo Editorial

Primera edición: julio de 2023

Printed in Spain – Impreso en España

ISBN: 978-84-9129-704-8
Depósito legal: B-10323-2023

Compuesto en Mirakel Studio, S. L. U.

Impreso en Rodesa
Villatuerta (Navarra)

S L 9 7 0 4 A

A Mallorca, porque sin esta isla no sé quién soy.

A mi hermana, a mi hermano y a mamá, a mi familia,
porque no me imagino una mesa sin vosotros.

A la abuela, a sus ojos que ahora son los míos,
por haber tenido siempre los fogones encendidos.

A Jaime, por ser como el mar y saltar todas las olas conmigo.

Y a papá, también a papá. Sobre todo a papá

Todas las cosas que parecen poseer una identidad individual no son más que islas, proyecciones de un continente submarino.

CHARLES FORT

En las ciudades sin mar, quién sabe a quién se dirige la gente para recuperar su equilibrio.

BANANA YOSHIMOTO

1
Las manos

Verano de 2013

El verano en que me enteré de lo de mi padre, mamá ya no podía estar sola en la tienda. Tenía problemas para cargar y cortar los fiambres porque las manos no le respondían bien. Lo cierto es que cuando me llamó, me dijo que ya hacía un tiempo que se le quedaban cerradas en un puño. Tenía que apoyarlas en una caja y hacer palanca con la punta de los dedos y las muñecas para que volvieran a la normalidad. Una vez abiertas, acompañaba cada uno de los dedos a su sitio hasta que podía moverlos de nuevo.

Cuando regresé a Mallorca, fui testigo de ese proceso muchas veces. Lo hacía casi como un ritual y tardaba unos minutos hasta que sus manos volvían a ser manos. Manos que podía usar sin problemas. Cuando empezaron los síntomas, no les dio mucha importancia, pero poco después empezó a notar pinchazos cada vez más fuertes. Los dolores son como una alarma insistente que es imposible no escuchar. Suena y suena y suena hasta que te giras y miras a ver qué pasa. Mamá se giró y miró poco antes de llamarme para que volviera a la isla. De hecho, la alarma le pareció insoportable una tarde que se quedó encerrada en la despensa de la tienda porque no era capaz de girar la manilla de la puerta. De la rabia y la impotencia —a ella nunca le ha gustado pedir ayuda— se quedó a dormir allí sin decir nada hasta que horas después sus manos dejaron de ser dos trapos de flores.

Siempre he admirado a mamá. Ahora también, a pesar de todo. Creo que ha sido toda su vida una valiente por criarnos sola a las dos, a mi hermana Irene y a mí. Aunque nunca imaginé que mamá pudo pasar tanto miedo como para hacer lo que hizo. Con mi hermana me llevo solo dos años. Ella es la mayor, pero para mí nunca lo ha sido. Más bien mi madre ha asumido ese papel. No debe de ser nada fácil quedarte sola tan joven. Tendría la edad que tengo ahora cuando pasó todo aquello. Supongo que lo hizo como pudo, yo no sé si habría podido. Tampoco sé si habría hecho lo mismo que ella, seguramente no.

De no ser por el espejo de sus pupilas, llenas de vida, creo que en la adolescencia me habría enterrado como un topo en un hoyo muy hondo del que no querría salir jamás. Luego, ya con dieciocho, me fui a Madrid para estudiar. «Está bien salir de la isla —nos decía mamá desde pequeñitas, como con prisa—. Hay que salir de la isla y cocerse ahí fuera». Siempre trataba de convencernos con esas palabras tan rectas y las manos llenas de harina. «Marina, sal de la isla y vivirás otras cosas». Ella no quería que viviera otras cosas, le hubiese encantado que yo siguiera aquí en las faldas de la tienda. Supongo que lo decía por si nos enterábamos de la verdad. De pequeñas era más fácil hacernos creer cosas que no eran verdad, pero después ya empezaban las preguntas y ella debía de temer que llegara ese momento. Por eso, a pesar de todo, prefería que nos fuéramos y que pasara el tiempo. Supongo que creía que el tiempo enterraría aquello y, la verdad, es que fue así durante muchos años. Mamá nos decía esas frases mientras nos tocaba la cara y nos la dejaba tan blanca como la de una geisha. «No sé de dónde habéis salido así de guapas», nos repetía riendo. Yo sí lo sabía. Ella es guapa a rabiar. Incluso ahora que tiene la cara del color de las pasas. Dulce. Sus mejillas huelen a moscatel. Bueno, el caso es que ella estaba acostumbrada a sacarnos adelante sin ayuda de nadie. Ella sola contra el mundo. La fuerza descomunal de una mujer que se creyó viuda demasiado pronto. ¿Cómo pudo continuar con la fuerza de un burro, allanando el camino para que nosotras, sus frutos propios, creciéramos sin tropiezos? Mi padre murió la primera vez cuando yo todavía no había nacido. Siempre llevo su foto en la cartera. Una con las puntas dobladas. Él, en esa imagen, tenía bigote y los ojos almendrados y claros. Mi hermana Irene sí lo conoció, pero las poquísimas veces que lo hablamos siempre me dijo que apenas se acordaba de él. ¿Cómo podría recordarlo si entonces tenía un año y medio? Es imposible. Durante mucho tiempo sentí envidia de que ella sí hubiese estado entre sus brazos.

No sé si mi madre llamó a mi hermana antes que a mí para pedirle ayuda. Para rogarle lo que me suplicó a mí. Lo dudo. Me habría gustado que hubiese cogido el teléfono y marcara el número de mi hermana primero. Que hubieran hablado del huerto como siempre. Que Irene le hubiese preguntado a mamá sobre lo que acababa de sembrar. «¿Qué tal? ¿Ya has sembrado los tomates?». Y que, sin responder a su pregunta, sin respirar, como una mujer llena de rabia, mamá le hubiese vomitado: «Irene, se-me-quedan-las-manos-apretadas-como-dos-puños». Sí, como una mujer llena de rabia. Los puños llenos de rabia. Parece que las enfermedades eligen qué cuerpo habitar y de qué manera. Las enfermedades dicen todo lo que el cuerpo no es capaz de expresar. Los síntomas utilizan los órganos, la piel o los ojos para decir todo lo que no nos sale por la boca. Me lo dejó muy claro Héctor ese mismo verano.

Cuando mamá me llamó, yo acababa de salir de una entrevista importante. Tenía el teléfono en la mano porque quería enviar un mensaje al grupo de la familia —mi hermana, ella y yo— para contárselo. Pero no me dio tiempo. Quería decirles que había ido bien, que creía que me iban a coger, que por fin dejaría de hacer malabares y que se acabaron los contratos de mierda. Habían pasado bastantes años desde que terminé la carrera y hasta ese momento no había tenido una oportunidad que de verdad valiera la pena. Qué frío se me estaba haciendo Madrid, pero aquella posibilidad era como una chimenea en medio del hielo.

Cuando descolgué, casi sin decirme hola, me dijo: «Te necesito». O me soltó un «hola» tan tembloroso que yo escuché un «te necesito», no lo recuerdo bien. Esas curvas en la voz no eran nada habituales en mamá, una mujer de líneas perfectas y ojos cristalinos. La escuché hablar a trompicones, como si las palabras al otro lado del teléfono pasaran por una carretera llena de baches y llegaran a una calle sin salida: «Necesito que vengas y me ayudes con la tienda. Que la mantengas con vida por lo menos este verano, hasta que yo pueda volver a hacer cosas con las manos». Ella creía que solo sería un verano. Yo también. No dudé y le contesté pisando sus palabras: «Mamá, voy. No te preocupes por nada. Voy. Tranquila, estaré allí hasta que puedas volver a hacer cosas con las manos».

La Ultramarina había sido mi infancia. Toda mi vida en la isla la recuerdo allí. La Ultramarina había mantenido el calor de los abrazos de mi abuela Carmen, aunque ya no los tuviésemos en carne y hueso. Ella lo empezó todo y habría seguido incluso después de muerta. De hecho, las puertas siempre abiertas, el fuego encendido y todas aquellas recetas la mantenían viva, como si nunca se hubiese ido. Como si siguiera allí con la silla en la puerta y los brazos en jarra, con esa sonrisa simpática de mala leche y todos aquellos saludos que impregnaban la tienda. Su olor a mandarina. Todo el mundo la conocía. Carmen la de La Ultramarina. La señora de los ojos de gata. Ese lugar era mi abuela, y yo había entendido tras su muerte que si la tienda cerraba alguna vez de forma definitiva, la dejaríamos ir del todo. Echaríamos a la abuela de su casa, le cerraríamos las puertas y, entonces, desaparecería de verdad para siempre. Y eso me daba mucho miedo. Aunque me mordiera la lengua, cuidaría del negocio familiar antes de empezar en mi nuevo trabajo, si es que al final me cogían. Solo tenía un verano para conseguirlo todo. Un verano para achicar el problema lo que hiciera falta y volver a Madrid para continuar con mi vida, aunque no tuviera muy claro si aquella vida me pertenecía o era fruto de una rabieta un poco larga. En cualquier caso, sería durante unos meses las manos de mi madre y regresaría después para recuperar las mías otra vez. Pondría en *pause* la ciudad y me sumergiría en la vida isleña.

No sabía cómo se podía vivir sin hacer cosas con las manos. Esperaba que mamá las sintiese libres pronto. Debía de ser muy difícil tener una cárcel al final de las muñecas, sentir los dedos como barrotes. A mí, por ejemplo, me resultaba imposible dormir si no podía usar las manos. Sin ellas no habría dormido durante mis veintinueve años. Cada noche repetía el mismo ritual: dejaba el libro sobre la mesita, apagaba la luz, metía una mano debajo de la almohada y apoyaba la cabeza. La otra mano —siempre la derecha— la levantaba y la dejaba colgando sobre mi cabeza, mientras utilizaba los dedos como un rastrillo suave que me acariciaba, una y otra vez, una y otra vez, una y otra vez, hasta que nos dormíamos mi mano y yo.

Recuerdo que estuve un mes con la mano muerta. Bueno, casi muerta. Estaba en el colegio jugando al baloncesto y, no sé cómo, me torcí el tobillo, de tal manera que acabé en el suelo con la mano del revés. Se escuchó un crujido, como cuando destapas una botella de cava. Me dolió de una forma muy seca. Y mamá vino a buscarme enseguida. Subió por las escaleras, apoyándose en la barandilla granate para ir más deprisa, y me dijo: «Vamos, vamos», moviendo mucho las dos manos. Entramos rápido en el coche y creo que en cinco minutos ya estábamos atravesando la puerta de urgencias.

No entendí por qué me llevaba tan a la desesperada, ninguna niña se había quedado para siempre sin mano por tropezar con una pelota. Luego me he dado cuenta de que ella también tenía miedo a quedarse sola, a que se me muriera la mano, después la cabeza y poco a poco todo el cuerpo. Eso no pasó. Me hicieron radiografías de los huesos y el médico las enmarcó en una especie de mueble de baño que tenía en la pared. «Tiene la muñeca rota», dijo aquel señor. Una fractura limpia. Aún hoy me viene a la cabeza su cara redonda, el pelo blanco y los mofletes del color de los albaricoques. Cras, cras. Actuó en un segundo, sin respirar. Hizo unos movimientos y me la puso en su sitio. «No hay que operar», dijo mirándome por encima de las gafas. Y mamá, que estaba en la silla de al lado, se llevó las manos a la cabeza con un resoplido que le levantó todos los rizos. No se me había muerto la mano, pero tuve que llevar la escayola un mes entero.

Un mes en el que casi no pude dormir. Mi hermana se metía en mi cama cada noche para acariciarme el pelo con suavidad, pasando una y otra vez sus dedos largos. Al final me dormía de cansancio, porque no me gustaba que nadie me tocase el pelo. Me bañaba con una bolsa de basura atada a la altura del codo. Todo el mundo dibujó y me escribió cosas en la escayola, y la verdad es que me hizo gracia eso de llevar postales en el brazo. Como un libro de visitas. Cuando me la cortaron, tenía la piel como un pescado, llena de escamas. Me regalaron el yeso pintado y lo guardé durante un montón de tiempo. A lo mejor sigue en alguna caja por ahí. Un souvenir del dolor. No sé. Seguro que mamá lo tiró.

Ese mes fue la única vez que tuve que dejar de hacer algunas cosas con las manos. Por eso entendí cómo podía sentirse mamá, que tenía las manos marchitas y se le doblaban sin avisar. No sabía cómo podría soportar este tiempo sin cocinar siempre que quisiera. Cocinar para nosotras siempre había sido como respirar. Le ayudaría a que le entrase el aire. Al menos, hasta que le volvieran a florecer las manos, porque suponía que le brotarían de nuevo cuando supiesen qué le pasaba exactamente.

No nos parecíamos en mucho, pero mis manos eran como las de mi madre. Los dedos chatos y las uñas cortas. Llenas de pecas. Las palmas siempre las llevábamos brillantes porque nos podían los nervios a las dos —aunque a ella apenas se le notaba—, y teníamos la misma mancha de nacimiento color café con leche con la forma de una pera sin rabillo. Recuerdo sus manos siempre llenas de comida.

Cada sábado, arrastraba con suavidad el pelador contra la piel fina, amarilla y marrón de las patatas, con todas esas pecas del color de la tierra. Desnudábamos decenas de patatas todos los sábados por la mañana. Después de desayunar, nos sentábamos juntas en el patio trasero, que estaba enmarcado por una pared de piedra viva y un montón de pilistras. El sol entraba apacible entre el cañizo de la pérgola y ese olor azul húmedo se filtraba inevitablemente por la proximidad del mar.

Cada sábado, sin saltarnos ni uno desde que tengo memoria, sacábamos las sillas de madera y mimbre. Las de siempre. Cada una cargaba con la suya y las poníamos bien juntas al lado de la mesa que había pintado mi hermana. Y allí pasábamos la mañana pelando patatas para hacer tortillas. Con cebolla, claro. Menudas lloreras. Creo que mi madre aprovechaba las mañanas de los sábados para llorar con libertad, porque no la he visto hacerlo nunca más. Solo los sábados. Empezaba a pelar las cebollas, se le llenaban los ojos de agua y la nariz se le ponía roja como la punta de una fresa. Se tiraba un buen rato sin hablar. Ahora entiendo que debía de ser un ritual para no encharcarse por dentro. Cada sábado soltaba un poco. Aunque nunca habláramos de mi padre. Ni siquiera los sábados. Me hizo creer que no lloraba de pena ni de impotencia sino por la cebolla. Y me acostumbré a verla un rato como una Magdalena cada fin de semana. Al terminar de cortar todas las cebollas —un barreño enorme que preparábamos para bajar a La Ultramarina— se acababa la llantina. Arrastraba con el cuchillo los últimos trozos de cebolla de la tabla y los sumergía en aquel barreño blanco con agua. Se levantaba, dejaba el trapo y el cuchillo sobre la mesa, iba al baño y al rato volvía con una sonrisa enorme. «Ya está», decía.

Así, seguíamos con lo nuestro, cortando las patatas que faltaban y hablando de algunas recetas de la tienda o de la abuela. De cómo se había puesto el pueblo de bonito en las fiestas o de la cala a la que iríamos de excursión el domingo para descansar. Los sábados en La Ultramarina se hacían tortillas y nada más. Casi todos los del pueblo venían a buscar una entera o media. Poco cuajada y amarilla como el trigo. Los huevos los cogíamos frescos esa misma mañana o, como mucho, el día anterior. Algunos vecinos se quedaban en la puerta con un chato de vino malvasía en una mano y el pincho de tortilla sobre media rebanada de pan moreno en la otra. Se lo comían allí mismo o se bajaban al mar en verano. Agarrar con las manos el bocadillo de tortilla y darle un mordisco con la boca salada después de un chapuzón siempre había sido uno de mis planes favoritos. El dulzor de la cebolla en la tortilla apagaba toda la sal del mar.

Yo solía bajar a la cala todos los días, pero mamá solo descansaba los domingos. Ese día era el único en que apenas usaba las manos. Como mucho, cogía alguna flor por el camino o un palo largo con el que iba apartando los matorrales que nos arañaban las pantorrillas. Nos gustaba descubrir rincones nuevos. «La isla te sorprende cada día», decía siempre mamá. Y durante un montón de años íbamos las tres juntas, ella, mi hermana y yo, a comer cerca del mar. Hiciera el día que hiciera. Aunque mamá nunca elegía el lugar.

Recuerdo que lo empezamos a hacer de forma regular cuando yo estudiaba fuera y volvía los veranos a la isla. Mamá tenía el día libre, pero no quería elegir. Decía que prefería vivir con nosotras una aventura cada domingo. Y estaba en nuestras manos decidir el plan: hacia qué parte de la isla ir, dónde empezar a caminar, qué comida llevar para el pícnic y dónde desplegar el mantel. Cada domingo descubríamos un sitio nuevo. Andábamos una hora, dos o media, daba igual, y aprovechábamos la caminata para hablar de nuestras cosas, siempre de cuestiones sin importancia. Sin embargo, nunca sobre mi padre. Ya nos lo había dejado claro mamá desde bien pequeñas, que no se habla de las personas que no están. Aunque esa norma sí que nos la saltábamos con la abuela, porque la abuela sí seguía estando allí de alguna manera. Irene y yo preguntamos en alguna ocasión, pero era como si cada vez que decíamos «papá» sonara un timbre muy agudo, casi como un calambre. A mamá le atravesaba como un relámpago. Nos miraba con los ojos fijos como si las pupilas fueran dos piedras y sabíamos que teníamos que callarnos. Aprendimos muy pronto que la palabra «papá» no se pronunciaba. Papá estaba prohibido.

En casa nunca se había abierto la compuerta de las profundidades. Así que charlábamos de asuntos llanos hasta que llegábamos a la meta, una cala o una roca, lo que fuera. Sacaba los brazos de la mochila, abría la cremallera y comenzaba el festín. Estiraba el mantel de color crudo, siempre el mismo. Nunca he soportado esos de cuadros para hacer un pícnic en la naturaleza, sería como pintar los troncos de los pinos de rojo. Encima desplegábamos lo que habíamos preparado la tarde anterior: empanadas de sepia, bocadillos de pollo con tomate y alcaparras, pastel de puerros. Las únicas dos normas eran que la comida debía estar hecha con nuestras manos —las de mi hermana y las mías— y que se tenía que poder comer con ellas. Nada de cubiertos. Así que, bueno, es verdad, los domingos mamá también necesitaba las manos.

Durante el verano que cambió mi vida, mamá las tenía marchitas. Un verano en el que entendí mejor la relación que había tenido siempre con las mujeres más importantes de mi mundo. Un verano en el que descubrí el amor, pero también la mentira y los demonios feroces. Un verano lleno de los aromas y los sabores de la abuela. El verano en que le di sentido a los miedos escondidos de mamá, a la complicidad sin grietas de mi hermana, a todos nuestros silencios y lo que supuso vivir con un agujero en mitad del pecho: el vacío de una ausencia que no debió de haber sido. Este es el verano en el que mi padre no murió.

2
La Ultramarina

6 de junio

Llegué un día de la primera semana de junio por la mañana, recuerdo que era jueves. Vi amanecer desde el barco. Cuando entré en la bahía de Palma, el cielo color caramelo y la Seu —la imponente catedral sobre el mar— parecían un cartel de bienvenida. Sentí una mezcla de tranquilidad y tristeza, la morriña enredada en el pelo. El barco siempre se acercaba lento al puerto, el agua salpicaba suave contra el casco dibujando una línea blanca y afiligranada, como la puntilla de un huevo frito. El sol se desperezaba en el horizonte y secaba el rocío del mar. Mi coche estaba en la bodega, me había pasado la mitad del camino de Madrid a Valencia cantando a grito pelado y comiendo miguelitos de La Roda. El dulce es uno de los mejores antídotos para no notar las despedidas, para dejar de mirar por el retrovisor.

Le había dicho a mamá que no hacía falta que viniese a recibirme, que no se preocupara, que ya iría con mi coche hasta el pueblo. Nos veríamos enseguida y, además, pasaríamos estos meses juntas. Tendríamos tiempo para disfrutarnos la una a la otra. O eso creía. Además, quería desayunar tranquila en Palma; una ensaimada recién hecha en el sitio de siempre. En la cafetería de la calle Sans, una callejuela del casco antiguo, cerca de un teatro con las puertas rojas. Allí íbamos de pequeñas muchos domingos del invierno. A veces había unas colas que llegaban hasta la mitad de la calle porque todo el mundo tenía ganas de comer esas ensaimadas que se deshacían en la boca como manteca caliente.

Había pensado ir después andando hasta el mercado para comprar algo y cocinarlo juntas en casa. No sabía si mamá tendría las manos abiertas, en condiciones, pero siempre podíamos hacerlo entre mi hermana y yo, como tantas otras veces. Irene me había mandado un mensaje diciendo que se acercaría al pueblo para comer con mamá y conmigo. Que tenía muchas ganas de verme. No había pensado qué iba a comprar, me gustaba llegar al mercado como si fuese un parque de atracciones. Improvisar. Ver qué había y subirme a lo que me apeteciese. La verdad es que se me hacía raro estar de vuelta cuando todavía no estaba en mis planes, pero sabía que la luz de esta isla que había inspirado tantos óleos y la seguridad de que al final del verano regresaría a Madrid para seguir con mi vida curarían este escozor. Si mientras jugaba en la calle me hacía algún raspón en las rodillas, la abuela siempre me decía que cuando una herida escuece es que se está curando. Y es probable que esa fuera de las pocas frases que había escuchado en casa como referencia al dolor. Allí nunca se hablaba de él porque, de alguna manera, estaba vedado.

Me encantaba la isla, había nacido aquí y aquí había creado los recuerdos más importantes, pero irme a Madrid me había ayudado a llenar algunos vacíos. Esa «nada», el gran socavón. Así que supongo que quería vivir estos meses como un paréntesis para ocuparme de lo de mamá, hacer lo posible para que La Ultramarina no se resintiera y así, dejándole mis manos, devolverle a ella todo aquello que me había dado. Todo iría bien.

Bajé del barco con el coche, toqué tierra firme y tuve la sensación de que el suelo se movía un poco. Desde el barco, no tardé ni cinco minutos en llegar a la lonja, donde aparqué. A esas horas estaban las redes estiradas secándose en el paseo y había dos señores sentados en el suelo que cosían algunos trozos.

Mientras caminaba por allí me abofeteó un olor muy intenso a mejillones. No era solo a mar, era ese olor de los mejillones cuando mamá los hervía con limón y la casa se llenaba de yodo. Así me olía y podía sentirlo incluso en la piel. Cuando llegué a la cafetería, no había cola, era demasiado temprano y entre semana la gente no solía desayunar hasta la pausa del trabajo, sobre las diez. Así que tenía todo el aparador de ensaimadas calentitas para mí sola. Me pedí una y no me resistí a coger también una coca de cuarto. Es un bizcocho suave como una nube capaz de beberse todo el café. Por eso nunca lo acerco a la taza. Doy un sorbo y un bocado. No había mejor manera de asegurarme de que estaba en Mallorca que empezar el día así, en Can Joan de s'Aigo.

Después de desayunar, paseé por las callejuelas adoquinadas que me llevaban hasta el mercado. A solo diez minutos, cruzando la plaza Mayor, se encontraba uno de mis mercados preferidos. La luz entraba por las cristaleras altas, había pescado fresco y verduras de todos los colores, las chicas chillaban los precios, regalaban manojos de perejil y siempre había señoras que comentaban cómo iban a cocinar esto o aquello. He aprendido tanto en estos pasillos como escuchando debajo de la mesa de La Ultramarina. Comprar en los mercados no es únicamente una transacción entre género y dinero, es un intercambio de conocimientos: un trueque culinario.

Di algunas vueltas por los puestos y le pregunté a una pescadera por los salmonetes. Los vi tan frescos que parecía que iban a girar sobre sí mismos. Los salmonetes se hacen fritos con una leve capa de harina, las escamas son suaves y se abren como pétalos. Quedan muy crujientes. Es una receta fácil que nos encanta. Mi abuelo los traía a veces a casa recién pescados. Mamá nos lo había contado un montón de veces. El abuelo dejaba el cubo en la cocina y mi abuela los pasaba por agua cantando alguna canción. Compré unos diez. No eran muy grandes y nos podríamos comer unos cuantos cada una. Con la bolsa del pescado en la mano y la barriga llena me dirigí hacia el coche por el camino más largo para disfrutar durante un rato más del ambiente.

Amanecía en Palma, el leve barullo era una música placentera que subía de volumen a medida que pasaban los minutos. Estuviese en la calle que estuviera, siempre escuchaba las olas, aunque no las escuchara realmente y solo fuese una sensación. Las notaba en el color del cielo, esa luz que destelleaba en las paredes de marés de algunos edificios. Sentía el mar en los ojos de la gente y en la tranquilidad con la que caminaban. Andaban todos en mallorquín: el paso lento y los brazos con un ligero balanceo, sin prisa por llegar a ninguna parte.

Bajé por la calle de los Olmos y recorrí todas las ramblas. Eran similares a las de Barcelona pero como si fueran una maqueta. Todo aquí era más pequeño: las avenidas, los edificios y los centros comerciales. Me hacía gracia. Cuando venía de Madrid, notaba más el cambio, parecía que las piezas de la isla hubiesen encogido; después, con el transcurrir de las semanas me iba haciendo otra vez a las miniaturas.

Caminé entre los puestos de flores y no pude evitar pararme a comprar un ramo de margaritas. Qué bonita era su flor. Los campos se llenaban de tonos verdes, blancos y amarillos. Sabía que de camino al pueblo, en la carretera, vería un montón de margaritas. Me hacía ilusión llevar este ramo que parecía recién cogido para ponerlo en el centro de la mesa nada más llegar. Sería como decirle a mamá que a casi todas las flores se les caían los pétalos y se sentían desnudas, pero que después volverían a florecer con una belleza inexplicable. Que ellas también se pasaban el invierno con las manos cerradas. No sé, historias mías que quizá ella nunca entendería. Lo compré y metí la parte del tallo en el bolso como si fuera un florero, dejando por fuera más de la mitad. Seguí el camino de vuelta a la lonja parándome en escaparates y plazas, quioscos y tiendas de comida cada dos por tres hasta llegar al coche.

El camino a casa era la paleta de un pintor. Desde que salía de Palma hasta que entraba por la carretera principal del pueblo había un desfile de olivos, almendros y pinos. De campos llenos de margaritas blancas y amarillas. Y muchas ovejas. El verde se extendía hasta el cielo y la carretera hacía tope con la Serra de Tramuntana, que se desplegaba de una punta a otra de la isla. Ahí se respiraba diferente, era como si tuviera un millón de enanitos en la nariz que hacían que me entrara más aire; siempre tenía la sensación de que se me ensanchaban los pulmones al pisar la isla.

En la radio sonaba *Aquellas pequeñas cosas* cuando empezaron las curvas. Recordé un día que iba justo por aquí con mamá e Irene. Sonaba esta canción y mamá la cantaba gritando como si estuviera sola. Mi hermana y yo íbamos sentadas en la parte de atrás del coche y nos reíamos a carcajadas. Un poco por mamá, pero también porque era nuestra parte favorita de la carretera. Algunas curvas eran muy cerradas y notabas en el estómago como si un globo se elevara. Y con esa sensación nos daba la risa. Con cada curva, una risotada. Mamá también se reía.

Cuando era niña, creo que algunos miedos se convertían en cosquillas. Nos reíamos porque no nos preocupaba lo que pudiera pasar, ni siquiera pensábamos en el futuro. Tampoco en el pasado. No existía la incertidumbre porque todo lo era, aunque no lo supiera. Mi madre escondió muy bien el miedo y la incertidumbre porque hasta la adolescencia —ahí ya las curvas eran más seguidas— no eché de menos un padre. Creo que a esa edad, aunque no se lo decía a nadie, se me debía de notar un poco más y por eso mamá pensó que sería mejor que estudiase fuera. Nunca había tenido un padre y no sabía lo que era tenerlo. Así que cuando veía a padres o a señores que entraban y salían de La Ultramarina, que paseaban por el pueblo o se bañaban en la cala de abajo, los percibía como piezas del paisaje. «Los hombres están ahí, pero a mí no me ha tocado ninguno», pensaba.

Lo más parecido a un hombre era mi abuela. Autoritaria y mandona, pero que se deshacía como la plastilina cuando le tocaba la piel del codo. Qué cosquillas tenía. De repente era otra persona. Se le achinaban los ojos y se le movía la barriga, grande y redonda. La mejor almohada que he tenido en mi vida. Cuántas veces dormía la siesta en su barriga con el balanceo del amasado. Ella se acercaba a la mesa larga de madera maciza —todavía sigue ahí, ha estado ahí toda la vida— y se ponía a mezclar la harina, el agua, el aceite y una pizca de sal. Después amasaba todo con las manos durante un rato muy corto, balanceando la espalda. Me encantaban esos momentos, así como el olor a horneado justo después de la siesta.

Mi madre metía las bandejas y mi abuela no se movía de la mesa, venga a hacer bases y bases de cocas: de trampó, de verduras, de pimientos, dependiendo de la temporada. Aprovechaba que yo dormía sobre su barriga. Y de ahí no se movía hasta que yo levantaba la cabeza, estiraba los brazos y me desperezaba, como queriendo alcanzar las ristras de tomates que colgaban de las vigas del techo.

Vivíamos en la parte de arriba de La Ultramarina, pero yo estaba todo el día abajo. Era como tener un cine en casa, siempre pasaban cosas y me dejaban meter las manos en todas partes. La casa tenía dos plantas y una buhardilla, pero la parte de abajo se destinó al negocio cuando mi abuela empezó con todo esto de las comidas. Ella misma me contaba que al principio no era una tienda ni un ultramarinos. Es decir, sí lo era, pero no lo parecía. Ellos vivían en esa casa. Mi abuela siempre tuvo buena mano para la cocina. Mi abuelo dejó de trabajar en el mar porque perdió una pierna con la hélice de un barco. Al año siguiente del accidente falleció y yo no llegué a conocerlo.

Antes de eso, mi abuela se pasaba largas temporadas sola. De hecho, siempre nos contaba que mamá nació cuando mi abuelo estaba en el barco y que no la vio hasta seis meses después. Ella pasaba mucho tiempo cocinando, le encantaba. Yo creo que le quitaba la pena de estar tan sola. Como era una mujer de cocinar raciones grandes, siempre les decía a los vecinos que se pasaran por casa para llevarse un plato, que había hecho mucho y que no quería que se pusiera malo. Todos estaban encantados, claro, y ella disfrutaba cocinando y dando de comer. Bueno, con todo lo que tuviera que ver con eso. Cuidaba el huerto, tenía gallinas, dos cerdos para la matanza y cada año criaba un cordero. Los pescadores la conocían y siempre le traían alguna cosita porque sabían que lo convertiría en un plato para chuparse los dedos. Llegó un momento en que siempre dejaba la puerta abierta de par en par, con una cortina de esas que parecían hechas de fideos para que no entrasen las moscas. Las odiaba con toda su alma. Las moscas la volvían loca. La sacaban de sus casillas. Si veía que había entrado una, se agachaba y cogía el zapato, el mejor matamoscas, y ¡zas!, la pillaba al vuelo. La gente del pueblo entraba y salía y ella poco a poco empezó a preparar diferentes comidas para tener variedad. En el cuenco de madera de olivo que tenía en la entrada para poner las llaves, le dejaban la propina. «Sí, Carmen, que sé que el huerto lleva su esfuerzo». Ella al principio no quería, porque decía que lo hacía desde el corazón. Y así fue hasta el final, solo que, de manera natural, se fue convirtiendo en lo que es hoy: una tienda de productos de la isla con una casa de comidas para llevar, La Ultramarina.

Mi abuela no tenía familia en Mallorca porque había nacido en un pueblo de la costa andaluza, pero prácticamente toda su vida la había pasado en la isla. Por eso la conocían como Carmen la de La Ultramarina. Esa era su seña de identidad. El apodo por el que todo el mundo la reconocía. Sumarle a su nombre «de La Ultramarina» se convirtió casi en un apellido. Yo también he sido siempre aquí Marina la de La Ultramarina. Mi abuela tenía una manera de hablar que parecía que no era de ninguna parte y cuando le preguntaban de dónde era, ella siempre decía muy seria: «Del mar, yo soy del mar». Aunque al final reconocía que su hogar, su región íntima, su isla dentro de la isla, era La Ultramarina.

La abuela Carmen llegó a Mallorca muy pequeña y con once años ya trabajaba ayudando a una señora en casa. Estaba interna y para la señora era como una hija. Le hacía compañía, limpiaba y cocinaba. Cocinaba mucho. Y allí fue donde aprendió todas las recetas mallorquinas auténticas que después transmitió a mi madre. Mi abuela me contó que aquella señora tenía seis hijos y que por eso aprendió a hacer raciones grandes. Nunca supo cocinar para dos. Me daba mucha risa cuando me explicaba eso. Decía que las recetas en raciones pequeñas no le salían buenas porque ella había aprendido a cocinar para muchos. María, la señora de la casa, fue cocinera de joven. Trabajó en un restaurante que regentaba su familia en Génova. Cuando ella se quedó embarazada del primero de sus hijos, su hermana soltera se hizo cargo de la cocina del negocio. Y después ya fue enlazando un embarazo y otro, y otro, y otro, y otro. A pesar de que eligió criar a su familia, eso no la hizo renunciar a su pasión por la cocina. Tuvo mucha suerte de que fuera lo que más le gustaba en el mundo, porque pudo seguir haciéndolo, solo que los comensales eran niños de todas las edades junto con un niño grande que era el que comía peor y que resultó ser su marido, según me contaba la abuela: «A ese hombre no le gustaba nada. Yo no sé cómo alguien se puede casar con una persona que no disfruta con la comida». La abuela decía que a María cocinar le salía del alma a borbotones y que se lo contagió porque era inevitable no dejarse llevar: «Tal como me contaba las recetas aquella señora, parecían películas románticas». Se lo contagió, yo lo vi. Lo vi porque la abuela también hacía cine romántico cada vez que mezclaba cosas en una olla. Así que a mamá le pasó con la abuela lo mismo que a la abuela con aquella señora. Y lo mismo me pasó a mí con mamá, aunque quise escapar de lo que se esperaba de mí.

Algunas pasiones se enraízan de tal manera en las personas que son como enredaderas. Les salen de la boca y de las manos como hojas verdes y es imposible no admirarlas queriendo que te crezcan algunos de sus brotes dentro. A mí me nacieron y tuve muchas tentaciones de arrancarlos.

Aparqué un poco antes de llegar a casa. En la carretera del pueblo había poco sitio para los coches. Las viñas que atravesaban los bancales y el mar ocupaban mucho más en el lienzo que cualquier cacharro con motor. Los viñedos aquí daban un vino muy peculiar, porque al estar cerca del mar tenían un sabor salino que no se apreciaba en ninguna otra copa. Siempre había dos o tres personas caminando por el paseo que recorría la carretera de una punta a la otra.

Mi madre hablaba en la puerta con una vecina cuando me vio llegar. Dejé todo en el coche y corrí hacia ella como si tuviera cinco años. Había disimulado un nudo en el pecho durante todo el viaje llenándome de comida y pensamientos. Taponando la fuga. Nos abrazamos tan fuerte. Ella tenía las manos abiertas y me entraron ganas de llorar, pero me contuve. Sin soltar los brazos de su cintura, la miré a los ojos y le di muchos besos en la nariz, en el cuello y en las manos. Muchos besos en las manos. Y subimos a casa, las dos pegadas y rozando las paredes estrechas. Giró la manilla de la puerta y se le marchitó una mano, plegándose sobre sí misma en un segundo. No dijo nada y yo le seguí la corriente, como si no me hubiera dado cuenta.

Nos sentamos en las sillas de la cocina y bebí un poco de agua para deshacer el nudo sin que se me notara demasiado. Sentirme en casa, con el rastro del olor de la abuela cerca, hizo que se deshiciera poco a poco. La luz que entraba por las ventanas era cálida y brillante. Le ocupaba a mamá la mitad de la cara, de tal manera que se le veía un ojo de cada color. Uno verde como las algas más claras y el otro marrón oscuro. Una mano abierta, la otra cerrada.

Después bajé al coche a por las maletas, las flores y el pescado. Cuando estaba colocando el ramo en el florero con un pelín de agua, llegó Irene. Estaba guapísima con todos los dientes fuera, la piel aterciopelada y las manos con restos de pintura. Nos abrazamos las tres mucho rato. La luz nos iluminaba medio cuerpo. Nos quedamos ahí, como flotando, sin hablar. Las tres cogidas. Yo no paraba de decirme muchas cosas. Me hervían un montón de frases en la cabeza: «qué hago aquí», «qué ganas tenía de estar en la isla otra vez», «cómo voy a conseguir que remonte todo», «qué ilusión», «qué locura haber vuelto así, de repente». Me convencía en ese abrazo de que en ningún sitio podía estar mejor que allí. Las tres juntas sin dejar hueco al vacío.

Nos soltamos muy despacio, como si estuviéramos unidas con velcro, y nos pusimos a preparar la comida. Saqué el pescado de la bolsa, lo coloqué en un colador y dejé el agua correr sobre las escamas. Mi madre puso la mesa mientras mi hermana y yo pasábamos los salmonetes por un poco de harina. «¿Cómo estás, mamá?», le preguntó Irene. Tardó en responder un rato. Solo escuchábamos el ruido que hacía al colocar los platos sobre la mesa. «Bien, voy bien». Dejé el pescado sobre el aceite caliente y miré a mamá. Sus ojos siempre habían sido un bálsamo, pero esta vez tenían la forma curvada hacia abajo de todos los sábados antes de la tortilla. Llevaba un vestido fino beis de manga larga y unas albarcas marrones. Los rizos le caían por la frente y podía ver sus pendientes de toda la vida: dos lágrimas pequeñas de aguamarina. Estaba preciosa tan vacía, tan vulnerable. No recordaba haberla visto nunca así. Creo que debía de sentirse tan frágil como un bloque de mantequilla que lleva demasiado tiempo fuera de la nevera. La verdad era que la fragilidad la hacía bonita.

No sabía si era correcto, si estaba bien, que viese algo de belleza en su erosión. Por cómo nos educaron, sabía que no debía hablar del tema en alto, por eso he sido más de mirar y darme cuenta de lo que está pasando por los gestos del cuerpo, el brillo de los ojos o por cómo alguien mastica. Dejo que la sensibilidad en las formas exprese lo que no sale por la boca. Noto las grietas o los baches en la voz, cómo se doblan algunas frases en las esquinas.

Ella me crio así: «Tienes que ser fuerte como las raíces de los pinos». Pero en ese momento, todavía no me atrevía a decirle: «Mamá, las raíces de los pinos son profundas, pero no son tan fuertes. Así que creo que tienes razón, soy como un pino». No se lo dije porque allí no se hablaba de profundidades. Se hablaba solo de piel para fuera. Cada una nos habíamos curado las heridas como habíamos podido, lamiéndonos como las gatas, tiradas en el sofá sin nadie que nos viera allí subidas. Aunque creo que era imposible no dejar pelos. Siempre quedaría un rastro si alguien se atrevía a verlo. Mamá debía de estar llena de miedo, debía de tener mucho y rebosar del cuerpo y salir por las manos para pedirme que volviera. Hace años que dudo de si, en realidad, en lugar de hacernos fuertes con esa manía suya de no contarnos lo interno, nos había hecho a medias. Éramos unas maestras de envasar al vacío la vulnerabilidad para que no oliera.

Acabé de cortar el tomate y abrí la ventana para coger un poco de albahaca fresca. Irene puso el plato con los salmonetes sobre la mesa y dejó llover una pizca de sal sobre cada uno. Lucían brillantes y dorados, con esa forma aplanada tan curiosa y el cráneo apepinado. Nos sentamos a comer y fue como si no me hubiera ido nunca. Las tres alrededor de la mesa y el azul asomándose a lo lejos por la ventana.

Mi hermana comía despacio, cogía el pescado con dos dedos y lo pellizcaba muy suave. Comía y hablaba. Yo envidiaba su manera lenta de mirar, esa forma de digerirlo todo. Nunca sentía prisa. Me habría gustado ser capaz de masticar como ella muchas veces y ser menos impulsiva, además de no pensar tanto en todo. Mamá pinchaba el tomate y sujetaba el tenedor con la mano florecida; la otra la había dejado debajo de la mesa, marchitándose sobre su pierna. Ella siempre comía muy despierta. Me gustaba mirarla masticar porque parecía que tenía una boca en los ojos que paladeaba y asentía. Al observarlas a las dos, pensé que todo lo que sabía de ellas lo había aprendido ahí, en la mesa. Comiendo y cocinando.

Para muchos comer es solo comer. Para nosotras cocinar y comer es un lenguaje puro, el único que tenemos. Nuestro código, la manera en la que nos expresamos y nos entendemos. Todo lo que somos. Solo digo que no hemos sido capaces de contarnos las cosas de otro modo.

Sí, mi madre nos hizo fuertes como las raíces de un pino, pero solo cocinando y comiendo habíamos podido mostrar nuestra profundidad. Así que si mi madre no se acabó de comer ese pescado con las manos, entendí que era porque la tristeza le rebosaba. Después de ese verano comprendí por qué: debe de dar muchísimo vértigo no poder agarrarse a nada cuando hay personas que dependen de ti.

3
La despensa

7 de junio

Mi habitación estaba como siempre, iluminada por una luz rayada y suave. El primer día que amanecí en casa aquel verano, la cama en la que alguna vez dormía Irene seguía intacta. Medio recostada, con los ojos todavía pegajosos, me quedé un rato observando el mundo cotidiano a través de la ventana. Era tan diferente al de los últimos años en Madrid. Las viñas del vecino estaban brotando llenas de pámpanos que miraban hacia el cielo. Las tomateras trepaban enormes por los palos. También vi algunos barcos pasar, lejanos y lentos, sin dejar apenas estela. Parecía que navegaban por el cielo que se unía con el mar en una línea interminable, casi invisible.

Permanecí unos minutos con la mirada perdida, los ojos muertos en el horizonte y la cabeza proyectando, sin parar de organizar, los próximos días. Ese mismo día tenía que bajar a La Ultramarina a poner las cosas en orden, hacer una lista de todo lo que necesitaba e intentar cocinar algo. Probar. Quería buscar el libro de recetas de la abuela que mamá escribió en su día. Ese cuaderno viejo donde cada palabra era una pista para que todo tuviese el sabor de sus platos. No estaba segura de si me daría tiempo. Tenía muchas ganas de abrir cuanto antes, porque mamá no me lo había dicho, pero La Ultramarina llevaba más de dos semanas cerrada.

Se lo había preguntado el día anterior, nada más llegar, cuando al asomarme vi una hoja de cuaderno clavada con una chincheta en la puerta donde ponía CERRADO POR VACACIONES. La gente del pueblo estaría extrañada. Yo misma, solo había visto esa puerta cerrada por las noches y los domingos. La abuela Carmen nunca cerró por vacaciones, me lo repitió muchas veces: «Esta es una casa de comidas y todos los días hay que comer. Adónde me voy a ir si aquí tengo fogones y desde la ventana veo el mar».

Ni siquiera se cerró el día que murió la abuela. Ella nos dijo que ni cuando muriese la cerráramos, que el día que se fuera, ella dejaría toda la vida allí dentro y que más que un funeral quería una fiesta. «Ese es un día para que esté la casa abierta de par en par. Preparad mis recetas favoritas e invitad a todo el pueblo. Que las ventanas desprendan olor a albóndigas de *porc negre* y sepia con mucha salsita, y que nadie se vaya hasta que no tenga la barriga bien llena. Repartid vino a granel, del que a mí me gusta, y sacad sifones para el que quiera. Poned mucho pan, que mojen. Brindad por mí todos los días, que la casa esté siempre llena de gente entrando y saliendo y los fogones encendidos. Aquí que no llore nadie de pena, he tenido una vida llena».

Estas palabras nos las dijo con ochenta y cinco años y la cabeza despierta, un año antes de morir. Y así hicimos. Murió una noche fresca de finales de julio. Me pilló aquí. Llevaba unos días regulera, se fue a acostar y cuando subí a darle un beso como siempre, la noté fría como el suelo. La tapé y le di muchos besos. Bajé despacio, apretando la lengua contra el paladar, sin una lágrima, a avisar a mi madre que se estaba lavando los dientes. La mañana siguiente la pasamos cocinando, porque ese fue su velatorio: los fogones encendidos. Me hizo prometerle que nunca lloraría de pena por ella.

Así que era la primera vez desde que murió hacía nueve años que los fogones estaban apagados más de un día. Mamá no se atrevió a decírmelo. La abuela fue para mí lo más parecido a un padre, aunque nunca hubiese sabido qué era un padre realmente. Y el fuego de la cocina de La Ultramarina había sido siempre una vela que mantenía su mirada viva. Ese era el trato.

La cocina de La Ultramarina estaba según se entraba de la calle a la derecha, subiendo dos peldaños bajos. La presidía un ventanal grande que no se abría a ras de calle y desde el que se veía el mar. Los fogones estaban justo a esa altura, así que mientras la abuela cocinaba podía ver pasar los barcos y revolverse las olas. La luz que entraba era como la de un faro, titilaba en las paredes, en los ojos claros de la abuela y daba vueltas sobre el blanco de la cal a medida que pasaban las horas. De un lado a otro de la cocina, cubriendo las otras tres paredes hasta la mitad, había un mueble hecho a medida por un carpintero del pueblo, con muchas puertas y cajones anchos de madera de roble repletos de utensilios y recipientes que la abuela y mamá tenían muy bien ordenados por uso: las bandejas de las cocas, las ollas más grandes, las sartenes de hierro que pesaban un quintal y todo tipo de cuchillos, cucharas, espátulas y espumaderas. La encimera era de piedra con un fregadero embebido que tenía algunas muescas, como una manzana mordida. Allí se nos rompieron dos vasos a Irene y a mí, que no dejaron marca, pero se nos resbalaron y el estallido del cristal contra la piedra fue una explosión como cuando se oía al camión descargar el contenedor de cristales. Mamá no nos dejó que lleváramos nada más a la pica hasta que los muebles de la cocina nos llegaron a la altura de la cadera. Al lado de la ventana, la abuela colgaba y descolgaba cacharros de unos ganchos de hierro con forma de ese, parecidos a los percheros de pared, como las ollas con la base más oscura y las cucharas de todos los días. En el otro espacio, el de la tienda, había una mesa muy muy muy grande debajo de la cual pasamos muchos ratos mi hermana y yo. En preescolar, después del cole, la mesa me parecía enorme y allí montábamos campamentos. En segundo de EGB ya me pareció un poco más corta. Y cuando fui a séptimo y muchas tardes desplegaba mis cuadernos sobre ella, no la veía tan grande. Aun así era una mesa enorme, pero no tanto como cuando tenía cuatro años. Eso también me pasó durante mucho tiempo con algunas personas. Mamá me parecía como una montaña con muchas cuevas en las que esconderme cuando era pequeña; después, con los años, aquellas cuevas se convirtieron en agujeros.

Las paredes de la cocina estaban repletas de estanterías ancladas a la pared, del suelo al techo, con cajones y baldas. Al lado de la entrada había un gran aparador con las puertas de cristal y siempre que no sabían dónde estaba algo, aparecía allí. La caja registradora tenía los números redondos y a mí me gustaba jugar a hacer que cobraba picando muy fuerte e imitando los sonidos de cajera con la boca mientras Irene me traía tarros de tomate, naranjas, sus masas de ensaimada de mentira sin hornear o cualquier otra cosa que hubiera en la tienda. Me ponía en la mano dinero de mentira y yo le decía que muchas gracias, que tuviera buen día. Ella hacía como que retiraba las cortinas de macarrones para salir por la puerta pero se quedaba dentro. Luego nos cambiábamos el sitio para jugar a lo mismo. A veces, si yo me despistaba, ella se metía en la despensa que estaba al fondo del todo, después del aparador de la entrada y del mostrador, y de las estanterías y la mesa grande, en la pared del final, pasado el pasillo. Una zona más oscura. Yo allí solo iba cuando necesitaba ser valiente. Así que unas veces la encontraba y otras ella misma acababa saliendo porque se aburría de esperar. Al principio, cuando mamá era muy pequeña, solo existía la cocina de La Ultramarina, pero antes de que el abuelo muriese quiso arreglar una habitación de arriba para convertirla en cocina y así, como a él con una pierna le iba muy mal subir y bajar las escaleras, podía ver a la abuela cocinar los domingos en casa porque decía que le relajaba. Eso me lo contó la abuela, creo que esa fue la única vez que la vi pasarse un pañuelo fino por los ojos porque se le debieron de llenar de agua. No vi que le cayera ninguna lágrima porque se las tapó y secó antes de nada.

Ese día, en aquella cocina, en la de casa, desayuné dos tostadas con pan moreno, tomate de ramillete y unos trozos de queso de Mahón. Me lo había preparado mamá el rato que había tenido las manos abiertas. Hubo un detalle que me hizo sonreír. Mamá sacó de la nevera una jarra redonda azul cielo con una tapa que tenía un agujero en un lado que se cerraba con un tapón de clic. La reconocí enseguida. Recordaba ver esa jarra llena en la nevera desde siempre. Ahí había leche batida con colacao muy fría, uno de mis grandes placeres. Sobre la mesa también había un platito de barro esmaltado con galletas caseras de manteca. Se me deshicieron en la boca. Al acabar, bajé las escaleras de dos en dos. No podía esperar. Le dije a mamá que no hacía falta que viniera, que iba a organizarme con calma y preparar una lista con todo lo que necesitaba para abrir de nuevo La Ultramarina.

En cuanto encendí la luz, el móvil me empezó a vibrar en el bolsillo. Era una llamada de Madrid. No tardé ni un tono en contestar. Me habían dado el trabajo y yo no sabía si quería soltarlo o qué hacer. Cuando colgué quise gritar, pero no lo hice. Ya era seguro, el trabajo era mío. ¿El de mi vida? En septiembre empezaría como estilista editorial en una de las revistas de decoración más importantes del país. Tenía una sensación agria en la boca. No podía parar de mover los pies de un lado a otro de la tienda con el móvil todavía caliente en la mano. Estaba feliz y nerviosa. Se me juntaba todo en medio de la barriga. Desde que acabé la carrera, cuando había tenido la oportunidad de trabajar en proyectos de interiorismo nunca miraba la hora. Tampoco en la cocina de La Ultramarina. Había más puntos en común, de la misma manera que la abuela y mamá vestían el interior de las ollas con colores y sabores de los que salían aromas que pintaban las paredes de la tienda o de casa de tonos cálidos, a mí también me gustaba llenar de vida los espacios, convertir en hogar porciones de casas desnudas para que las páginas de los reportajes fuesen lugares en los que cualquiera querría vivir. Crear la armonía y el ambiente de un lugar. Llenarlo de vida. Jugar con las formas, los colores, las texturas, los volúmenes y la luz. Los espacios hablan, incluso cuando están vacíos. Quizá vacíos gritan. El interiorismo es una conversación larga y agradable, una de esas de las que no te quieres ir. Por eso el interiorismo de los espacios dice muchas cosas, los carga de personalidad como la abuela hizo con La Ultramarina, que tenía por cada rincón huellas de su carácter, después un poco del de mamá y más tarde también algo del mío. Y de todas las personas que venían a diario, porque La Ultramarina no solo era lo que había en sus paredes, en el mostrador o sobre el suelo. Tampoco lo que se cocinaba. Lo que la hacía especialmente única era todo lo que allí habíamos vivido. Era mucho más que un hogar, era nuestra vida. Quise gritar hacia el cielo muy fuerte. Me dejé el grito dentro, pegado al corazón. No quería que mamá me escuchara.

Fui hacia la cocina a encender los fogones y a contárselo a la abuela. Sobre la encimera había unas hogazas de pan moreno cortadas en rebanadas y duras como el mármol. Era muy raro que allí hubiese tanto silencio, porque siempre había estado llena de voces. Caminé arrastrando los pies hacia la entrada donde estaba la mesa grande, las sillas descolocadas, las estanterías llenas de botes y el aparador apagado y vacío. Bajo la cámara frigorífica vi unos cartones de leche. No tenía mucha hambre después del desayuno que me había preparado mamá, pero necesitaba pasar un rato tranquilo con la abuela Carmen. Quería digerir la bola que se me había formado en la garganta con la noticia del trabajo y también la sensación áspera de la lengua al ver cómo nuestra casa de comidas —la de todos los vecinos del pueblo, la de siempre— estaba varada.

Cogí uno de los cartones, la fecha de caducidad todavía era lejana, y vertí la leche sobre uno de los cazos pequeños que colgaban de los ganchitos de la pared. Aquí, en La Ultramarina, siempre nos habíamos organizado de la misma manera, de forma impoluta. «Todo en orden, porque la cabeza ya se desordena», decía mamá.

Encendí el fogón pequeño con una cerilla y aquel olor tan peculiar que salía al segundo de la chispa fue como si me tirase una manta por encima. La calidez del olor a casa, así empezaban siempre los días cuando vivía aquí. Olor a mixtos y a horneados. Puse el cazo al fuego y cuando burbujeaba bien, metí dos rebanadas de pan, un poco de azúcar y listo. El desayuno favorito de la abuela. A veces le añadía un poco de canela y un trocito de piel de limón. Lo sacaba del fuego y colocaba el cazo sobre un trapo en el centro de la mesa para que se enfriara. Yo todavía con las legañas, metía la cuchara y pescaba la miga de pan que se había puesto blandita: una esponja de leche que me llenaba la boca y me salía por las comisuras.

A veces me preparaba este desayuno en Madrid cuando estaba sola, porque por la boca renacían los recuerdos. En ese piso minúsculo en el cogollo de La Latina, calentaba un cazo con pan duro, cerraba los ojos y sentía que me encontraba aquí, en esta isla cálida. Cuando no había pan duro o mamá tenía prisa, había una variante, en vez de pan echábamos trocitos de galletas marineras en la leche. Sabía parecido, pero no era lo mismo. Necesitaba justo eso, que La Ultramarina oliera a la abuela para empezar a remover cajas, limpiar, pensar en recetas, abrir las persianas y las puertas y dejar que entrara la vida a chorro.

Tenía miedo de que pensaran que habíamos cerrado de verdad, que la cosa iba mal o que mi madre ya no estaba para nada. Creo que nadie sabía lo de sus manos. En los pueblos todo el mundo habla e inventa. Aunque siempre nos habían tenido mucho cariño, yo no quería que nadie pensara que las raíces que había hecho crecer la abuela Carmen se habían quedado secas.

Lo primero era encontrar el cuaderno de recetas de la abuela para elegir tres o cuatro que pudiese cocinar sin líos. Alguna que ya hubiese hecho junto a la abuela, mamá o Irene. Cocinarlas los próximos días para tener cuanto antes algo preparado en el mostrador y poder abrir. También pensé en inventarme un especial de frito a la marinera, por ejemplo, y que ese día solo hubiese frito para todos. Un plato único para llevar y así hacer una oda a cada receta de

Carmen la de La Ultramarina. Sería la abuela ese verano, la devolvería al pueblo otra vez, y de ese modo pasaría mucho rato con ella.

Aquella podría ser una buena manera de empezar con todo, si tenía en cuenta que solo disponía de dos manos, porque las de mi madre estaban marchitas y las de mi hermana probablemente estuviesen ocupadas con manualidades en el colegio. Ella era profesora de infantil y desde hacía unos años solo se ocupaba de su trabajo, las clases de yoga y las noches gastronómicas con las amigas. Organizaba veladas para zampar en su casa en las que se reunían cinco o seis amigas. Cada una debía llevar un producto que no hubiera probado nunca y siempre de acuerdo con una temática: podía ser por color, que toda la comida fuese roja, o por cultura, la asiática, la árabe o la mediterránea. A veces rescataban recetas de las familias de cada una según su origen y ese tipo de cosas. No había ido a ninguna; bueno, una vez asistí a una de temática picante y al día siguiente me encontré tan mal que prometí no volver nunca más. Me comí una cucharada hasta arriba de wasabi pensando que era guacamole, ¡a quién se le ocurrió servirlo en un bol tan grande! Lo que nos pudimos reír, se me caían lágrimas como peras. Así que tenía claro que tampoco podía contar con las manos de Irene.

Revolví los cajones en busca del cuaderno de recetas, en los de la entrada no estaba y tampoco en los de la estantería, ni en los de debajo de la caja registradora ni en los que había en la mesa grande donde hacíamos las masas. Mamá ya tenía las recetas tan masticadas —y las hacía tan a su manera— que era imposible saber dónde lo había guardado. Así que tendría que revisar en las cajas que había al final de la despensa.

La despensa era una habitación enorme con una sola puerta y sin ventanas. Estaba llena de estantes, cajas, balanzas antiguas y garrafas de cristal. Entré pisando despacio y encendí la luz porque era la parte más fresca de la casa y también la más oscura, ya que se encontraba incrustada en la piedra de la montaña. Allí me había enfrentado al miedo muchas veces, precisamente porque era la estancia que más respeto me daba. La bombilla que colgaba del techo parpadeaba. «La abuela me está guiñando el ojo», pensé. Olía a madera y a humedad. Cogí tres cajas del segundo estante, una a una, y las dejé en el suelo muy juntas. Estaban cubiertas de polvo. Nadie las había tocado desde hacía años. Cajas grandes como esas sandías gigantes llenas de jugo. No tenía ni idea de lo que podía haber allí dentro. Trastos o recuerdos. Papeles de esos que se guardaban por si acaso o algunos moldes de bizcocho.

Las estanterías estaban hasta arriba de tarros reciclados de mayonesa y aceitunas, pero llenos de tomate pelado o triturado. Me encantaba verlos así, irregulares, porque eran los de siempre. Hacíamos conserva todos los veranos. Cuando ya no sabíamos cómo cocinar los tomates que nos daba el huerto, les dábamos un golpe de agua caliente, los pelábamos y los envasábamos para que no se pusieran malos. Mamá lo orquestaba todo, y ella, Irene, la abuela y yo hacíamos una cadena de tareas. Eran días muy divertidos. Después, si era viernes, comíamos pizza casera. Con este plan disponíamos de tomates todo el año, además de las ristras de tomate de ramillete que colgaban como atrapasueños del techo de La Ultramarina. Siempre me encantó tumbarme y ver esas cortinas de tomates colgadas.

Cogí las tijeras, unas grandes y plateadas que ya no brillaban, y me senté en el suelo para abrir la primera caja. Tenía una cinta que pegaba las dos solapas. Y en la parte de arriba se leía muy suave, escrito con boli, «Utensilios» y una fecha que se había borrado casi del todo y que no logré leer. Pasé la punta de las tijeras por la ranura y las deslicé hasta abrirla. Lo primero que vi fue un molinillo antiguo, de esos de madera. Me cabía casi en la palma de la mano, la parte de arriba era como un sombrero que se abría y donde se ponían los granos y en la base tenía un cajoncito como de caja de muñecas en el que caía el café molido a medida que le dabas vueltas a la manivela. Recordé que ese molinillo estuvo mucho tiempo en el aparador de la entrada, más de decoración que otra cosa porque ya nadie lo usaba. Abrí el cajoncito y había un papel doblado donde ponía «Marga» y un número de teléfono escrito con números dibujados como serpentinas, las puntas curvadas y las letras de caligrafía perfecta pero temblorosa. El papel olía a café. Era un número de teléfono fijo. Lo doblé, lo guardé donde estaba y dejé el molinillo en el suelo al lado de mi rodilla con la idea de volver a ponerlo en alguna parte de la tienda. Me gustaba verlo allí.

Quería encontrar el cuaderno de recetas de la abuela, pero ya se sabe que cuando abres cajas que no tienes ni idea de lo que contienen, se te pueden disparar los recuerdos como un resorte y la búsqueda ya no es una línea recta como tenías previsto, sino un camino polvoriento de subidas y bajadas que te lleva a lugares imprevistos. Encontré moldes de *crespells:* estrellas, lunas y flores. Estaban muy oxidados, pero pensé que quizá podía recuperarlos si los untaba bien en aceite de oliva, así que también los dejé fuera.

Cuando era pequeña, los moldes repartidos por el suelo eran como los juguetes de los areneros. Debía de tener cinco o seis años, mi abuela me dejaba unos cuantos y yo le pedía además restos de la masa. Mamá me extendía un trozo de papel de horno y yo jugaba con la masa a hacer formas. Me daban los recortes que habían sobrado, me los ponían sobre la palma de la mano y yo hacía una bola, después la extendía, aplastándola con los dedos. Nunca me quedaba regular e iba haciendo formas. Después mamá los horneaba y los guardaba en una caja de galletas de la que íbamos picando todos en los desayunos o en las meriendas. Las formas eran muy raras y algunas puntas se quemaban porque habían quedado muy finas, pero eran mis galletas, mis *crespells*, y me producía mucha satisfacción comer algo a lo que yo había dado forma con esas manos que no medían más que el culo de un vaso.

En la segunda caja solo había papeles y más papeles, facturas, pedidos, albaranes. Todo aburrimiento. Hojas de contornos amarilleados, pero lisas como tablas de planchar, en las que solo se veían números e ingredientes. También había recetas de medicinas y lo que parecían informes de un hospital, con líneas y líneas de letras alargadas y chatas que no entendía. Esas letras eran indescifrables. Líneas horizontales y olas bajas, podía distinguir alguna «a» o una «y» clara entremedias. ¿Los médicos escribían como el mar en calma para no asustar tanto? No sé por qué lo hacían, no pude leer ni una frase completa. Tampoco me interesaba. Así que lo dejé todo en su sitio otra vez.

En la solapa de la tercera caja no había nada escrito. Estaba cerrada con doble cinta y era la que más me había costado bajar de la estantería, porque estaba detrás del todo, en el rincón, tapada por las otras dos y con un montón de botes encima. Nunca imaginé lo que iba a encontrar entre esas paredes de cartón.

Escuché un golpe arriba, pegué un bote y abrí mucho los ojos. Quise subir al salón a ver qué hacía mamá. Sabía que la vigilaría sin querer, sobre todo los primeros días, porque sentía la necesidad de estar algo más pendiente de ella de lo normal. Se me hacía raro que ella no estuviera trabajando y disponer de tiempo para estar juntas sin nadie que entrara por la puerta a pedir una ración de frito o un poco de sepia en salsa, aquel bote de conservas o una longaniza. Nunca la había tenido solo para mí.

Subí los cuatro escalones más los otros cuatro que llevaban al salón. Desde pequeña, cuando subía esos escalones lo hacía pisando en los extremos y abría las piernas como si tuviera que pasar un tren entre ellas. La parte del centro de los peldaños, especialmente la de los primeros, formaban como una barriga hacia dentro, y la abuela me decía: «Tú que tienes las piernas de plastilina no le pises la barriga a los escalones que les vas a hacer más daño». La primera vez que se lo oí decir me creí que era verdad, que a los escalones les podía doler esa barriga hundida, así que me acostumbré a subirlos sin pisarles el ombligo, y veintipico años después aún no sabía llegar de la tienda al salón de casa de otra manera.

Retiré a un lado la cortina fina de lino y vi a mamá sentada en una punta del sofá, con las rodillas dobladas como una escuadra, los gemelos desnudos y los pies dentro de sus zapatillas grises trenzadas con la suela de esparto. Sobre los muslos, el bol amarillo, el de siempre, uno grande con algunos cantos mordidos que dejaban ver el color del barro, en el que echaba la carne de las berenjenas. Tenía la boca entreabierta y en el mueble tocadiscos sonaba una canción de Serrat. Tarareaba bajito mientras arrastraba la cuchara por el interior de aquel casco de barco vegetal. Aunque unas navidades Irene y yo le regalamos un adaptador para que sintonizara música por *bluetooth* utilizando la torre de siempre, a ella le gustaba poner sus discos. Decía que la música en el disco tenía arrugas que la digital no tenía. Surcos en los que cabía el error. Que había más verdad. Se giró y me miró, yo estaba apoyada en la pared con las manos cogidas y le sonreí con los ojos. Pensé que había mucha poesía en esa escena. Me habría quedado mirándola hasta la tarde si no me hubiera visto. «¿Qué haces ahí, Marina? Pensaba que estabas abajo», me dijo con media sonrisa y la cuchara hincada en la carne de la mitad de una berenjena. «He subido a hacer un pis, que no podía más». Le mentí.

Crucé el salón por la parte de detrás del sofá, le di un beso en los rizos y cerré la puerta del baño. Abrí el grifo del lavabo un poco y dejé correr un chorro fino de agua. No tenía ganas de hacer pis. Lo hice para disimular, aunque tal vez la música hiciera de velo. A lo mejor no habría hecho falta el paripé del grifo porque puede que mamá no estuviese tan pendiente de mí. Salí del baño abrochándome el botón del vaquero, por si al abrir la puerta ella me estaba mirando. No fue así. Me senté a su lado en el sofá y cogí media berenjena de la bandeja. Le miré las manos de reojo, las dos estaban abiertas. Así que volví a mirar la berenjena y mi estómago se puso blandito.

Le dije con la boca muy grande que tenía muchas ganas de cocinar en La Ultramarina y que había pensado hacer una receta por día, algo especial que a los vecinos les apeteciera mucho. Le cogí la cuchara de la mano y vacié mi mitad de la berenjena, quemándome un poco la palma. Siempre tenían que estar unos veinte minutos en el horno antes de vaciarlas.

Siguieron saliéndome planes de la boca: que me apetecía recuperar las recetas de siempre, las que hacía la abuela al principio del todo; que ojalá supiera cocinar tan bien como ella. Me cortó para decirme que yo cocinaba muy bien, que hacía platos muy ricos, pero que los hacía a mi manera. Le contesté que quería cocinar como la abuela, lo más parecido posible, porque ella era La Ultramarina. Me paré. La miré.

Y entonces rectifiqué un poco. Le dije que ella también lo era. Sonrió con los ojos y las mejillas se le pusieron como de color talquistina. Traté de explicarle sin pasarme que la abuela había sido la patrona, la de las raíces, la creadora de La Ultramarina.

Dejamos un rato las manos quietas, solo faltaban dos medias berenjenas por vaciar, y nos limpiamos los dedos con el trapo de cuadros azules que tenía mamá sobre las rodillas, dejándolo lleno de pepitas marrones. Las berenjenas mallorquinas no son todas lilas y ya, sino que tienen unas rayas blancas desiguales que jaspean su piel. Son lilas y blancas, pero por dentro son como todas, se oxidan con la misma rapidez cuando están crudas si no les has puesto limón.

Colocó el bol y el trapo sobre la mesa de centro y me dijo que no había prisa, que las berenjenas rellenas eran para que nosotras comiésemos y que no importaba la hora, que el reloj estaba en la barriga. Me encantaba esa frase de mamá. Nos la soltó por primera vez una noche que mi hermana y yo estábamos en la cama con la lámpara pequeña encendida. Esta hacía un círculo, como una peca muy grande amarilla, para que no estuviera todo tan oscuro, aunque no nos viéramos bien las caras. Era como tener un bebé del sol en la habitación. Se escuchaba a los grillos cantar y entraba olor a jazmín por las ranuras de la persiana.

Mamá siempre nos contaba historietas cuando nos íbamos a dormir, a veces repetidas y otras no. Creo se las inventaba sobre la marcha y nunca eran iguales del todo, pero nosotras nos quedábamos con algunos detalles y le pedíamos nuestras favoritas, como la que nos contó esa noche: «Cuéntanos la del reloj en la barriga». Ahora no la recuerdo bien, pero nos decía que el mundo en realidad no tenía tiempo, que no existían los relojes y que nadie llegaba nunca tarde. Nos contaba que las horas se inventaron para que pudiéramos encontrarnos, pero que en realidad lo que marcaba las horas era el rugir de las tripas. Que eran como el pajarito que sale impulsado por un muelle y pía anunciando que son en punto.

La abracé con las manos limpias, y mi balanceo la tumbó despacio en el sofá como un gato cuando se entrega panza arriba para que le hagas cosquillas. Metí la cabeza en su cuello y me imaginé un ronroneo. Así, las dos abrazadas, seguimos hablando de los nuevos planes de La Ultramarina. Mamá me decía que no me pusiera a cambiar muchas cosas, que me conocía, que después del verano ella seguiría en la tienda, que lo de las manos seguro que se le pasaría pronto. La ataqué con los dedos en los sobacos antes de que acabara la frase. Su punto débil. La barriga, casi plana pero cedida con una ligera curva de haber creado vida, se le puso a temblar como un flan. Ella reía con esas carcajadas aterciopeladas, de sorbos cortos y agudos. Una risa que acariciaba y contagiaba. Y yo me reía también, cabalgando sobre su risa. Me sentí libre recogida entre sus brazos, que se movían descontrolados. Le hice cosquillas una y otra vez hasta que me suplicó que parase. «Ya basta, Marina. Ya basta, por favor», rogaba entre dientes y risotadas de felpa. «Ya basta», decía con las palabras llenas de aire, intentando poner los ojos serios.

La solté despacio acariciando cada paso por el que se deslizaban mis manos hasta que se acabó el camino de su piel. Me senté, me bajé un poco la camiseta y, secándome los ojos, con un rastro de risa todavía en la boca, quise decirle algo con mucho azúcar: «No te preocupes, mamá, que yo voy a disfrutar de este verano como si La Ultramarina fuera mía, como si aquella cocina de juguete que me montasteis en una esquina hubiera crecido y lo ocupara todo. Tú descansa, mamá. Y cuídate. Ve a los médicos y haz lo que te digan. Deja que el tiempo, o lo que sea, permita que tus dedos germinen otra vez».

Cogí uno de los trozos de berenjena que quedaban, me puse el bol sobre las rodillas y vacié la carne sin mirar si mi madre me observaba. Me llevé un trozo de piel, porque clavé demasiado la cuchara. Ella comentó que esa berenjena ya no servía para rellenar. Dejé el pellejo sobre la bandeja, cogí con cuidado la otra mitad y la vacié sin rasguños. Se levantó, recogió el trapo de la mesa y me preguntó si quería ir con ella a la cocina a acabar el sofrito para el relleno. El disco de Serrat daba vueltas en silencio.

Abrió la puerta de la cocina, la brisa meció las cortinas. Entraba en ese aire un poco de mar y la seguí con el bol entre las dos manos. Los cristales de la ventana que daban al patio estaban un poco empañados. El calor de la salsa de tomate, que burbujeaba en la olla medio destapada, había llenado el espacio de un calor parecido al de mediados de agosto. Abrí totalmente la ventana de encima del fregadero, que tenía un mecanismo de guillotina. Había que apretar unos pestillos a los lados y tirar hacia arriba, luego soltabas y se quedaba fija. Aprovechando que estaban ahí, pasé la mano por encima de las macetas de albahaca y le acerqué los dedos a la nariz, mientras ella removía con una cuchara de madera la salsa de tomate.

Juntó mucho los labios y le salió un «hummm» muy largo, y añadió: «Cómo huele esa albahaca. Es la mejor que he tenido. Cuando le salieron las primeras flores, se las corté y ha rebrotado ya cuatro veces. No sé si echarle un poco a la salsa», y después chupó la cuchara caliente. «Está buenísimo», asintió. «Pruébala». Abrí el primer cajón y cogí las tijeras. Corté unas hojas y se las dejé sobre la encimera. Rio. «Siempre te ha gustado llenar los platos de hierbas, Marina».

Y se las echó a la salsa despacio, hoja a hoja, con los dedos estirados como las puntas de una bailarina. El vapor rodeaba sus manos y las hojas caían lentas, dando vueltas, hasta chapotear en la salsa de tomate. Ella no dejaba de remover. Bajó un poco el fuego y me dijo que le acercara la sartén que estaba tapada sobre la mesa.

Antes de dársela, la abrí con curiosidad. «¿Qué lleva, mamá? ¿Cebolla cortada muy pequeña?», le pregunté mientras lo olía. «La carne picada, claro. Laurel». Puse la sartén sobre el fogón apagado, al lado de la olla que ella seguía removiendo. «¿Lleva algo más?», quise saber. Me miró separando los labios, enseñando un poco los dientes, y se llevó la mano a la cintura. En su boca entreabierta había algunos puntos suspensivos. Apoyó la otra mano abierta en mi hombro y me dijo acercándose al oído: «También lleva un poco de nuez moscada». «¡Eso!», solté, dando un respingo. «Lo aprendí de tu abuela. Ella rallaba en el sofrito un poco de nuez moscada, muy poco, porque si te pasas, pesa el sabor. Ya lo sabes. No de esa que ya viene en polvo, sino la nuez que parece una canica de madera». Y me señaló el bol en el que habíamos vaciado la carne de las berenjenas para que lo vertiera sobre el sofrito. «Solo queda esto. Remuévelo bien, que se mezcle todo, que se deshaga un poco más la carne de la berenjena y luego las rellenamos para meterlas en el horno». Ella siempre llevaba reloj, pero aun así me preguntó: «¿Qué hora es?», sin separar la mirada de la olla. Me acerqué la mano a la barriga y le dije: «Yo creo que son casi en punto». Y nos echamos a reír.

Esa mañana, como casi todas durante aquellos meses, estuvimos solo nosotras dos, pero sentía la casa llena. Creo que el olor a comida hace mucho más que tener una casa repleta de muebles. Si entro a una casa luminosa, con las paredes llenas de lienzos impolutos, estanterías altas, futones de cuero y una cocina blanca con la encimera pulida, pero no huele a comida, no la siento hogar. Es una casa muerta. Las casas en las que me siento acogida huelen a pimientos asados; al regusto que deja el vapor del horno en el aire; al aroma del café de las sobremesas. Ese día nuestra casa era un ambientador de tomate y albahaca. Mamá y yo habíamos hecho lo que sabíamos hacer. Lo que nos salvó muchas veces aquel verano, toda la vida: cocinar juntas para llenar de comida tantos silencios. Cocinar juntas como una forma única de abrazarnos. La salsa había acabado de hervir y ella la vertió sobre la sartén del sofrito que yo removía con energía. Íbamos sincronizadas como los girasoles. Apagué el fuego y dejamos enfriar la mezcla un poco antes de rellenar las berenjenas. El horno estaba encendido, listo para el último paso.

Mientras ella acababa, cogí el mantel de tela de *llengües* azul y blanco y lo estiré sobre la mesa de la terraza. Empezaba el calor, pero corría la brisa. Las cañas de la pérgola nos daban algo de sombra, los helechos estaban despeinados y la buganvilla fucsia trepaba por una de las patas del porche ocupándolo todo como la cola de un vestido de volantes. Siempre me han encantado sus flores. Si me preguntaran qué flor es esta isla y pudiera elegir solo una, es muy probable que me mordiera el labio y dijera que una buganvilla.

Por lo visto, un marinero la trajo a Europa desde América del Sur. Como las patatas, el cacao y los tomates. Al lado de casa había una cala enmarcada por una buganvilla enorme. Durante años había tenido una foto polaroid de esas vistas colgada en la puerta de mi nevera, en Madrid. Esta cala la conocía muy poca gente. Solo los vecinos. Se accedía a ella por un pasillo muy estrecho que había entre dos casas. Tenías que conocerlo bien. El suelo del camino era de gravilla fina, a los lados había muchas hierbas silvestres con flores amarillas y, al fondo, ya cuando se empezaba a ver el mar, te topabas con esa buganvilla muy rizada que tenía forma de luna creciente y creaba una especie de puerta de medio arco redondo hacia el mar; parecía un cuadro. Cuando la pasabas, se veía la cala de cantos redondos y arena fina, agua azul y verde. El mar entraba siempre calmado acariciando la orilla. A un lado había unas rocas grandes que probablemente estaban ahí porque se desprendieron hacía muchos años. Yo siempre la había conocido así, con todas esas cicatrices que la hacían única. A mí me encantaba llevar una cesta con una ensalada de tomate y ventresca, con mucha rúcula y cilantro. Doblar la toalla en cuatro para que estuviese mullida y sentarme a comer.

Me tiraba al mar desde una de las rocas, un *capfico*, y para subir doblaba mucho las rodillas y enganchaba los dedos a los huecos de las piedras. La piel se llenaba de cristalitos de sal que brillaban con la luz. Al secarme al sol me pasaba las manos por los brazos, y el roce de los restos del mar en la piel hacía que se me erizasen los pelos. Había personas que odiaban ir a calas sin duchas, querían aclararse con agua dulce para dejar caer todo el Mediterráneo y sentirse frescos, pero yo prefería llevarlo puesto. Esa capa salada que encogía la piel también era casa.

Al otro extremo de la cala había unos embarcaderos pequeños de cuestas empinadas llenos de barcas de colores dadas la vuelta. Tres casitas con las puertas de hierro que dibujaban cuadrados; estos no tenían cristales, sino solo barrotes y se podía ver el interior. Eran los garajes del mar, el lugar en el que los vecinos guardaban las barcas y algunas herramientas. Esos caminos del agua a los garajes tenían unas cuerdas gruesas de acero con una manivela al final. Enganchaban las barcas a un extremo, como el anzuelo de una caña de pescar, y le daban al carrete para que subiesen. Se suponía que era más fácil así que llevarlas a pulso. Otras, esas que estaban dadas la vuelta, las dejaban fuera siempre, sin candados que las rodeasen. Y ahí seguían siempre que íbamos, como almohadas de parejas y vecinos. Muchos se tumbaban y apoyaban la cabeza en el casco. El segundo beso con Héctor sería ahí, con la cabeza sobre un *llaut* azul y blanco. Los labios me arderían.

Soplé un poco y me metí en la boca un trozo de berenjena tras otro. Mamá y yo dejamos los platos vacíos. Cuando era pequeña y había berenjenas rellenas para comer, solo me comía lo de arriba, como si fuera la carne de un aguacate, y dejaba la piel. Ahora no entiendo las berenjenas rellenas sin el todo, sin el cuerpo. Cuando acabamos de comer, mamá se estiró un rato en el sofá.

Yo bajé de nuevo a la tienda para seguir buscando el cuaderno de recetas y ordenar algunas cosas más. Aparté las dos cajas que ya había revisado, arrastrándolas un pelín con los pies. Las orejas de las cajas estaban un poco roídas, pero todavía cerraban protegiendo todos aquellos cacharros que no queríamos tirar. Me quedaba la última caja en el suelo por abrir, pero antes de seguir removiendo y sacando más cosas, pensé que sería mejor ordenar todo lo que había fuera. Repasar en las estanterías la comida que estaba bien, retirar los botes caducados y limpiar a fondo. Eso también me ayudaría a saber qué teníamos allí y las posibilidades que podía barajar durante los siguientes tres o cuatro días antes de volver a abrir La Ultramarina. Mi madre me había bajado los pies a la tierra y yo también me había dado cuenta de que no podía ir tan rápido como pensaba en un principio. El cartel de CERRADO POR VACACIONES continuaría colgado unos días más, aunque me escociera.

La cámara frigorífica de la entrada estaba vacía. Verla así me hacía sentir el estómago muy apretado. Tendría que planificarme, hablar con el señor que le suministraba los embutidos a mamá y avisar al panadero. Y tener claro con qué quería llenar todos esos vacíos de las estanterías. Abrí las contraventanas de la puerta de la entrada y retiré las cortinas a los lados. Las persianas de fuera las dejé cerradas, pero dejaban pasar por las rendijas unos rayos de luz que se abrían camino hasta el fondo de la tienda, como la luz del proyector de un cine.

Me senté un segundo y dejé caer la nuca hacia atrás, contra la pared, despacio, con el mentón muy levantado. Hinché mucho los pulmones y me salió un alarido que me hizo sentir ligera, noté que los labios se me abrían y se me hundían los hoyos de las mejillas. Saqué el móvil del bolsillo y busqué en Spotify una lista que había ido alimentando desde hacía varios junios y que titulé, entre risas, «Suenan las chicharras». Cada vez que salía el nombre en la pantalla me reía, porque lo puse pensando que en verano escuchábamos cantar a las chicharras y supongo que ellas me escucharían berrear a mí. Todas gritando a la vez, el canto de las chicharras mezclado con mi voz. Aunque todavía quedaban unas semanas para que empezara el verano —no oficialmente, sino psicológicamente, porque para mí el verano empezaba el 1 de junio—, le di al *play*, dejé el móvil sobre la mesa y cogí el primer bote de la estantería.

Buscaba con el dedo la fecha de caducidad de cada bote. Le pasaba un trapo húmedo y, si tenía que volver a colocarlo en la estantería, lo dejaba sobre la mesa, o en el suelo si lo iba a tirar. La verdad es que no había prácticamente nada caducado, mamá siempre tuvo mucho cuidado con esas cosas y, hasta que no le quedó más remedio que cerrar unas semanas atrás, había estado revisando y trabajando como una hormiguita. Coloqué de nuevo en la estantería los botes de aceitunas *trencades* y las negras también. Aproveché para reorganizarlo a mi manera. Dejándome llevar por los colores. Pensaba que así sería como componer las piezas de un puzle hasta que crearan un paisaje especial en esa pared.

Las dos primeras baldas quedaban ahora como un mar de olivos. Los tarros de cristal llenos de aceitunas verdes se encontraban en la parte de arriba, parecían las copas de los árboles, y así hice con todo. En la tienda nunca habíamos tenido las típicas latas de tomate de mentira o los cartones de caldo artificial, para eso ya estaban los grandes supermercados. Allí ofrecíamos solo comida de verdad. Esa estantería siempre tenía conservas que se habían hecho en casa o en las fincas de alrededor.

Cogí una libreta marrón que había en el cajón y busqué una página en blanco para apuntar todo aquello que creía que debía tener en la tienda. Lo primero que anoté fue *fonoll marí*. Recuerdo que antes siempre había, pero no encontré ningún bote. Paseando por las rocas de la costa se podía coger un poco y conservarlo en vinagre en casa, pero a muchas personas les daba pereza o no querían esperar y preferían tenerlo a mano aquí en la tienda ya listo para poner unas ramitas al *pamboli*. Las líneas del sol entraban como si vinieran cada vez de más lejos y se habían vuelto doradas.

Los brazos se me iluminaban con algunos de esos rayos mientras limpiaba la cámara frigorífica, que la abuela llamaba el «mostrador». Y nosotras también lo seguíamos llamando así. El lugar en el que mostrábamos las cosas. Apunté en la lista queso mahonés, membrillo, queso fresco de cabra y paté de Felanitx para tener a granel. Siempre había una cucharita al lado del bol transparente con el canto biselado lleno de paté, por si alguien quería probarlo antes de llevarse un poco a casa. No sé cuántas veces hundí la cuchara en ese recipiente cuando mamá o la abuela iban un momento al baño o a la cocina, o subían para cualquier cosa, y yo estaba por allí.

No solían dejarme sola, pero cuando esto ocurría, me ponía de puntillas sobre el mostrador, por la parte abierta, la de dentro. Cogía la cucharita, retiraba el trapo fino que lo tapaba y metía la cuchara rápido como un misil en el bol y en la boca, en el bol y en la boca. Después volvía a dejar todo como estaba, el trapo un poco arrugado y el cristal corredero del mostrador bien cerrado para que no saliera el frío. Las escuchaba bajar pisándoles la barriga a los escalones y, sin mover la boca ni mirar a nadie por si se me notaba el sabor del paté en los ojos, me iba hasta la cocina a por el bote en el que guardaban las galletas marineras (para que no se pusieran blandas con la humedad), cogía una o dos y les daba bocados pequeños con los dientes de delante, escondida en la esquina como una ratita. Me pasaba la lengua entre todos los dientes muchas veces, rápido, hasta que no quedase nada de pasta.

Cómo me gustaba. Ahora ya no sé si disfrutaba más con el sabor del paté o con la aventura que suponía hacer algo sin ser vista. Cuando lo recuerdo, me veo con guantes negros y un antifaz, como uno de esos ladrones de los dibujos. A veces me sorprende que en un espacio tan pequeño haya vivido momentos tan grandes, como si fueran las piezas de un Lego gigante que han ido construyendo gran parte de lo que soy, pieza a pieza. Incluso los vacíos que he encontrado aquí y que no sabía que existían, sobre todo esos, me han ido construyendo. Puedo decirlo ahora, después de todo.

Ya no entraba luz entre las persianas. Dejé el trapo blanco, mojado, ahora un poco gris, colgado de uno de los ganchos de la despensa. Esa habitación siempre me había hecho temblar. Cuando me enviaban allí a por algo, corría, encendía la luz, daba pasos muy juntos y muy rápidos para coger lo que me hubieran pedido, luego salía dando zancadas y apagaba la luz ya con el cuerpo fuera. Y cuando me enfadaba mucho, hacía algo que no le he dicho nunca a nadie: me escondía en la despensa, enrabietada, y, apretando los puños, me encogía como una bola en una esquina, a oscuras y con la cabeza entre las rodillas, y aguantaba hasta que el miedo me quitaba el enfado. Fuerte como un pino. Durante mucho tiempo creí que si tenías miedo no podías sentir el enfado, que se deshacía, que un sentimiento pisaba al otro.

Me funcionó durante años, pero ese verano me di cuenta de que no, que con eso no era suficiente. Entendí que como en el piedra, papel o tijera, el papel puede envolver a la piedra y gana, pero la piedra sigue ahí, dura, debajo del papel. Así que no era que el enfado desapareciese con el miedo, sino que no se veía; era como si se disfrazara, como si unos sentimientos pudieran vestirse sobre otros y así.

Cuando pensaba ese tipo de cosas, no se me ocurría hablarlas con mamá o con Irene. Ni siquiera ahora, con todo lo que pasó ese verano. Ellas me dirían: «Ay, Marina, qué profunda. Te pones tan profunda que a veces no se puede hacer pie. Vaya tontería, de mayor ya no existen los miedos. Mujer, por favor, eso son cosas de niños, no hace falta que pienses tanto. Qué va, anda, va, come y calla». Lo dirían entre risas mientras sujetaban con las manos un trozo de pan y se llevaban el vaso con un culo de vino o de agua o de bíter con mucho hielo a la boca, muy rápido al acabar de hablar, por si se les salía algún miedo sin querer, como un eructo. Yo también me reiría y les diría que sí, que ya, que tenían razón. Que qué risa. Y me llevaría mi vaso a la boca riendo de mentira, dejando que el agua me hiciera toser un poco. No se me notaría nada, como siempre, como cuando cogía el paté del mostrador. Porque en casa cuando todo estaba bien, bien.

Me fijé en que la tercera caja seguía en el suelo. Salí y apagué la luz desde fuera. «Buenas noches, abuela Carmen». Me acerqué la mano a la boca y lancé un beso al aire. Me imaginé que ella lo cogía. Y subí las escaleras con cuidado sin pisarles la barriga. Mamá estaba sentada en la cocina con un vaso de *vichyssoise* sobre la mesa. «Es para ti», me dijo. Me eché en las manos un poquito de jabón de ese verde que hace mucha espuma y salieron unas cuantas burbujas al apretar, abrí el agua y me las froté. Me caían gotas grises de las muñecas. Cerré el grifo, me sequé con el trapo y bajé un poco la cabeza dejando que el pelo me cubriera como una cortina los ojos. Entonces me di cuenta de que mamá tenía las manos sobre las rodillas, recogidas como dos tulipanes amarillos.

Le pregunté qué tal y me respondió que bien, sonriendo hacia dentro. Que hacía un rato había llamado Irene para saber cómo íbamos con la tienda y que le había dicho que todavía faltaban unos días para que abriera, que yo andaba allí abajo moviéndolo todo. Me contó que a mi hermana le daba pena no poder ayudarme, que lo sentía mucho, pero que con el cole y teniendo que subir al pueblo y luego bajar, se le hacía imposible entre semana. Suponía que yo lo entendería.

Me imaginé un montón de frases más amontonadas al otro lado del teléfono para hacer una pared que le impidiera venir aquí. Aunque ella no necesitaba construir paredes. Irene siempre había dejado que La Ultramarina se deslizara por sus hombros y pasara de largo. No sabía cómo lo hacía, pero la admiraba y me daba rabia. Yo siempre había sentido que no estaba preparada para sostener el negocio, ni siquiera estaba segura de querer hacerlo. Pensaba que si me quedaba aquí

—aunque disfrutara tanto con ello—, no podría hacer nada más. Atrapada por el placer de la cocina y la familia, no viviría mi propia vida sino otra. La que ya estaba pensada para mí. Nacías, crecías viendo cocinar, cocinabas, heredabas La Ultramarina, conocías a alguien, te casabas, tenías un hijo, con suerte tu marido sobrevivía, te hacías mayor. Y tu hijo crecía viendo cocinar, cocinaba, se te marchitaban las manos o quizá el corazón, tu hijo heredaba La Ultramarina, y así hasta el final de los tiempos. La vida predispuesta. El futuro escrito. Todo lo que se suponía que debías hacer seguía su curso, porque si cambiabas algunas piezas transformabas el futuro. Y qué miedo ser alguien que nadie esperaba que fueses. Qué miedo ser alguien que tú misma tampoco sabías que eras. Rebelarte al destino. Jolín, qué miedo.

Cuando aprobé la selectividad, sentí durante mucho tiempo un pinchazo muy fuerte en mitad del pecho. Me dieron plaza en la Complutense. A veces todavía lo siento. Elegí jugar, aunque algunas noches no me entrara todo el aire. Por aquel entonces a mamá ya se le debía de haber pasado el miedo a que le pudiera preguntar por mi padre. Ni Irene ni yo volvimos a hacerlo nunca más desde lo de las piedras en los ojos de mamá. Hablar de papá estaba prohibido. Y otra cosa no, pero siempre habíamos respetado cualquier línea roja. Recuerdo la boca de mamá cuando aprobé la selectividad. A la abuela no me atreví a mirarla mientras les decía que quería irme a Madrid a estudiar diseño de interiores. Mamá me decía con los dientes muy juntos que, con lo que me gustaba cocinar, no entendía por qué no quería seguir en La Ultramarina, pero que bien, que tenía que hacer mi vida. Lo de «mi vida» lo dijo con la voz sonando como una pandereta. Para soportar la idea de la traición que me había creado en la cabeza, tuve que poner más kilómetros que Irene de por medio, muchísimas más paredes. Muros gruesos y un mar entremedias. Madrid estaba bien, seiscientos y pico kilómetros. Barcelona habría estado demasiado cerca. Tal vez, no sé. Tardaba una hora en avión en llegar a Madrid. Solo. Lo suficientemente lejos como para no ver lo mal que lo estaba haciendo al huir del negocio familiar y serles infiel a mi madre y a mi abuela. Una cornamenta parental. Pero también Madrid estaba lo bastante cerca como para sentir que no cortaba el cordón umbilical de cuajo, sino que hasta allí llegaba todavía el flujo de la sangre como una voz recorriendo los bucles del cable del teléfono.

Subí al avión con tres maletas llenas de ropa, fotos, algunos táperes y mucha nada, porque iba a Madrid llena de nada, y sentí como si en el cuerpo tuviera un montón de bichos que caminaban desperdigados hacia los pies. Y los pies se me dormían. Hacía frío. No sé si fuera, pero yo tenía bastante frío. Mamá me llevó al aeropuerto un par de horas antes de la salida del vuelo; Irene también vino a despedirse. Nos dimos un abrazo las tres, yo solté aire poco a poco y les di muchos besos con los ojos cerrados. Ellas me decían cosas, pero solo me fijaba en sus dientes. Los dientes se movían y los labios se abrían y se cerraban como cortinas. Eso me aliviaba porque quería verles los dientes. Pasé el arco de facturación notando los brazos muy pesados, los pies dormidos y aquel pinchazo de la selectividad en el pecho. Había elegido diseño de interiores porque se me daba bien dibujar. Siempre me había gustado la estética. Las casas y las personas. Los espacios habitados.

En el pueblo había visto —bueno, siguen estando— algunas casas que podían salir perfectamente en una revista. Y siempre me imaginaba el futuro creando esos espacios en los que la vida se recogía para expandirse en familia. Elegir este camino me permitiría desvincular el *bluetooth* que conectaba lo que yo pensaba con lo que creía que pensaban ellas. Las nubes pasaban lentas alrededor del avión y yo tenía la mirada fija hacia delante. Podía tirar del cordón y volver, al menos los veranos. Ese era mi paracaídas. Solo los veranos.

Unas horas más tarde abrí por primera vez la puerta de aquella buhardilla a la que entraría cada día durante los siguientes diez años. Desde la que, si me subía al respaldo de la cama y abría la ventana del techo, veía un trocito de las cúpulas del Mercado de La Latina. Tres años de carrera por delante. Tres años de carrera más uno de prácticas; más uno en aquel garito; más uno en el Springfield de Gran Vía; más dos en un estudio ayudando a diseñar los eventos más horteras de todo Madrid, y algún caramelo entremedias que disfrutaba deshaciendo lentamente en la boca, como ser ayudante en un proyecto de vivienda unifamiliar en la sierra o de todos aquellos pisos piloto del Ensanche de Vallecas. Esos años no fueron el sueño de mi vida, pero se acercaban a él. Por lo menos era un sueño propio. Proyectar espacios siempre me resultó bastante parecido a cocinar, pero es verdad que nunca llegué a sentir la paz —casi como si hiciera yoga o meditación— que me producía cocinar, especialmente en casa, en La Ultramarina.

Cogí el vaso de *vichyssoise* de la mesa y le di un sorbo largo. «Te ha salido riquísimo, mamá». Y me dijo que lo había sacado del congelador hacía un rato, que era muy fácil de hacer. «Coges unos puerros y los lavas bien. Tienes que rebuscar entre las hojas, porque a veces se les queda tierra en las ingles». «Las ingles», qué risa me daba. Las ingles del puerro. Todos esos pliegues que tiene de una hoja a otra son como un montón de ingles. «Una vez los hayas lavado bien —continuó tras dejar sitio a mis risas—, los cortas en trocitos, da igual cómo, porque después los vas a triturar, pero si son pequeños mejor porque así se doran más rápido y con la batidora se quedan muy finos. Calientas un chorro de aceite de oliva en una olla mediana, los sofríes y después los cubres con caldo. Si no tienes, pues agua».

Yo escuchaba atenta mientras daba pequeños sorbos y bebía lento lo que me iba contando. Que si le añadía unas patatitas y un pelín de mantequilla. Yo ya sabía cómo se hacía esa crema con un toque de nata, pero era imposible no perderse en sus ojos cuando hablaba de comida y de cocinar. Le brillaban tanto como los destellos del mar. «Y le pones un poco de nata. Ah, y la patata —dijo atropellándose— la puedes poner justo cuando los puerros. Sal, pimienta, un poco de chup chup, lo pasas todo por la batidora y ya».

Me acabé el último sorbo. «Pues la voy a hacer», le contesté mientras enjuagaba el vaso en la pica. El agua fría, los dedos caminando rápido por las esquinas redondas del vaso y a escurrir sobre un trapo rizado. «¿Salimos a la terraza un rato?», le señalé la puerta y, por cómo tenía los brazos recogidos sobre la barriga, sentí que debía de estar regular. Aquella noche salimos con dos mantas, a veces en verano también teníamos que taparnos porque la humedad lo refrescaba todo. Era uno de mis planes preferidos. Sentarme en uno de los balancines de tela de la terraza y escuchar cómo trepaba el eco del mar en los bancales.

«¿Cuándo vas a abrir, entonces?», me preguntó mamá con los labios un poco apretados. Le contesté que suponía que dentro de dos días, que no creía necesitar más tiempo. Que sí, que quería hablar con el señor que nos traía los embutidos y que faltaban algunas cosas, pero que estaba ordenando un poco la tienda y que mi idea era abrir el lunes. Ella miraba al cielo mientras yo le hablaba. Su boca con forma de medialuna. Supongo, por cómo le subía y le bajaba la barriga, que la sonrisa tenía algo de piedra, papel y tijera. «He pensado abrir todos los días solo hasta la hora de comer, que es cuando siempre ha venido más gente, ¿no?».

Y ella movió la luna arriba y abajo, con la barbilla y la frente, toda la cabeza, diciendo que sí. «Aprovecharé las tardes para practicar algunas recetas de la abuela y los domingos, como siempre, me los dejaré libres». Bajé un poco más el respaldo del balancín mientras le recitaba mis planes. En mi cabeza sonaba bien el verano, creía tenerlo todo controlado. Después estuvimos un rato largo escuchando el sonido del mar, ese seseo salado que deja en el aire. Un silencio lleno. A lo lejos se veía una luz titilar. Entonces recogí la manta, nos dimos un beso de *bona nit* y nos fuimos a la cama. Los ojos me pesaban, pero tardé un poco más de lo normal en dormirme.

4
El cuaderno de recetas de la abuela

8 de junio

Al día siguiente salí pronto a dar un paseo por el pueblo antes de volver a La Ultramarina. Me preparé un bocadillo de *camaiot*, frotando bien el tomate en el pan, y me llevé un Laccao de la tienda. Necesitaba tomar un poco el aire. El entorno siempre había sido mi inspiración y tenía sentido. Lo aprendí en la carrera. Volver a sentir las raíces y reconocer lo de siempre, seguro que me ayudaría en las tareas que me esperaban a partir de ese momento. Bajé las escaleras de casa y cerré las persianas al salir. Mamá se quedó haciendo sus cosas, no le apetecía venir. Y aunque a mí me encantaba pasear con ella, agradecí que no me acompañara.

Después de vivir tanto tiempo sola en Madrid, sabía que iba a necesitar encontrar mis espacios. Llevaba la cesta colgada del hombro, el cielo estaba azul con algunas nubes blancas que parecían pintadas. Saludé a los vecinos cuando bajaba la cuesta. Llegué hasta el puerto. Era pequeño y tenía forma de U. Las redes estaban sobre las piedras. Me senté en uno de los bancos de madera, el mío. Un pino me hacía de sombrilla. Desenvolví el bocata hasta la mitad, doblando el papel por las esquinas. Mientras me lo comía, miraba cómo entraban en la pescadería algunas mujeres con la cara llena de luces. La lonjita, así la llamábamos.

Justo allí en el puerto había una casa muy pequeña, como una capitanía. Era una habitación como la de cualquier salón, pero tenía una torre con banderas. Abrían por la mañana temprano y sobre las doce del mediodía ya cerraban porque se solía acabar el género. Había una mesa grande en el centro con cajas llenas de hielo picado y los pescados del día sobre ellas. Olía mucho a mar y todo el suelo estaba mojado, como si hubiera llovido. Cada día había lo que había, lo que daba el mar. Los dos *llauts* pesqueros con el casco blanco y una línea azul a la mitad se quedaban amarrados cerca de la puerta hasta que volvían a salir. Al atardecer solían partir a pescar calamares y más tarde pescaban otras cosas. Se turnaban, un barco salía a la hora de los calamares y el otro después, o así. Ahora lo sé porque en verano pasé muchas noches en ese banco.

Después de ese chute de soledad y energía al aire libre, regresé a La Ultramarina y fui directa a abrir la caja que había dejado pendiente. Quería elegir la primera receta con la que abrir el lunes. La caja tenía las esquinas un poco mojadas de la humedad. La abrí deslizando las tijeras por la ranura. Sonó como una cremallera. Y allí, debajo de unas tablas de cortar de madera, estaba el cuaderno. Pensaba que ya no lo encontraría. Los ojos se me llenaron de agua salada. Lo cogí despacio, me habría puesto unos guantes de joyero. En las tapas duras azules con un rectángulo en el medio se podía leer, escrito con boli negro, «Las recetas de la abuela Carmen». Se ve que al escribirlo mamá había apretado bastante y algunas letras creaban pequeños surcos. El cuaderno tenía un poco dobladas las esquinas y el azul se había vuelto algo blanquecino. Las espirales estaban ligeramente tumbadas, el dedo pequeño no me cabía bien por los agujeros. Del canto salían hojas dobladas metidas entre las páginas, estratos y estratos de papeles de todo tipo. El cuaderno tenía el doble de grosor de lo que habría sido al natural, solo con sus hojas de nacimiento. Supongo que mamá fue añadiendo apuntes de recetas una vez que lo acabaron o detalles de cada una, como algunos cambios que pudiera hacer la abuela, y lo guardaba entremedias para que todo estuviera allí.

Yo sabía que ese cuaderno existía, pero no lo había visto jamás. No lo recordaba. Con las mejillas un poco mojadas, me preparé una infusión fría de limón con jengibre y hierbabuena y abrí el cuaderno por la primera página. Esa estaba vacía hasta la parte inferior derecha, donde la abuela había firmado. La letra temblaba y creaba pequeñas montañitas. Ponía «Carmen». Solo «Carmen». En la «C» había un tirabuzón. La abuela había practicado mucho aquella firma. Sin grandes parafernalias. Su nombre con un poco de floritura en la «C». Eso era todo. Porque no sabía escribir. Había aprendido a escribir su nombre un atardecer de agosto. Ella recordaba la fecha porque le hizo muy feliz saber dibujar las letras. «A la vejez, viruelas», decía.

Me lo contó un día que merendábamos galletas marineras abiertas por la mitad con un buen chorrete de aceite de oliva y un poquito de sal. Aprendió porque tenía que firmar los papeles del banco y algunas facturas de vez en cuando y quería dejar de ser una de esas personas que firmaba con el dedo impregnado en tinta. Mucha gente de su edad que no había tenido oportunidad de ir al colegio, como ella, lo hacía así y no pasaba nada. Pero ella quería firmar de verdad, saber escribir su nombre. Dibujar «Carmen» en letras. Y como había aprendido a hacerlo ya de mayor, siempre practicaba un rato para no perder el baile del boli y su muñeca. Tenía las cartas que dejaba al lado de su butaca llenas de sus firmas. Le hacía mucha ilusión. Por eso también los papeles que sobraban por la tienda estaban llenos de «Cármenes» en bolígrafo azul, siempre azul. Un azul como el del final del mar. Pasé el dedo por encima de su firma, suave. Y sonreí.

En la página siguiente estaba la receta del *tumbet.* Uno de mis platos preferidos. La abuela freía cada verdura por separado. «Así es como se hace», decía. Y el aceite cogía un sabor a pimiento rojo que era una locura. Al enfriarse me dejaba mojar un currusco de pan. Mamá había apuntado cada paso que daba la abuela al cocinar, porque ella le dijo que si iba a escribir sus recetas, tenían que ser tal cual, punto por punto, como ella las hacía. Porque si se saltaba algo, pues ya eran otras recetas. Cada una tenía su propia manera de hacerlo, y la de la abuela era la de La Ultramarina. La manera de la abuela era única en el mundo. El *tumbet* ocupaba página y media.

Después había una página con una mancha redonda de color amarillo rojizo cubriendo la «a» de *burballes.* Di un sorbo a la infusión, el jengibre me picó un poco en la garganta y me la refrescó. Estuve lo que quedaba de la mañana leyendo cada palabra de aquellas primeras ocho recetas. Una tras otra. Había unas cincuenta y algo. Hasta que fue la hora de comer. Aquel día llegué hasta la octava. Menos mal, porque si hubiera llegado a la receta veintitrés —donde encontré la foto—, a lo mejor no habría tenido fuerzas para abrir el lunes. Seguramente no, pero no pasó así. Me quedé en la ocho: frito marinero. No llevaban ningún orden alfabético, sino uno natural. Mamá las había escrito tal y como la abuela las cocinaba. Tardaron muchos meses en escribirlas todas. No tenían prisa, querían hacerlo bien. Reflejar en el papel la verdad de todo el proceso de creación de cada una de ellas. Un dibujo de letras de todas esas recetas que nosotras deseábamos que fuesen eternas. Qué buena idea, la verdad. No sé qué hubiera sido de esto sin el cuaderno de recetas de la abuela.

Las manos me temblaban un poco y notaba que el corazón me pegaba fuerte en el pecho, como un nudillo tocando a la puerta. Frito marinero. Ese iba a ser el primer plato que cocinaría para abrir la tienda el lunes. Así fue el orden de las cosas. Cerré despacio el cuaderno y lo guardé en el cajón de la mesa grande, me sequé los ojos con la manga de la camiseta y subí a casa. «Mamá, voy a hacer la receta de frito marinero de la abuela», le dije sonriendo entera. «Ah, ¿sí?». Me miró como si en los ojos tuviera estrellas. «Qué bien, Marina. Seguro que te sale riquísimo, ya verás. Si necesitas algo, me lo dices. Yo te ayudo a darle el punto. Es uno de los platos que más han gustado siempre —me explicó mientras cogía los cubiertos del cajón—, aunque hace muchísimo que no lo cocino». Escuché el tintineo de las cucharas como unos platillos. «Los del pueblo estarán encantados. Será un buen comienzo para ti», me dijo con la forma de la boca un poco tiesa.

Tal vez ella creía, de hecho pienso que todavía lo cree, que yo no se lo notaba. Pero yo siempre detectaba esas cosas, aunque no estuviéramos cocinando o comiendo. Sabía perfectamente cuándo mamá o Irene estaban regular, incluso por teléfono. Esos días la veía así. Imagino que para ella era muy raro y muy duro no abrir la puerta de la tienda. No saber si podría volver a hacerlo. Por mucho que dijera todo el rato que sí, que al acabar el verano seguro que estaba bien. Incluso antes. Le pesaban mucho las manos y le apretaba el corazón.

Yo ahora la entiendo. A pesar de todo, la entiendo. No la odio. Pero, bueno, nunca esperas que tu madre te haga lo que ella me hizo ese verano. En realidad, no me lo hizo ese verano, me lo había hecho toda la vida, pero no lo supe. Y para mí siempre será el verano en el que mi madre se convirtió en una mentira. Una parte de mi madre se transformó de repente en una mentira tan profunda que, aun ahora que sé por qué lo hizo, me escuece cuando me meto en el mar. Cómo pica. Tengo ganas de llorar, gritar o arrancarme la piel, especialmente la de las manos, cada vez que hablo de esto. Todavía no puedo. Me cuesta tanto.

En los dos días que quedaban antes de abrir coloqué lo que faltaba en la tienda, encendí el mostrador y me llegó todo lo que necesitaba. Dejé las puertas entreabiertas y algunos vecinos se asomaban a preguntar. Salía el olor a hinojo por la puerta y recorría el pueblo. Ese olor a hierba caliente, junto a las patatas, el pimiento, los ajos y las gambitas en la cazuela de barro. Les dije a todos que sí, que el lunes volvíamos a abrir y que iba a haber frito marinero, pan moreno recién hecho que me traerían del pueblo de al lado, vermut mallorquín, vino malvasía en garrafa de cartón y todos los embutidos de siempre.

Mientras me lo escuchaba decir, con las manos en la cintura y un delantal de flores, me sentí mi abuela y mi madre juntas. Como si yo, de repente, fuera una croqueta melosa y perfecta de las dos. Me escuchaba hablar con los vecinos o con cualquiera que se asomara entre las cortinas de la puerta y sentía burbujas en el estómago. Me subían las burbujas y explotaban. Me hacían un poco de cosquillas. Así que contestaba con una sonrisa inevitable que no podía apagar nada.

Llegó el gran día. Llené la tienda de flores y hierbas aromáticas. Hice ramos y los colgué boca abajo en las esquinas. Quedaban preciosos. Las estanterías ordenadas, el mostrador lleno. Sobre él un ramo de lavanda silvestre dentro de una botella de sifón con el cuello grande. Entraba la luz a raudales, todo brillaba. Encima de la mesa grande coloqué los panes en cestas de mimbre cubiertas de lino. Me dio tiempo a hacer dos cocas de trampó que corté en trozos sobre las bandejas de hojalata oscura. No salían igual en otras bandejas. Aquellas las había usado mi abuela durante todos esos años y cuando comprábamos una nueva no quedaban igual. Las cocas fue lo primero que aprendí a hacer antes de irme a Madrid. Algunos objetos antiguos, usados y vividos, en contacto con el horno o la comida dejaban huellas que no estaban en ninguna otra parte, tenían algo especial, como si tuviesen alma. Sabían diferente.

Las puertas estaban por fin abiertas. Mamá y yo habíamos desayunado juntas unas cocas de patata que compré en Valldemossa al volver el domingo por la mañana de Palma. Bajé a comprar todas aquellas flores a las Ramblas, casi todas eran de allí, y también me pasé por una floristería que hacía esquina en Santa Catalina. Me encantaba esa tienda. La chica tenía los ojos claros y cuando te hablaba, parecía que le salían flores de los dientes, siempre sonreía y movía las manos como si bailasen.

Saqué las dos sillas a los lados de la puerta. Las de siempre, solo que la abuela no estaba allí sentada. O no se la veía, pero yo sabía que estaría allí, pasando lista. Arrugando la barriga y controlando que los fogones estuviesen encendidos, con la gente entrando y saliendo. Casi pude escuchar un gemido suave, como el que hacían unos labios muy pegados intentando soplar, que casi se transformó en un mugido cuando probé el frito marinero. Era como el de la abuela. Al sacarme el tenedor de la boca y masticarlo todo, los labios se me despegaron un poco y las puntas se me fueron hacia arriba como si estuvieran llenas de helio; era imposible no sonreír muy fuerte. Era el frito marinero de la abuela. Igual, o casi igual. Lo era. Igual. Su frito marinero hecho con mis manos.

Había seguido paso a paso todo lo que ponía en el cuaderno. La felicidad me salía por los ojos, lo vi en el espejo del baño mientras me lavaba las manos durante una pausa. Me costaba creer que estuviese al frente de La Ultramarina yo sola, con el delantal puesto, sirviendo los platos de frito marinero que los vecinos se llevaban en unos preciosos táperes de cartón. Tenía pensado diseñar algo más especial todavía pero más adelante, cuando me viese un poco más asentada. Me salía inevitablemente la vena creativa y profesional, porque tiraba del talento de haber estudiado una carrera que me había ofrecido cierto sentido de la estética y que combinaba como la mermelada y el queso con mi amor por la cocina. Al final, con todo lo que pasó días más tarde, no llegué a hacerlo. A nadie le importó. Los del pueblo me lanzaban besos con la mano mientras me decían: «Gracias, Marina, tienes el gusto de tu abuela». «Cocinas como tu madre». «Menuda familia de cocineras». Todo aquello me continuaba retumbando en la cabeza cuando cerré al mediodía.

La experiencia me hizo sentir feliz y triste, como la salsa agridulce que usaban los chinos. Pensaba que estaba ocupando un sitio del que había escapado, pero lo sentía un poco mío. Era un espacio con la forma de otra persona en la que ese lunes, por primera vez en serio, encajaba la mía. No del todo. Lo hacía como cuando llevas unos zapatos prestados, puede que sean de tu talla pero al andar notas que no son tuyos, que tienen otra cadencia.

Está claro que La Ultramarina durante aquella primera semana, incluso la segunda, todavía no eran mis zapatos, no encajaba perfectamente conmigo. Las suelas hacia dentro, la pisada de lado, la parte del puente más baja. Andaría poco a poco, y me notaría algo rara algunas semanas más.

Mis días, desde la apertura hasta que encontré la foto en la que salía mi padre, fueron muy parecidos. Me levantaba muy temprano, a eso de las cinco y media. Arrastraba feliz los pies hasta el baño y me daba una ducha larga. Allí, mientras el agua me corría por la piel como gelatina, repasaba en la cabeza los ingredientes que iba a usar, hacía memoria por si faltaba queso o algún tarro de conserva o me preguntaba si ya habrían dejado la caja de pan abajo. Intentaba recordar si había escuchado en duermevela entrar al panadero. Tenía las llaves de la persiana, abría y arrastraba una caja grande y blanca a la entrada de la tienda. Volvía a cerrar y, en ese momento, solía oír los cascabeles de sus llaves. Casi siempre eran mi despertador, aunque el mío sonaba media hora más tarde. Traían siete panes morenos, diez barras rústicas, cinco de cereales, seis panecillos blandos, cuatro panes redondos de *xeixa* y diez *llonguets*.

Me lo aprendí de memoria porque ese sería el pedido diario de pan durante todo aquel verano, excepto el fin de semana que habría siempre algunos cambios. Casi todos los panes estaban reservados. Ya no haría falta que me los pidiesen, porque yo sabría que Carlos, el vecino del veinticuatro, quería siempre una barra rústica. Que Margarita pedía el de *xeixa*. Que María, la de al lado del estanco, siempre se llevaba dos *llonguets* y un pan moreno, porque les hacía la merienda a los nietos cada día. A veces me la encontraba en la calita con los niños mientras movían la boca como si mascaran chicle y me hacía ilusión saber que lo que contenían esos carrillos era en parte gracias a mi esfuerzo. A la única tienda del pueblo. Jaime se llevaba una de cereales. Cati, la hija de Marcel, el de los viñedos de más abajo de casa, tres panecillos blandos y un pan moreno. Bueno, que podría hacer el repaso mental y ver las caras de cada uno junto al tipo de pan que les gustaba. Imaginarme sus mesas y cómo mojaban la miga en el alioli antes de llevárselo a la boca y que lo convirtiesen con sus lenguas en una masa informe. Dicen que los perros se parecen a sus dueños, pero yo creo que los panes dicen mucho más de las personas que los eligen. La comida, en general.

Después salía de la ducha con la piel muy caliente, me enrollaba la toalla en el pelo y, con el albornoz abierto, me ponía la crema de la cara. Me peinaba y me sacudía el pelo con las manos, me vestía —los vaqueros claros y la camiseta de manga corta blanca con el bordado azul en el pecho, donde ponía con una letra llena de montañitas «Marina» y un poco más grande, justo abajo, «La Ultramarina»—, para después en la tienda colocarme el delantal de flores. Pasaba por la cocina, saludaba a mamá, que a esas horas ya solía estar sentada con la luz pequeña encendida leyendo alguna revista, regando las plantas o dando un paseo por el huerto con las zapatillas llenas de tierra y una linterna en la cabeza. El huerto seguía cuidándolo ella. Y, sin desayunar, me bajaba a la tienda a preparar la base del plato del día.

Mientras los ingredientes estaban en el jacuzzi de la olla, abría un *llonguet* recién hecho por la mitad. Los *llonguets* son unos panecillos que tienen dos montañas y se unen en el centro, la corteza dura, la miga muy blanca y son típicos de Palma. De hecho, a los palmesanos les llaman «llonguets» en algunos pueblos. Lo tostaba muy poquito y le frotaba un tomate de ramillete, echaba un buen chorro de aceite de oliva y lo cubría con *camaiot*, jamón serrano, aguacate, atún o queso mahonés semicurado, dependía del día. Me lo comía sentada en la banqueta sin apartar los ojos de los fogones. Siempre solía acompañarlo de un vaso de leche fría con colacao al que le iba dando sorbitos cortos.

De pequeña, cuando mamá me preparaba el desayuno antes de ir al cole, me bebía el vaso de leche casi sin respirar, muy rápido. Y casi siempre antes de salir por la puerta lo vomitaba. Día tras día. En realidad mi cuerpo se quejaba, porque tenía que beber y comer más despacio. Darle tiempo a que todas esas minipersonas que vivían dentro de mí y dirigían el tráfico digestivo tuvieran espacio para decidir a dónde iba cada cosa. No había que saturar a la guardia interna. Calma. Me reía cada vez que lo pensaba de esta manera. Cuando empecé a beberme la leche más despacio y fría de la nevera, nunca tuvo que hacer el camino inverso. Dejó de ser un suplicio para convertirse en un placer.

Me gustaba tanto —me sigue gustando tanto— que en verano, cuando tenía vacaciones en el cole y me pasaba más tiempo en casa o en la tienda, le pedía a mamá que me preparase una jarra de leche fresca con colacao para bebérmela durante el día. Ella vertía la leche en un vaso batidor, ponía dos o tres cucharadas grandes de cacao y lo removía todo con la batidora. Después lo echaba en una jarra azul cielo con una tapa redonda, blanda y transparente, con un agujero en un lado que se cerraba con un tapón de clic, y la guardaba durante el día en la nevera. Así disfruté de esta bebida, casi hasta que me fui a estudiar fuera. Bueno, incluso todos los veranos de vuelta de Madrid, también me lo hacía. Y me encantaba. Era otra de esas campanas que me indicaban que estaba en casa. Abrir la nevera y ver aquella jarra cilíndrica en la puerta. Mamá siempre le decía a todo el mundo, riéndose con los brazos abiertos, que le habría salido más barato tener una vaca lechera en casa. A mí me daba un poco de vergüenza cuando lo contaba y me agarraba a su pierna utilizándola de trinchera, y me escondía detrás.

Una vez listo el fondo del plato, salía a la otra sala, abría las contraventanas y el sol naranja como una mandarina traspasaba suave una parte de la tienda tiñendo la estantería. Abría las persianas, sacaba las sillas fuera y me quedaba un rato con el vaso de leche en la mano mirando el mar, a la gente pasar, y me deleitaba escuchando aquellos primeros sonidos del día que eran como pisar hierba mojada. Qué gusto.

Entraba siempre alguien a primera hora a comprar pan, a llevarse unas lonchas de *camaiot* o una cuña de queso con un tarro de mermelada de higos del año pasado. Normalmente esa persona llevaba el periódico enrollado debajo del brazo y unos ojos enmarcados por una gorra de publicidad. Yo inevitablemente me imaginaba esos ingredientes montados sobre una tostada, en una mesa redonda a la que le daba la sombra gracias a una frondosa hiedra verde. A los vecinos siempre les iba dando ideas de cómo podían juntar las piezas que se llevaban de la tienda. A veces venían con el puzle claro, otras veces los ayudaba y les gustaba que les dijera todas las formas que tenían de encajar los ingredientes, incluso me pedían consejo para probar otras maneras de hacerlo. «A ti se te da bien, Marina. Dame una idea para un desayuno diferente que, aunque me gustan las rutinas, tengo ganas de sorprender a mi señora».

Entraba y salía varias veces de la tienda a la cocina. Si estaba acabando de cocinar o de coger algo de la despensa y llegaba alguien, me enteraba porque sonaba una campana cada vez que rozaban las cortinas. Entonces salía a saludar y los atendía. Tenía clientes que habían acudido todos los días desde que abrí. Casi a la misma hora. Cuando escuchaba el sonido agudo y sutil de la campana, según la hora, ya me imaginaba la cara que iba a ver.

Pero había algo que todas las personas que venían a La Ultramarina tenían en común: nunca había visto a nadie triste. No sé si era por el espacio, el olor de la comida o el perfume de los tomates como fresas colgando del techo. Por el abrazo que daba una tienda en la Tramuntana. Si la abuela o mamá también les habían enseñado como a nosotras que el dolor estaba vetado allí. Tal vez fuese el blanco puro de las paredes, la calidez de la madera o el suelo de terracota lo que los hacía sonreír nada más retirar la cortina de la puerta. A mí me pasaba. O puede que en realidad lo que más influyera fuese el sutil reflejo en los cristales de todo aquel azul, especialmente a mediodía. Los restos de la abuela en las esquinas. La mezcla de todo. A mediodía la tienda siempre estaba llena, el sol en lo más alto y del mar salían destellos que parecían un millón de espejos juntos brillando contra el cielo. A veces los veía brillar haciendo formas en el techo como en esas casas con piscina. Pero nunca, excepto el día en el que me enteré de lo de mi padre, que me encerré y lloré en silencio como si me hubieran dado la vuelta, excepto esa tarde en la que creí que se deshacía también el suelo, nunca había visto a nadie con la boca caída entre estas paredes.

En cuanto la comida estaba lista —bueno, si me daba tiempo lo hacía casi siempre un poco antes—, colgaba al lado de la puerta una pizarra con los cantos de madera oscura en la que escribía el plato del día. Y dejaba la olla, la sartén o lo que fuera, dependiendo de la receta, en la cocina. Con un plato o dos dentro del mostrador por si a alguien le apetecía ver la pinta —hay muchas cosas que entran por los ojos— o por si querían probar un poco. No me importaba que probasen el plato antes, de hecho me gustaba ver la cara que ponían al llevárselo a la boca. Si lo probaban en su casa, en la playa o donde fuese, me perdía esos ojos abiertos de los que salían estrellitas. Me quedaba sin disfrutar de los mofletes sonrojados, de la forma en la que se pasaban la lengua suave sobre los labios, como si no fueran suyos, en busca de huecos nuevos, restos de sabores y haciendo arqueología. No escuchaba ese mugir de placer de las personas, que para mí representaban todas a mi abuela.

Así que yo siempre, creo que mamá también lo hacía, tenía unos cuantos cubiertos limpios dentro de un lapicero al lado de la caja registradora. Si notaba que les apetecía, metía la cuchara o el tenedor en el plato y cogía un poco con cuidado, extendía la mano sobre el mostrador como en las heladerías y dejaba que lo saboreasen mientras los miraba con los ojos entornados. Al ver la reacción se curaban las heridas. Y sonreía mirando con disimulo al cielo por si me veía la abuela, o al techo, porque de poder atravesarlo me estaría viendo mamá. Gracias a las dos por hacerme aquí.

Después, de una y media a dos, la tienda solía quedarse en calma chicha. Las cortinas se mecían despacio. Aquí, en la isla, siempre entraba algo de viento a mediodía. Una brisa suave y salina que hacía bailar a lo ligero. Las cortinas se movían, el silencio flotaba y yo recogía todo para dejar la tienda lista para cerrar sobre las dos y media.

Sonaba en el salón *Mediterráneo* del disco de mamá, me llegaba el murmullo de su letra. Entraba la pizarra y las sillas, cerraba las persianas y fregaba los cacharros. Me secaba las manos arrastrándolas en el delantal de flores y subía a comer con mamá. Al principio ella solía preparar algo arriba. Pero poco a poco empecé a subir yo el plato del día o cocinaba para las dos en los huecos que me dejaba la mañana. También, a veces, aprovechábamos algunos restos del día anterior para crear cosas nuevas o comíamos de las pruebas de las recetas de la tarde. Así que en casa nunca faltaba la buena comida. Esa que no es buena solo por el producto, sino también por las manos que la han acunado en la cocina. El tiempo, las ganas. El amor. Suena ñoño, pero es verdad eso de que es un ingrediente imprescindible. Un día cociné lentejas con mucho odio, estaba enfadada, y se notó en el sabor. Tenía un regusto a hierro oxidado, no sé cómo explicarlo.

Casi siempre comíamos juntas en la terraza. Hubo días en los que, aun teniéndola al lado, estábamos a años de distancia. Hacía lo posible para que no me notara nada. Las raíces del pino y esas cosas. La corteza de la que estábamos hechas. Me resultaba muy difícil no preguntarle por lo de mi padre. No lo entendía. Me daba mucho miedo encontrarme una respuesta que me dejara sin esa madre que había dibujado todos estos años, toda mi vida. Que de pronto le saliese una verruga grande en la nariz. No entendía nada, la verdad. Y a veces pienso que estaba bien no entenderlo.

Así que comíamos y algunas tardes miraba una receta en el cuaderno de la abuela y la practicaba, hacía pruebas, seguía cada punto hasta encontrar el sabor. Esas eran mis mañanas y mis tardes en La Ultramarina. Parecía que estaba encerrada entre cuatro paredes, pero es que entre las paredes de esta tienda existía un universo. Una isla en una isla.

Algunas noches, después de cenar salía a caminar a la fresca. El cielo estaba de un negro muy azul y las estrellas, como pecas, titilaban igual que un faro. Las calles siempre olían a jazmín. Era como si el pueblo se impregnara de ese perfume para enamorar a cualquiera que pasase. Resultaba difícil no enamorarse aquí. Así fue. Cuando encontré la foto, las tardes empezaron a ser diferentes y las noches se convirtieron en sábanas suaves de olor a mar profundo. Casi se podían sentir las algas en aquellas manos. Las primeras noches con Héctor fueron como echar yodo a una herida, noches de algodón.

5
La fotografía

22 de junio

El día que me encontré la foto no había llegado el pan. No sonaron los cascabeles. Me desperté media hora más tarde que de costumbre. Mamá se había quedado en la cama un rato más, sus manos estaban vacías y cerradas. El huerto estaba gris sin ella pisando la tierra. El cielo se iluminaba a cada rato. Se escuchaban las gotas como piedras golpeando las ventanas y las tejas. El viento soplaba desde mil bocas juntas y el mar tenía las crestas blancas como las cejas gruesas de un abuelo. La tienda estaba oscura, nada la teñía de naranja.

Me puse a cocinar calamares rellenos en salsa con un poco de zanahoria y una puntita de sobrasada. El plato estaba un poco soso. Cada vez que lo probaba, me salía humo de la boca como quien juega a fumar con el frío. No llegó el pan porque la furgoneta no podía subir de la cortina de agua que recorría las curvas de la Serra. Me llamó el panadero para decírmelo. Le respondí que no pasaba nada, que fuera con cuidado y que nos veíamos al día siguiente. Ese día no entró mucha gente en La Ultramarina.

Me provocaba placer ver llover en manga corta. La lluvia en verano funcionaba como un ventilador. Disfruté poco de esta sensación. Estaba sentada con el cuaderno de recetas de la abuela todavía cerrado sobre las piernas, con ese ventilador de lluvia girando como un huracán, cuando vi la foto por primera vez. Cada día o cada dos o tres, leía una receta del cuaderno y luego por las tardes intentaba prepararla igual que la abuela. Al día siguiente o a los dos días procuraba tenerla en la tienda como plato del día. Y así cada vez que leía una receta nueva.

Conseguí hacerlas todas, aunque unas salieron mejor que otras. Con mejor quiero decir que unas sabían exactamente igual que las de la abuela Carmen y a otras les faltaba algún punto que iba encontrando tarde tras tarde, y así sin fallar ni una sola. Giré la página para ver la receta que me tocaba ese día. El cuaderno me hacía recordar de una manera nítida a la abuela cocinando. Mamá detallaba con sus palabras cada uno de los pasos que daba. Tenía la sensación de estar viendo a la abuela en los fogones de La Ultramarina. A mamá siempre le había gustado escribir, nunca me lo había dicho, pero se notaba en cómo iba zurciendo cada una de las palabras, en todas esas puntadas.

Ese día no llegué a leer la receta. Al dar la vuelta a la página me topé con el reverso de una foto en la que había escritos —en una letra que no era la de mamá— unos ingredientes sueltos, como una lista de la compra o algo así. El cuaderno estaba lleno de páginas dobladas entremedias y apuntes de cosas a la mitad. A casi nada de eso le había dado importancia, porque muchos de los papeles eran morralla, retales, añadidos, tonterías. Yo iba a lo que iba, a desenterrar recetas de la abuela. Giré la foto para ver qué era con un movimiento automático sin demasiado misterio. Al darle la vuelta me encontré con una mujer y un hombre que sostenía a un bebé en brazos. Sobre sus cabezas asomaban los mástiles de los barcos. Estaba tomada en el paseo marítimo de Palma, se reconocía fácilmente. Dejé la foto otra vez sobre la página del cuaderno para seguir con lo mío cuando la observé de nuevo, como si me hubiera dejado algo, como si buscase en el fondo de los bolsillos o entre los dientes.

Un calambre caliente me trepó por el estómago, un relámpago. Ese bebé me sonaba mucho, porque ese bebé de mofletes carnosos y cabeza pelona era yo. Y la mujer de al lado era mamá. Se me pusieron los pies muy fríos. Aquel hombre tenía la cara de la foto de mi padre que yo llevaba siempre en la cartera. Era la misma cara si le quitabas el bigote. La misma cara unos años más tarde. Aquello no podía ser.

Me entraron ganas de ir al baño, como si tuviese la tripa llena de piedras. La lluvia sonaba cada vez más fuerte y casi no me dejaba escuchar lo que pensaba. No paraba de mirar la foto con los ojos abiertos hasta arriba. No podía ser. Eso no podía ser, era imposible. Los ojos se retorcían y se me cerraban. Me los frotaba y volvía a abrirlos.

Rasqué la foto con las uñas. No había relieves. Estaba claro que no se trataba de un montaje. Era él, pero no podía ser él. Al menos según lo que me había contado mamá desde que era niña. No. Era imposible. En la imagen aparecíamos juntos como nunca habíamos estado, como creí que nunca estuvimos. ¿Estuvimos juntos? Mi madre, papá y yo en sus brazos. Un trueno crujió el cielo, no paraba de llover. Las ventanas también temblaban.

Cerré todas las puertas. La foto se me cayó al suelo. La cogí muy rápido, como si las baldosas tuvieran fuego. Me la acerqué mucho a la cara y la miré quince minutos, media hora, un día, no sé cuánto tiempo, en busca de fantasmas.

Tratando de entender el truco. Era imposible. Papá me abrazaba. ¿Me abrazaba? Poco a poco las palmas de las manos se me pusieron como llenas de lluvia y sujetaba la foto cada vez más fuerte. Pellizcándola con todos los dedos. Mis huellas mojadas se quedaron marcadas sobre el papel satinado, todas esas líneas de identidad llenando los vacíos que quedaban entre nosotros, intentando llenar las incógnitas.

Soplé suavemente sobre ella. Los tres seguíamos allí. Los ojos se me inundaban sin parar como el grifo abierto de una bañera. Papá me abrazaba. Su piel y mi piel coincidiendo. Mi madre estaba allí y vio cómo lo hacía. ¿Cómo podía ser? No sé cuántas veces me abrazaría papá antes de morir, pero me abrazó al menos esa vez. Eso seguro. Sus brazos grandes y peludos como un oso me rodeaban la cintura, más pequeña que una garrafa de agua. Su mano ancha de dedos finos e infinitos me cubría la cabeza. Él no tenía bigote que le ocultara el labio de arriba. Lo tenía como el de abajo, grueso y rosado como una uva. Sus ojos almendrados miraban fijamente al objetivo. Llevaba una camisa blanca de manga corta con un paquete de tabaco asomando por la ventana del bolsillo y unos pantalones vaqueros muy claros. De los bajos anchos salían unas chanclas que le cubrían los empeines con una banda de rayas azul marino y blancas. Los dedos de los pies eran chatos y estirados, las uñas cortas, la piel de color canela. El pelo liso le caía hacia un lado, el cuello lo acompañaba un poco inclinado como un parabrisas. La mandíbula tenía forma de triángulo, muy marcada y picuda, y la boca era un paréntesis tumbado, llena de vida.

Yo no paraba de llover, lágrimas y lágrimas que se me amontonaban en la boca, mientras analizaba cada poro de esa imagen como si la estuviese viendo a través de un microscopio. Cómo brillaba aquel hombre. Papá tenía los dientes separados y blancos como la cal. Qué sonrisa tenía papá, no la había visto nunca, porque en mi foto tenía la boca movida. Esa sonrisa nueva era como ver el mar. En medio de la barbilla, sonriendo, se le marcaba un punto hundido. Solté un lado de la foto, me llevé el dedo al centro de mi barbilla y recorrí el que yo tenía, que ahora sentía mucho más profundo.

En la fotografía, mi madre estaba al otro lado. Yo en medio. Mi madre no miraba a la cámara. Quizá, en realidad, no estuvo allí, con nosotros. No entendía nada. Ahí estábamos los tres: mi madre, papá y yo. Todos juntos. Muy pegados. Al fondo de esa imagen, rodeándonos por completo, el reflejo de la luz del sol sobre las olas como si fueran un montón de espejos. Los vacíos de la foto estaban llenos del mar de ese color azul salado. Y él no estaba muerto.

Mi madre no se encontraba en casa aquella tarde. Había salido al médico, tenían que hacerle unas pruebas en el hospital y me dijo que aprovecharía para ver a Irene, que cenarían juntas y luego subiría otra vez en el autobús. Recuerdo que se me disparó la cabeza. A quién iba a ver realmente: ¿a Irene o a papá? Me tiré al suelo o me caí, no lo recuerdo, como si el cuerpo no me lo aguantaran los huesos, como si se hubieran deshecho y solo quedara la carne, abierta y blanda, sin rigor. Resbaladiza. Caí amontonada sobre mí, y me salió del alma un grito afónico y alto, muy largo, larguísimo, que me desgarró la garganta. El alma también se me debió de partir en dos, porque no pude levantarme hasta un rato después. Al cabo de dos horas mi cuerpo se hizo algo más sólido pero mi alma tardó bastante más en recibir una sutura.

Lloraba sin parar y sin querer parar, porque qué pasaría después. Qué ocurriría ahora que sabía que papá me había abrazado y que mi madre me había mentido. ¿Irene también? Irene no. No. Irene era demasiado pequeña cuando pasó ese abrazo. De pronto fui consciente de que mi padre no solo me había sostenido en brazos, sino que quizá no hubiese muerto nunca. El llanto taponaba el miedo, era el papel que envolvía la piedra del piedra, papel y tijera. El papel que sujetaba mis huesos. Qué dolor tan puntiagudo y hondo. Mucho más salvaje que el que noté tras aprobar la selectividad, cuando definitivamente me marché a Madrid. Muchísimo más feroz. No es verdad que el tiempo cure las heridas, solo cambia de lugar las cosas. No sé qué leches hace el tiempo. Mamá siempre nos había dicho que el tiempo era un invento, que no existía. Pero cuando me topé con esa fotografía ya no supe qué existía y qué no. Y tampoco quién era mi madre. El dolor vacío que sentía era muy parecido a cuando un folio te roza la yema del dedo con el canto y te provoca un corte limpio, como si fuese una nueva línea en la huella dactilar. Ese corte duele de una forma sorda y honda. Así me sentía yo, con ese dolor, pero multiplicado por un número infinito. No, no podía ser. No podía ser, mamá. No me podía creer que mi madre hubiese ocultado algo así.

Cuando me guardé la foto en la cartera, ya había anochecido. Me lavé la cara con agua muy fría y salí a la calle. Los ojos rojos, los huesos flojos. Digo a la calle porque en realidad no sé a dónde salí. Me dejé llevar. Mis pies caminaban sin conexión con la cabeza. Los huesos por una parte, el alma por otra. Partida en trozos. La cabeza estaba ocupada por un murmullo constante de preguntas que rebotaban una y otra y otra vez. Preguntándomelo todo. Todo el rato. Mientras me repetía sin abrir la boca ni un milímetro: quién era yo ahora.

Mis pies huecos me llevaron al banco de al lado de la lonjita. El rincón que aquel verano se convertiría en mi lugar *mel i sucre*, un sitio en el que te sientes a salvo, donde nunca puede pasar nada malo. No olía el jazmín. El cielo estaba dormido. De uno de los barcos del puerto estaban descargando cajas. La mirada fija y movimiento al fondo. Eso era todo. El mundo de fuera no estaba claro, tenía tanto ruido dentro que me resultaba imposible concentrarme en lo que me rodeaba. El mundo pasaba esa noche y yo estaba allí, inerte, dejando que el tiempo me rozara por todas las esquinas y pasara de largo.

Solo trataba de buscar excusas para entender por qué mi madre, la mujer de mi vida, me había ocultado lo de papá durante veintinueve años. Veintinueve años con un padre envejeciendo en alguna parte. Veintinueve años perdiéndome a papá. Borrándolo de la foto. Construí un montón de teorías: quizá papá le hizo daño o me hizo daño a mí. Tal vez papá había sido alcohólico o le fue infiel a mi madre de una forma imperdonable. Quizá se murió algo más tarde. Mi madre hizo algo, ¿y si la culpa fue de ella? Ninguna excusa de las que me contaba a mí misma justificaba matar a un padre. Porque mi madre mató, de alguna manera, a mi padre para mí. Lo convirtió en un muerto.

El ruido de las cajas de pescado al golpear contra el suelo me devolvió al mundo un momento. Un chico alto, que andaba con las piernas un poco abiertas, las estaba descargando. Olía a mar y me pasó como con el eucalipto. La barriga empezó a hinchárseme de aire, que salía lento y volvía a entrar lento. Las manos me colgaban a los lados de las piernas. Tenía la espalda apoyada en el respaldo de madera. Notaba el hueco entre una madera y otra y se me clavaban en la espalda. Las mangas color coral de mi camiseta se movían con la brisa, las notaba rozarme la piel justo a la altura de las axilas.

Esa noche fue la primera vez que vi a Héctor, que aún no era Héctor sino cualquiera. Aquel chico había dejado la última caja de pescado fresco en la lonjita dando unos pasos anchos, entonces cerró la puerta, se bajó la cremallera del cortavientos de plástico mojado y blanco, se giró para volver al barco y me miró. Sus ojos y mis ojos. Fue como cuando chocaba el mar contra las rocas. Así de bestia. Retiré la mirada, que debía de seguir roja y apagada, y la puse en mis dedos que se movían buscándose entre sí. Me levanté, no miré hacia atrás y subí despacio la cuesta de vuelta a casa.

La luz de la habitación de mi madre salía por debajo de la puerta cuando llegué. Me fui directa a la mía sin decir nada, sin pasar siquiera por la cocina. Casi de puntillas. Encendí la lamparita y me quité la camiseta. Me desabroché el botón de los vaqueros y dejé que resbalaran hasta los pies con movimientos rápidos. Me liberé de las albarcas para que pudiesen salir del todo y me senté en la cama, en bragas. Me retiré el sujetador mientras miraba el horizonte a través de la ventana.

El cielo negro y el mar abajo, e imaginé que aquel chico de los ojos del color de la orilla todavía estaba allí. Abrí la sábana, me metí dentro y saqué una pierna. Estaba fresquita y olía a blanco, a jabón de Marsella. El techo de mi habitación tenía las vigas de madera. Me relajaba verlas. Apagué la luz y el reflejo de la farola de la calle serpenteaba en la pared. Conté cada una de las vigas hasta diez. Y volví a contarlas al revés, de abajo arriba. Las lágrimas me caían lentas hacia las orejas. Los labios me temblaban un poco.

Imaginé a papá sin el bigote proyectado en el techo, con la cara deformada por las vigas. Regresó aquel pinchazo entre mis costillas. Recorrí su pelo de lado otra vez, el hoyo de la barbilla y esa sonrisa nueva, ¿existiría todavía su boca? Esa noche soñé que me casaba. Yo, que no tengo idea de casarme ni en mil vidas. Soñé que llevaba un vestido de estilo ibicenco, nada de parafernalias, y me encontraba en un sitio que no sabía dónde era, una especie de casita de pescadores con las paredes de piedra blanca. Estábamos en la terraza y había muchas plantas. Atardecía, porque las personas de la fiesta se ponían todas la mano delante de los ojos, haciendo de visera. La luz era naranja. No podía ver los ojos de nadie.

Resultaba un poco angustioso, como una pesadilla, pero a la vez me sentía tranquila porque imaginaba que si estaba en mi boda, toda esa gente que había allí con la cara medio tapada eran de confianza, personas a las que quería. No tenía ni idea de quién era mi marido. No lo vi en todo el sueño. Así que no sé con quién me casé aquella noche. Fue uno de esos sueños raros donde no pasaba casi nada. Todos estaban con las manos en los ojos, girados en una dirección, excepto un hombre que llevaba gafas de sol y no tenía bigote, la cara seria, y miraba hacia el otro lado. Me miraba a mí. Me acerqué a él con curiosidad porque realmente no lo reconocía y empezó a sonreír poco a poco, no se le veían los dientes. Tenía en la mano un canapé que parecía de sobrasada caliente con miel y unas florecitas lilas muy pequeñas.

Todos llevábamos copas de cava, él no. Solo el canapé de pan crujiente que le manchaba un poco los dedos. Me acerqué más con la copa en alto para saludarlo, se quitó las gafas, sonriendo con los dientes abiertos. Era papá. Me lancé a él para abrazarlo y sonaron los cascabeles de las llaves del panadero en La Ultramarina.

Abrí los ojos de golpe, supe enseguida que había sido un sueño. No me lo creí. El corazón me rebotaba muy fuerte, como una pelota de tenis atrapada en las costillas. Me levanté despacio. Los huesos me sostenían. Así que me fui a la ducha y pensé cómo serían mis días ahora que no tenía muy claro quién era yo, quién era mi madre y qué había pasado con papá desde aquella foto. ¿Existía entonces?

Bajé, mi madre estaba en el huerto, la saludé de lejos con media sonrisa tiesa, como si ella fuera la misma persona que había sido hasta ayer. Tenía práctica en eso de que no se me notaran las cosas. El pino de las narices. Las raíces fuertes, toda esa corteza. Pero la verdad es que esta vez dudaba de si sería capaz de ocultar esta grieta tan grande que me rajaba de arriba abajo la identidad. Cómo me temblaban las piernas al bajar las escaleras. Era algo más temprano de lo habitual, no había dejado siquiera que sonara mi despertador.

Entré en la tienda, cogí una cerilla y encendí el fogón más grande. Eché leche en el cazo pequeño y lo puse sobre el fuego. El pan sumergido en la leche y todo lo demás que seguía este ritual. La dejé enfriar. La abuela no apareció. Yo también pensé en irme. Regresar a Madrid. Mandarlo todo a la mierda.

El cuaderno estaba allí, encima de la mesa. Abierto de par en par, con todo a la vista. Lo imaginaba rodeado por una línea gruesa de tiza, como la escena de un crimen. Lo cogí, no quería que hubiera pruebas de que lo sabía. Sorbí un poco de leche y pasé la página con los dedos. La receta sobre la que encontré la foto era un plato de lomo con *esclatasangs*. La traducción literal de *esclatasangs* sería algo así como «estallar la sangre». Son unas setas con un sombrero grande, un hoyuelo en el centro y los cantos alzados. Se encuentran en los pinares. Aquí mucha gente sale a recogerlas, son muy apreciadas. Están muy ricas *torradas* al fuego de leña con una picada de ajo, aceite y perejil. No necesitan mucho más. Había comido muchas, nos gustaba ir a buscarlas.

Cada cual tenía su *redol*, su zona de búsqueda, un secreto que se respetaba, que nunca se contaba. Mi madre tenía varios. Ahora sé que era experta en guardar secretos. Recuerdo que íbamos mucho a un pinar desde el que se veía la bahía de Palma. De todos, ese era mi preferido. Subíamos por una carretera de muchas curvas y arriba había una virgen de dos o tres metros vestida de azul celeste y un restaurante muy pequeño con una cristalera rectangular. Dejábamos el coche en el aparcamiento del restaurante, antes no te ponían pegas por eso; después me enteré de que lo cerraron y pusieron una barrera porque iban chavales con coches plagados de neones a beber y a poner música de esa que retumba en todas partes. Ni de adolescente me gustó ese tipo de música, me parecía ruido y a mí el ruido no me iba bien. A ese pinar nos llevábamos bocadillos, las botas y una botella pequeña de agua cada una. Había que caminar un rato hasta llegar a la zona secreta, nuestro *redol*, donde salían setas casi todos los años sobre las mismas fechas.

Al llegar, dejábamos la mochila apoyada en el tronco de un pino o debajo de un matorral y caminábamos en círculos pequeños un poco agachadas mientras retirábamos con cuidado las hojas de pino húmedas que las tapaban. Cuando encontrábamos una, con un cuchillo corto con el puño nacarado que se doblaba sobre sí mismo —creo que era del abuelo—, le cortábamos el tallo desde la mitad, la poníamos boca abajo en la panera y la tapábamos con un trapo. Estas setas se distinguían muy bien de las malas porque tenían un color amarillo anaranjado, eran muy carnosas y cuando les clavabas la uña parecía que sangraban. Crecían normalmente en octubre, después de las primeras lluvias.

Esta y otras recetas del cuaderno me las tenía que saltar porque al ser con productos de otras épocas del año no las podía hacer en verano, pero si me gustaban mucho o veía que las podía versionar de alguna manera, doblaba la esquina de esa página para localizarlas con facilidad en otro momento y elaborar algo con ellas. Como los *esclatasangs* no tenían sustituto posible hasta el otoño y yo creía que para entonces ya no estaría aquí, ni siquiera doblé la esquina. Cerré el cuaderno, volví a meter la cuchara en la leche y cogí un trozo de pan bien empapado y dulce, que me llenó la boca y me templó un poco el dolor que chillaba por encima del esternón.

Abrí las puertas de la tienda. Era un día con nubes, pero no parecía que fuese a llover. Me metí de nuevo en la cocina para pensar en un plato que no me llevara mucho tiempo, pero que me calmara. Y mientras me acababa la última cucharada de leche recordé aquellas cenas que me hacía a veces la abuela en verano. Eran casi una medicina y sencillísimas. Cogí una rebanada de pan moreno y la puse a tostar, muy poco, para que quedase todavía con la miga flexible. Mientras el pan cogía color, descolgué de la despensa una sobrasada de las del hilo rojo, las picantes, la apoyé sobre la tabla y corté un trozo. Más o menos de dos dedos de grueso. No me gustaba quedarme corta. Tiré de la piel acartonada que recubría la carne y la pelé como quien abre un paquete de galletas tirando de la cintita hasta que completa todo el círculo.

Saqué el pan y lo solté rápido sobre un plato, me chupé los dedos. Aspiré un poco de aire y me reí bajito. Puse el trozo de sobrasada redondo y grueso sobre el pan. Al contacto con el calor soltó un poco de aceite del color del pimentón. Cogí todo, con los pulgares en la sobrasada y el resto de los dedos en la parte de abajo de la rebanada. Presioné la sobrasada sobre la miga con los pulgares. Tal y como hacía la abuela. Imprimiendo las huellas, quitándole el frío a la carne. Este momento siempre me daba mucho placer. Notar cómo se iba reblandeciendo la sobrasada por el calor del cuerpo hasta convertirse en una pasta más cremosa que ocupaba el pan poco a poco, como una sábana que lo cubría por completo.

Así es como se hacía, podía ver cómo la abuela me lo decía en esta misma cocina. Aquí, justo donde estaba en este preciso instante. Irene y yo mirándola, sin que la cabeza nos sobresaliera mucho de la encimera. Y la abuela, con su delantal verde hoja, diciéndonos: «La sobrasada no se extiende con un cuchillo, sino con las manos. La comida hay que tocarla, notar el sabor con los dedos». Luego nos cogía las manos, una a cada una, y nos metía los pulgares en aquella masa sobre el pan, todavía un poco fría de la sombra de la despensa. Era imposible olvidar esa sensación. Cómo se hundían los dedos en esa masa que ya había sido amasada por otras manos de la familia, meses antes, para convertirla en nuestro embutido más internacional.

Cuando éramos pequeñas no participábamos en las matanzas, no nos dejaban porque decían que solo íbamos a estorbar, pero después ya fuimos parte de esas manos que mezclaban, en boles enormes de barro lacado, muchos de los embutidos que después servíamos en La Ultramarina: sobrasadas, *camaiot*, butifarrones. Todos colgados haciendo filas en el techo de la despensa, más arriba de los tarros de mermelada. Después, con los años, se los empezamos a comprar a un payés.

Cogí una breva de un plato pequeño con los ribetes dorados que mi madre había llenado el día anterior por la mañana cuando todavía era la mujer que yo creía. La abrí pellizcándola con dos dedos de cada mano. Estaba rosada como los mofletes de una muñeca. La coloqué despacio sobre la sobrasada con el interior mirando hacia arriba. Había algo de fragilidad en las brevas y en los higos. Hacía poco había descubierto que no eran una fruta sino una flor invertida. Tal vez eso me rebotaba en la cabeza. Quizá las manos de mi madre eran como dos brevas, florecidas hacia dentro. Dos brevas con gusano. Tenía ganas de estrujarlas, abrirlas, quitarles los gusanos y buscarles líneas que dijesen la verdad.

Aflojé los dedos y solté la breva deshecha sobre el pan. Ese sería para mí. Y cogí la tiza para escribir en la pizarra de la entrada el nombre del plato del día: «Lleu dinar d'estiu». Coloqué una tras otra las rebanadas de pan con sobrasada y brevas en el mostrador, sobre una tabla grande y rectangular de madera. Con cada rebanada servía un vaso de vino. Puse un montón de servilletas que después acabaron en el suelo teñidas de sobrasada y besos.

No tenía ganas de soledad, así que mi cabeza se inventó este cebo. Nadie decía que no a una rebanada de pan con sobrasada y brevas. Al mediodía La Ultramarina se llenó de vecinos, se corrió la voz, y fueron viniendo unos y otros. Ya habían acabado las clases, los niños estaban de vacaciones. Así que los adultos tenían en una mano la rebanada de pan y en la otra el vaso de vino, y los pequeños una rebanada en cada mano y los cantos de los labios de un naranja feliz. Todos hablaban, las palabras llenaban cada rincón, cada balda de las estanterías, los huecos del mostrador. Las palabras corrían por el suelo, trepaban por las paredes e imaginé que en la silla de la puerta se había sentado la abuela, que estaba también cubierta de palabras. Cómo iba a perderse esta fiesta improvisada. Ahora sé que sería la primera de muchas.

El *dinaret* de los jueves en La Ultramarina se había convertido en tradición aquí en la Tramuntana. La gente se ponía fuera, en unos barriles que hacían de mesas, y algunos coches pitaban al pasar porque habíamos hecho de este trozo de asfalto y acera irregular nuestra terraza de bar que no era un bar. Yo los miraba a todos, entendiendo la simpleza de la escena, apoyada en la pared, con las manos cruzadas a la altura del vacío que se me había abierto el día anterior. Y me descubrí buscando algo en todas esas bocas que masticaban y tragaban de formas tan diferentes. No lo vi ese día, pero desde el instante en que guardé esa foto en la cartera supe que no pararía hasta encontrar esa cueva de dientes separados. ¿Qué estaría comiendo papá en ese momento?

6
Héctor

Noche del 22 de junio

Esa noche fue la primera vez que hablamos, me cogí las dos rebanadas con sobrasada y brevas que me había guardado para después —no habría quedado ni media si no lo hubiera hecho— y una botella de vino de Can Pico. Lo metí todo en mi cesta de mimbre. El trapo beis haría de servilleta y de mantel. Sequé una copa de cristal, la envolví con el paño y la dejé en el fondo de la cesta.

Subí a darme una ducha, la piel y el pelo me olían a comida. Descolgué del armario el vestido de fibra de leche que tenía ya desde hacía años. Era caído, flojo, de manga larga y hasta los pies, con un zurcido de colorines amarillos. A la altura de la clavícula, suaves colores azules y rosas. Me lo puse mucho aquel verano. Tenía un escote desbocado pero nada sexy. Era muy cómodo, sin apretaduras. Me subí hasta mitad del tobillo los calcetines marrón clarito y me até las Converse crema. Ya hacía tiempo de ir sin medias, incluso por la noche. Llevaba la chaqueta vaquera anudada a la cintura y la cesta balanceándose en el hombro. El pelo me caía liso y húmedo sobre el pecho. No se me notaba nada la grieta, los huesos parecían estar sólidos otra vez. Al menos esa noche.

Caminé rígida hasta la terraza. La luna redonda entera alumbraba la cara de mi madre cuando le dije que iba a salir a dar una vuelta, que no me esperase despierta, que no se preocupara, que qué le había dicho el médico, que me apetecía despejarme porque había sido un día muy cansado, y que me gustaba mirar la luna aunque también tuviese una cara oculta. Esto último no se lo dije, pero me hubiera gustado. Tampoco me enteré muy bien de todas las respuestas que me dio porque estaba muy concentrada en que no se me moviera la corteza del pino ni un milímetro. En hacer que escuchaba, sonreír, darle un beso cerrando mucho los labios e irme sin gritar y sin llorar nada de nada. Y le solté que yo también la quería, eso me salió con los dientes de arriba y de abajo un poco juntos. La lengua en el paladar. Y soplé un *bona nit* para coger aire, girarme e irme rápido andando sin correr.

El mar tenía una raya plateada jaspeada que llegaba casi hasta el banco en el que estaba sentada. Al lado de la lonjita. Todo lo demás era azul noche. Lo que más me gustaba de sentarme en ese banco es que no había farolas, solo la de la puerta de la lonjita a esas horas estaba siempre apagada. Los días que no había luna se veían todas las estrellas que cabían en el cielo. Y ese día, que la luna estaba gorda, se la veía perfectamente subir como un globo de helio hasta quedarse quieta, flotando toda la noche, sin desinflarse apenas.

No tenía mucha hambre y me serví primero una copa de vino. Me ha pasado siempre una cosa muy curiosa con el vino: me relaja. No es que me emborrache porque no bebo mucho, sino que me suelta los nudos. Supongo que no es el vino en sí, sino el momento que crea. Subí el cuello de la botella para acabar de servirme y me cayó una gota que parecía de sangre sobre el vestido, más o menos a la altura de la ingle. Un lunar. No me importó demasiado, sabía que la mancha se iba con un pelín de leche, y si no quedaría un recuerdo. No dejaría de ponérmelo por eso. Me pasa igual con los manteles cuando no se les van las manchas, no es que me guste ponerlos sucios, pero creo que esas manchas son como polaroids —que bien podría haber creado algún Pollock— de las comidas que se han celebrado sobre ellos.

Subí la copa, la observé al trasluz de la luna guiñando el ojo izquierdo y vi, como si mirase a través de una lupa, salir del *llaut* de delante al chico, cada vez más grande, de los ojos arena. No sabría cómo explicar el color de sus ojos, porque no eran marrones ni tampoco grises verdosos, eran de un gris claro, muy claro, casi como la orilla, y tenía muchos lunares en la pupila que parecían granitos de arena.

No llevaba ropa de trabajo, al menos no lo parecía porque no tenía puesta la chaqueta esa de plástico sobre la que todo resbalaba como si fuera de babosa. No me gustaba. Nunca más se la volví a ver. Sujetaba una bolsa pequeña de basura. Me sonrió, yo seguía con la copa arriba disimulando a través del cristal, y él me guiñó un ojo. Bajé la copa y abrí los dos. Lo miré. Me subió mucho calor a las mejillas. Con la otra mano me retiré el pelo todavía húmedo de la cara. Le di un sorbo largo y le devolví el saludo con un «qué tal» atropellado. Escuché la bolsa caer dentro del contenedor vacío a mis espaldas. No me giré. Volteaba con los dedos la base de la copa un poco rápido, el vino bailaba. Y llegó él. Dejé de mover la copa. «¿Puedo?», y señaló el lado vacío del banco.

Quité la cesta, me la puse entre los tobillos, y le dije que claro que sí. Sonrió, no tenía los dientes separados, y se le hundieron las mejillas. La arena de sus ojos brillaba. Cuando se apoyó en el banco para sentarse, vi que tenía los dedos con algunas heridas. Me subí el escote del vestido por si se me veía alguna, sobre todo la de ayer, la del alma. Le salió un poco de risa de la nariz, como un soplido corto de dragón, y se retiró disimuladamente un centímetro o dos. El banco no era muy grande, pero había sitio suficiente para cuatro, así que solo ocupábamos la mitad, uno en cada punta. Hizo una pausa larga mirando al suelo.

Creo que esa primera noche debió de pensar que yo tenía miedo de que se abalanzara sobre mí y que me subía el vestido a cada rato por si el escote dejaba al aire mi canalillo. No lo pensé, yo estaba en otra historia. Solo tapaba mi herida, por si me la veía sin que me diera cuenta. Me contó que pescaba calamares, que vivía de eso, que salía cada atardecer y que a estas horas, después de descargar la pesca, siempre solía quedarse un rato allí a la fresca, que esa era su terraza.

Le corté diciéndole que lo sabía, que lo había visto la otra noche y que si quería una rebanada de pan. Entendí por su reacción que él también me recordaba, que yo era la chica que tenía los ojos rojos y salados.

Me tapé el escote y saqué las dos rebanadas moviendo la mano como la cola de una lagartija, rápida y descontrolada. Casi se me cayeron al suelo. Agarré bien una y se la ofrecí, y le dije que la probara, tres veces. «Pruébala, pruébala, pruébala, está muy rica. Mi abuela las preparaba igual». Todo muy junto y muy seguido, como si esas palabras fueran tierra que me tragaba. Silencio. Y al suave crujido del pan estallando entre sus dientes juntos, se sumó el rumor de las olas, que eran bajas y sonaban como un ronroneo al acariciar el casco del barco. La bandera amarilla y roja y amarilla, con una franja lila que cruzaba de arriba abajo sobre la que estaba dibujada el castillo de Bellver, se movía y se paraba como si la brisa la rozara de puntillas con los dedos.

«Héctor, soy Héctor», sonó en medio de toda esa ligera música que componía la costa. Me desanudé la chaqueta de la cintura y, sin mirarle a la arena de sus ojos, le dije: «Marina, yo me llamo Marina pero no sé quién soy»; lo de que no sabía quién era no se lo dije esa vez. Y me puse la chaqueta vaquera. Me subí el escote. En el espacio que quedaba entre él y yo en el banco, extendí el trapo y puse mi tostada encima. Él mordía la suya, mirándola de cerca, como si buscara alguna pista.

La tostada larga como una flauta entre los dientes, una mano sujetándola y encima de su nariz, aquellos ojos que la recorrían entera. Las pestañas se movían como cortinas acompañando a los párpados. Finalmente soltó: «Esta sobrasada es casera. Se nota en el color y también en la textura con esas bolitas irregulares que crean el tocino y la carne magra». Paró un momento para seguir masticando y se cubrió la boca con una mano. «Y, bueno, toda la mandanga que lleva la sobrasada». Le salió una risa fresca de la boca. Esa risa fue como una de esas piedras que lanzabas al mar y daba tres saltos, sin esperártelo. Así fue esa primera risa de Héctor para mí.

Yo también me reí por dentro. Por su forma de comer y de mirar la comida se notaba que era una persona detallista. Por otro lado, me habría parecido un tipo bastante distante y frío si no hubiese sido porque soltó lo de la mandanga. Masticaba con la boca muy cerrada, como una persona recta, como un palo, rodeada de corteza dura. Pero cuando se reía, la corteza se resquebrajaba. Escondía la comida en un lado del moflete y así podía hablar o reír como un hámster. Y de pronto, espontáneo, soltaba una risa de tres saltos.

Sobre su rebanada de pan reposaba la breva que yo había destrozado apretándola con los dedos. Me subí el escote del vestido. Él no la había visto o no le dio importancia, pero seguro que no le pasó inadvertida porque parecía que no se le escapaba nada. Me volví a subir el escote del vestido. Y le ofrecí un poco de vino. Me apetecía servirme un pelín más. Le dije que solo tenía una copa, porque había bajado sola y no me imaginaba ocupar la terraza de nadie aquella noche. Quise continuar con la broma para que viera que también tenía dientes y que se me marcaba un hoyuelo en la barbilla.

Se rio, cogió la copa justo por donde yo la sujetaba y quité despacio los dedos. Tenía la piel dura y todas aquellas pequeñas heridas de los dedos se parecían a los agujeros de las rocas en los que se acumulaba la sal. Pensé enseguida que la sal curaba las heridas y que sus manos siempre saladas no tenían pinta de escocer mucho.

Bebió un sorbo, y lo oí mugir al dejar la copa sobre el mantel improvisado. No fue un mugido largo, pero lo oí hacerlo. Y le pregunté, sin dejarle espacio para más mugidos, que cómo se pescaban los calamares, dejando al descubierto el hoyuelo de mi barbilla. Me miró chasqueando los restos del vino con la lengua en el paladar y entornando los ojos. Se le marcaron unas arrugas en los extremos. Repetí la pregunta. Lo miré interesada, sonriendo. No sabía por qué no dejaba hueco a nada aquella noche, y mucho menos por qué le hice esa pregunta y no cualquier otra, como si tenía hermanos o familia, si se había mareado alguna vez en el mar, si le gustaban las playas de roca o de arena, si le había picado una medusa, si soportaba el calor o aguantaba más el frío, si había llevado aparatos en los dientes o siempre los había tenido así de juntos, si se había mirado mucho rato en el espejo, a los ojos, y si había llegado a ver corales o peces ahí.

«Espera», me dijo. Mientras, yo seguía buceando en su mirada. Se metió el último trozo de pan en la boca, rozó una mano con la otra, dio tres palmadas para sacudirse y buscó algo en el bolsillo del vaquero desgastado. Dejé de mirarlo. Me subí el escote. El mar ya no brillaba tanto, la luna había volado más arriba. Se sacó del bolsillo un pescadito de goma de color fucsia iridiscente, que no medía más que mi dedo índice, ni de ancho ni de largo. En la cola llevaba enganchado un plástico duro, como una pinza, que separó con los dedos para dejar al descubierto un montón de ganchos de metal.

«Mira, este pescadito es el tipo de anzuelo que uso», dijo cogiéndolo por la cabeza con delicadeza y dejando caer todo el cuerpo hacia abajo. «¿Ves cómo se mueve? Tócalo». Lo movía ligeramente como si fuera a lanzárselo a un gato. Me cogió la mano que tenía libre y me acercó el pescadito de mentira a los dedos. No me quedaban manos para subirme el vestido y sentí que se me podía ver la herida. Y, desde luego, lo último que iba a hacer era contarle a un desconocido que mi madre había matado a papá. Bueno, yo ya me entiendo, que le había hecho el muerto. Que por eso tenía esa grieta imaginaria en mitad del pecho. Yo vi las heridas en sus dedos durante el tiempo que estuvo sujetando el pececillo y a él no le importó que le preguntara después. Claro que las suyas ya estaban curadas.

Toqué el lomo del pescadito y a continuación cogí mi tostada para tener las dos manos bajo mi mando mientras Héctor me explicaba que ese pececillo se ataba en el hilo de pescar, se hacían dos nudos y se le ponía un tope. Después se ponía otro igual o, mejor, de diferente color. Una vez que tirabas la caña al mar, parecía que eran dos pececillos nadando. Eso atraía a los calamares. Su voz se mezcló con el salitre del aire y el ronroneo de las olas me acunaba.

Me iba imaginando lo que me contaba. Esas manos gruesas hilvanando la caña. Cómo daba vueltas al carrete. Cómo el calamar subía y movía las alas. Cómo se le llenaban de tinta las manos. Y entonces el calamar terminaba a la plancha. Y en pica pica. Y a la bruta. La boca se me llenaba de agua.

Se guardó el pececillo en el bolsillo y me cogió la copa. Cuando la tenía a la altura de la nariz, le pregunté lo de las heridas de los dedos, que si eran de pescar. Bajó la copa y me hizo un gesto para que la cogiera. Me dijo que sí, que eran de eso, con un sí que me pareció que me callaba suave. No era un sí como un tapón, sino un sí sin más. Un sí que afirmaba como la seda.

Héctor era un mar en calma. Lo intuí al verlo comer por primera vez. La espalda levemente curvada, el mentón hacia dentro y los movimientos de la boca desacompasados, siempre cerrada. El dedo índice un poco hacia abajo sujetando la tostada, sin poner una mano debajo por si caía algo. Las pausas entre cada mordisco. El rato que tenía el vino inundando la boca hasta que la nuez saltaba y lo dejaba pasar garganta abajo. Se notaba también por cómo cerraba los ojos en algunos momentos. Y esa voz limpia, aun con la boca llena, rompiéndole suave en los labios sin crear espuma. Sin oleajes. Cristalina.

Cuando le conté que me gustaba cocinar me soltó que a él le fascinaba el cilantro. Todas las personas que conozco a las que les gusta esa hierba aromática —a mí me vuelve loca— son atrevidas, pero no de una forma descarada. De esas que tiran adelante sin miedo, se apuntan a aventuras, pero no sueltan el timón. No todo el mundo dice que sí a un puñado de cilantro fresco en la ensalada.

Luego hablamos de que tenía un hermano, pero que vivía fuera y que su padre había muerto hacía no sé cuánto tiempo, porque a partir de ahí ya no lo escuché. Me centré en el mar para que no me temblaran las piernas. Asentí con la cabeza lo justo y me apoyé el trapo en el pecho para doblarlo. Una, dos, tres, cuatro dobleces. Metí todo en la cesta. El horizonte clareaba, no se escuchaba ningún silbido de los pájaros aún, pero había llegado un coche rojo.

Quizá era de una de las pescaderas de la lonjita, que se había quedado dentro con la radio puesta porque se escuchaba hablar a mucha gente con voces de diferentes colores y a ella se la veía sola con unas gafas redondas muy grandes. Héctor la saludó con la mano y quise irme antes de que los huesos se me volvieran a deshacer. Su padre estaba muerto y el mío lo había estado. Subió media cuesta conmigo, con la excusa de que tenía que coger no sé qué, que después no cogió, y volvió a bajar con las manos en los bolsillos. Se lo agradecí porque mientras estuve con él me olvidé de que no sabía quién era ahora.

Yo seguí hasta casa justo después de decirle que sí, que me parecía buen plan acompañarle el domingo al atardecer a pescar calamares y ver en directo todo aquello que me había contado. Que sí, pero con la condición de que no volviéramos a hablar de la familia en todo el verano. Esto no se lo dije.

Cuando llegué a la curva de arriba desde la que todavía no se veía La Ultramarina, oí los cascabeles. Poco después, al abrir la puerta el olor blanco del pan me dio la bienvenida. Arrastré la caja hacia dentro, suspiré muy largo, solté la cesta en la cocina, me puse el delantal sobre el vestido y saqué el móvil. Tenía una llamada perdida de Irene. A lo mejor ella también se había enterado. Se me arrugó la lengua como una pasa. A veces nos han ocurrido cosas de estas de hermanas a la vez. Pum, pum. Que no se explican. Y no entiendes cómo puede pasarte lo mismo al mismo tiempo en sitios diferentes. A lo mejor lo sabía. Era demasiado temprano para devolvérsela. Yo también necesitaba hablar con ella.

7
Preparativos para una noche mágica

23 de junio

Escuché que mi madre me llamaba desde el salón. Su voz como un alambre retorcido hacía eco en las escaleras. Irene ya había llegado. Cuando subí, estaba sacando de una bolsa unos recortes de papel y enseñándoselos a mamá. «Ves, estos son los farolillos voladores que he estado haciendo estos días, son de papel de arroz y bambú», le oí decir mientras me quitaba el delantal y lo dejaba sobre el respaldo del sofá. «¡Mariiina! —gritó cuando me vio entrar—. ¡Que hoy es la Noche de San Juan!», y levantó los brazos girando el farolillo en el aire como los pañuelos en las bodas.

No me lo pensé y sin abrir la boca, aprovechando que ella tenía las dos manos arriba y yo o la abrazaba o me ponía a llorar, me lancé sobre ella con los brazos muy abiertos y el corazón como una canica. La rodeé entera y empecé a dar saltos para celebrar nada. Irene estiró el brazo hacia atrás y agarró a mamá para que se uniera. Nos dimos un abrazo las tres. Bueno, yo abracé a Irene, Irene nos abrazaba a mamá y a mí, y mamá nos abrazaba a las dos. Entre todas nos sosteníamos. Estaba claro que Irene no sabía lo de papá. Era imposible.

Así que en ese mismo momento, con la cabeza en la guarida de debajo de su brazo y con el de mi madre quemándome en la cintura, decidí que no le diría nada a mi hermana hasta que supiera qué había pasado con papá. No podíamos rompernos todas, no era justo. Estaba convencida de que si ella se enteraba de que mamá nos había mentido, no volvería nunca más, puede que incluso huyera de la isla. Ella siempre había dicho que lo bueno de su trabajo era que podía pedir plaza en cualquier sitio, que si algún día se le cruzaban los cables se iría. Cuando decía eso, mamá se asustaba mucho. Incluso podía cambiar de país e irse de voluntaria a alguna escuela. Y aunque nunca se había ido, a mí también me daba miedo que lo hiciera. Si se enterase de esto, estoy segura de que lo haría. Y si la abuela ya no estaba de la misma manera, si mamá ya no era mamá e Irene se iba, ya no me quedaría nada en la isla para volver. Solo la isla. Se habrían secado todas mis raíces. Se marchitaría también La Ultramarina.

«Qué calor», dije riendo. Saqué la cabeza de la oscuridad de su brazo, mi madre retiró su rama con espinas de mi espalda y nos separamos las tres. Noté que el pecho me escocía y encogí las manos. Las tenía mojadas. Moví el cuello a un lado y a otro, no crujió. Solté entonces: «¿Te puedes creer que no me acordaba de que hoy era San Juan? Es que ni lo había pensado». Me contestó que cómo era posible que no me acordara de la noche mágica, con lo que me gustaban esas cosas, mientras sacaba el resto de los farolillos y los colocaba en fila en el sofá. Mamá la miraba, con los dedos sueltos entrelazados en la barriga y la cara floja como cuando estás en el agua. Se encontraba tranquila, y yo no entendía cómo podía estarlo.

Y le contesté con una risa floja y llena de aire que habían sido unos días raros en la tienda. Decir «raros» era como no decir nada, pero estaba bien para insinuar que había pasado algo sin decirle nada. Para sentir que no le mentía, que solo me guardaba lo que sabía ahora. Y ya. Pero que no la engañaba.

Se giró para mirarme ya sin farolillos en las manos, con las cejas hacia arriba y la frente un poco arrugada. Su cara estaba iluminada por un chorro de sol. Las persianas estaban abiertas y los papeles de arroz no se movían. Y le contesté, con el tronco muy bien colocado pero alargando un poco algunas palabras, que sí, que el panadero un día no había podido pasarse porque llovía un montón, que al día siguiente había hecho solazo, que el colmado se había llenado de gente con lo del *lleu dinar d'estiu* que me inventé y que, bueno, ese tiempo de sol y lluvia hacía que a veces no supiera ni en qué día estaba. Seguí con explicaciones estúpidas: que si en los días nublados parecía que siempre eran las ocho de la tarde o que me trastocaba la luna llena, pero sobre todo los días de tormenta. «No te imaginas la tormenta, unos truenos que tuve la sensación de que se me metían dentro», acabé el discurso que me había marcado.

Miré a mi madre, aunque desde que me había enterado de la mentira, a ratos le veía la cara como de otra persona. Supongo que a quienes se operan de cirugía estética y se ponen los pómulos más arriba o les hacen crecer la nariz les debe de pasar algo parecido los primeros meses cuando se miran en el espejo. Claro que por dentro son los mismos, ¿o no? No sé si a mamá, al principio de mentirnos, le pasaba eso al mirarse en el baño mientras se cepillaba los dientes. El caso es que yo no reconocía su cara y eso me hacía estar un poco más distante, pero también me ayudaba a soportar lo que me pasaba. Era como si estuviera conociendo a otra mujer, a Pilar —así se llama mi madre, pero yo nunca la he llamado así—. Porque si mamá no era mamá, tampoco era la persona que me había mentido. Y en esa reflexión encontré el equilibrio durante un tiempo. Irene soltó una carcajada y quiso saber qué preparábamos para llevarnos a la playa esa noche.

La Noche de San Juan siempre me había encantado. La celebrábamos las tres juntas desde que yo era bien pequeña. Ver a todo el mundo vestido de blanco en la cala. Las hogueras encendidas en mitad de la noche. Un montón de velas que creaban caminos entre la arena y las rocas. Nunca había sido supersticiosa, me gustaba vivirla como una tradición que compartíamos las tres. No me preocupaba si se cumplían o no los deseos. Aunque si había alguna posibilidad de que eso fuera verdad, desde luego que el deseo de ese verano lo tenía muy claro: encontrar a papá. Y no perdería la oportunidad de pedirlo.

Mamá le contestó a mi hermana que para esa noche podíamos hacer escalivada. Le pareció bien aunque no se fuese a comer la berenjena. Y yo añadí que luego bajaba un momento a La Ultramarina para coger un bote de bonito y unas aceitunas *trencades* que añadiríamos cuando estuvieran las verduras frías. Irene se levantó del sofá y le alargó la mano a mamá, las dos entraron a la cocina cogidas de la cintura. «Ahora voy», les dije mientras caminaban con el mismo pie, sincronizadas. Me asomé un momento a la ventana, antes de que nos pusiéramos a cocinar. El sol estaba alto y el mar se veía liso como la tapa de un libro. Recuerdo que cuando Irene y yo éramos pequeñas y caminábamos cogidas, nos fijábamos siempre en si llevábamos el mismo paso. Si no estábamos andando con el mismo pie, si no íbamos coordinadas, daba dos saltitos y el asunto se solucionaba. Cogí el delantal que había dejado sobre la silla y, mientras me lo ataba a la cintura, me aseguré de que no entraba en la cocina con el mismo pie que mi madre.

Irene estaba sacando de la nevera las berenjenas y los pimientos. Mamá sujetaba las cebollas con las manos bien abiertas. Yo abrí el cajón para sacar un cuchillo. Me senté a la mesa, tenía a mi hermana enfrente. Mamá se sentó a mi izquierda, dejando las cebollas en el centro, al lado de las berenjenas. La luz del sol rebotaba en la pared de la terraza y entraba llenando todo de luz. Las dos hablaban de precalentar el horno y abrir las ventanas, porque hacía calor. Cogí una cebolla y le corté el nudito ese que tienen encima de la cabeza. Hice lo mismo por los pies. Después le quité las capas marrones hasta que quedó blanca. Me levanté a mojar un poco el cuchillo. Mi hermana se recogía el pelo en un moño cuando preguntó, como quien abre una Coca-Cola, que qué tal por aquí. Mamá le contestó que sin novedad, sonriendo con su cara nueva mientras deslizaba el cuchillo y rajaba el pimiento de arriba abajo. Sacudió las pepitas hasta dejarlo vacío. Yo no añadí nada, aunque me quedé pensando si mi hermana realmente había escuchado mi perorata de rarezas de aquellos días. Sequé el filo del cuchillo con el trapo de rayas y lo clavé en la cebolla abriéndola por la mitad.

«El huerto se está poniendo muy bonito», seguía mamá. «En esta época me encanta porque es cuando se recoge todo lo sembrado. Hay meses en los que no se ve nada, todo está escondido bajo la tierra y de repente, pluf, empieza a brotar». Y acompañaba estas palabras, ilusionada como una niña, con un gesto de fuegos artificiales con las manos.

Le fascinaba lo del huerto, a pesar de que llevaba años sembrando y recogiendo. Y enterrando. Noté cómo me caía una lágrima. Y otra. Las sorbí casi sin hacer ruido por la nariz. Irene levantó la cabeza de la berenjena, dejó su cuchillo sobre la mesa, cogió la piel marrón de la cebolla que yo había dejado amontonada y me la colocó sobre la cabeza sin dejar de reír. Seguí cortando la cebolla en tiras gordas mientras mi hermana recordaba: «¿Te acuerdas de que la abuela siempre nos lo hacía cuando ella cortaba cebolla? Decía que así no llorábamos, porque ella no quería vernos llorar».

Me reí con los ojos salados. Y le dije que se nos habían olvidado los ajos. Se levantó a cogerlos. Mamá apuntó que también faltaba el perejil. Me quité la capa de la cebolla de la cabeza, agarré las tijeras que estaban escurriéndose al lado del fregadero y dije que ya iba yo. Salí a la terraza e inspiré mucho aire. La maceta del perejil estaba allí, me puse en cuclillas y corté un manojo con las tijeras sin llegar hasta el final del tallo. Levanté la cabeza y miré el cielo, estaba muy azul, tragué saliva dos o tres veces para que los ojos se me secaran y volví a entrar, moviendo el manojo de un lado a otro mientras les preguntaba si eso bastaba. «Sí —dijo mamá enseguida—. Es suficiente».

Abrí el grifo, llené medio vaso de agua y metí el perejil como si fuera un ramo de flores, para conservarlo fresco hasta que lo usáramos. Las dos seguían cortando las verduras. Irene tarareaba una canción que reconocí enseguida. *Ella*, de Bebe. Era mi canción cuando me fui a Madrid. Cerraba las ventanas de casa, bajaba las persianas al máximo, para que no pensaran que estaba loca, subía mucho el volumen y la gritaba con tanta fuerza que a veces me hacía daño en la garganta. No la canté ese día en la cocina, no la había cantado nunca con nadie. Volví a mi sitio moviendo un poco los hombros, Irene también movía un pie mientras troceaba la berenjena. No se me notaba nada. Cogí el cuchillo, puse los dedos muy juntos sobre la mitad de la cebolla y presioné con fuerza para que el filo pasara capa por capa y la cortara hasta el final. Me sorbí el moco, me cayó otra lágrima.

La boca de Irene ya había cambiado de canción. «¿Habéis contado alguna vez las capas que tienen las cebollas?», pregunté al aire. Irene y mamá se rieron a la vez y contestaron las dos que no, una después de otra. Les conté que me parecía curioso que algunos vegetales se hicieran capa por capa, cubriéndose una y otra y otra vez, una capa sobre la otra, con esas formas perfectas, creando círculos redondos que parecían hechos con un compás para acabar en una capa aún más dura e impermeable. Corté el último trozo y lo puse sobre la bandeja. Me sequé los ojos con una servilleta y continué con mi rollo. Que si no les parecía increíble la arquitectura de las cebollas, cómo se habían construido a sí mismas de dentro hacia fuera, con un vestido por capas que las protegía de todo. Y me soné los mocos y me sequé los labios.

Mi madre no pudo remediar un «qué cosas tienes, Marina. La verdad es que nunca había pensado en eso». Me miró, pero yo no la miraba. Solo me fijaba en su mano sobre la mesa. No quise ver otra mentira en ella, porque ahora todo me parecía mentira. No me creía que ella no se hubiera fijado nunca en lo que le estaba diciendo, mirando el huerto como lo miraba cada mañana mientras hundía sus zapatos en la tierra.

No me creía que no hubiera pensado alguna vez que las cebollas y ella no eran tan diferentes. No quería más mentiras. No quería ver a mi madre, solo quería ver a aquella señora en la que se había convertido. Porque solo viéndola a ella podía soportar aquel dolor. Aunque a veces me costaba, sobre todo cuando cocinábamos. Cuando estábamos juntas en la cocina, se me aparecía mamá, la de verdad, y me confundía. Creo que no se me notaba. Hacía lo posible para que no se me notara.

Le toqué un poco la mano a mamá para advertirle que bajaba a la tienda para coger el bote de bonito y las aceitunas. Se le marchitó. Como cuando tocas una planta sensitiva y se contrae. Eso también me pareció raro, porque ella no había hecho fuerza. Tenía la mano relajada sobre la mesa, con la palma hacia abajo, los dedos estirados, porque acababa de dejar el último trozo de pimiento en la bandeja. Yo la vi. La toqué y flus, se le arrugó de repente. Me miró. «Bajo un momento», dije cortando las palabras con los dientes. Y ella, con un gesto rápido, se acercó la otra mano y se desenrolló dedo por dedo, como si fueran los pétalos de una flor de cardo. Salí de la cocina, dejándola a mi espalda. Eso no era mentira, a mamá se le cerraban las manos. Era verdad que se le cerraban sin querer, de eso estaba segura. Todavía no sabíamos por qué, pero parecía que esta vez había tenido que ver conmigo.

No dejé de darle vueltas a eso mientras bajaba los escalones. Le pisé a uno la barriga, me di cuenta enseguida, y bajé el resto con las piernas muy abiertas y saltando a los lados, como siempre, con mis piernas de plastilina. Sonreí un poco, me pesaba la boca. Encendí la luz, las puertas de la calle estaban cerradas, pero se notaba que el sol caliente entraba a gatas por la ranura de la puerta. Cogí los tarros y los sujeté con un brazo contra el pecho, como si llevase un melón. Me senté en la banqueta en silencio. Quise ser un rato yo o quien leches fuera yo ahora. El ronroneo de la nevera sonaba suave como un susurro. A veces levantaba un poco la voz en un tintineo metálico. Pero pronto volvía a ese ruido blanco que, como el mar, me ayudaba a calmarme.

Cuando creí que ya había estado el tiempo suficiente para descansar y el establecido como para coger dos tarros sin levantar sospechas, volví a subir despacio hacia la cocina de casa arqueando la boca cada vez más mientras practicaba una sonrisa sincera. Pensando en Irene, en esa señora que ahora tenía a mamá dentro y en la abuela, muchísimo en la abuela. Y sonreí de verdad.

Entré de nuevo en la cocina. La bandeja de las verduras ya estaba en el horno e Irene propuso, moviendo mucho las manos, que fuéramos a elegir la ropa al armario de mamá. No me daban tregua, pero así lo habíamos hecho siempre. Para la Noche de San Juan escogíamos prendas blancas del armario de mi madre. Todo empezó el primer verano que regresé a Mallorca de vacaciones. Me traje cuatro cosas en la maleta, porque pensaba que me había dejado más ropa aquí, pero luego resultó que no. Y mamá me dijo que podía elegir algo blanco de su armario. Las tres teníamos una talla parecida y alguna vez nos habíamos intercambiado faldas o camisetas. Los zapatos no. Cada una a su paso. Pero yo le había pedido a mamá más de una vez alguno de sus vestidos, de cuando era más joven. De hecho, tenía varios suyos en mi armario porque decía que ya no se los ponía, que ya no se veía con ellos. Como yo aquel día, que no me veía con nada, porque no me veía. Así que esa Noche de San Juan, en la que por las circunstancias acabamos mamá, Irene y yo delante de su armario eligiendo prendas blancas, empezó este ritual que todavía, después de diez años, seguíamos manteniendo.

La escalivada impregnaba el aire de un olor dulzón a verduras. Mamá bajó la temperatura del horno y fuimos a su habitación. Las dejé pasar primero. Ellas otra vez agarradas de la cintura, coincidiendo con el mismo paso. Yo detrás, entrando con el otro pie. Noté que antes de cruzar el marco de la puerta del cuarto de mi madre, cogí mucho aire, lo hice sin querer, sin pensar, como si intuyera que una vez dentro no podría respirar. La cabeza, a veces, sabe cosas que nosotros ignoramos, y todas aquellas órdenes que le mandaba a mi cuerpo de forma inconsciente me servían para poder seguir siendo quien había sido hasta entonces, en un momento en el que no tenía ni idea de quién era. Continuar de pie en mitad de un seísmo. No derrumbarme a cada rato. Porque, claro, el temblor no había movido solo la cara de mi madre.

Entré con la boca cerrada, el suelo no se movía. Mi madre abrió las puertas del armario. Las dos miraban en su interior y yo, al lado, en apnea. No se me notaba porque no dejaba de pensar en la abuela y las puntas de la boca se me iban hacia arriba. Ellas hablaban sobre si ponerse esto o aquello. Mis ojos saltaban de una prenda a otra, descartando la mayoría, hasta que me reparé en una falda de hilo, larga hasta los tobillos, con el bajo asimétrico y la cintura fruncida de talle alto. No se la había visto nunca puesta a mamá. Tampoco a aquella señora que mamá llevaba puesta. Y para la parte de arriba cogí una camiseta básica de algodón de tirantes anchos que todavía tenía la etiqueta.

Con las dos prendas colgando del antebrazo, como si fuera un camarero del bar Bosch, les dije que iba a buscar mi biquini. Ya casi no me quedaba aire. Y salí a la superficie atravesando el marco de la puerta. Una bocanada de aire. Entré en mi habitación, que estaba justo al lado de la de mi madre, tan solo nos separaba el baño.

La ventana estaba abierta y podía ver el mar. Cerré la puerta girando muy despacio la llave y me senté en la cama. «No puede ser, Marina», me decía a mí misma con los hombros hacia delante y el pecho hundido. La ropa blanca se confundía con las sábanas. Ahora volvía a dudar de si tenía que contárselo a Irene o a mamá o a las dos. Tal vez debía contárselo sin pensar, así como me saliera, todo de golpe, un estallido. Papá no murió. Pam. Dejarlo salir como una bomba, que saltara todo por los aires. Me daba igual. Soltarlo. Tirarles la foto como un avión de guerra, salir corriendo y no volver hasta que ya estuvieran todos los trozos de sus cuerpos recogidos. Quedarme sola. No enterarme de si alguna de las dos había sobrevivido a aquella granada de mano. Soltarlo sin más. Quitarme ese peso. Sentir el pitido sordo y largo de después de la explosión. Y que esa fuera mi única secuela. No volver a escuchar nunca más nada de eso. No volver a escuchar.

Por las manos me empezaron a pasear hormigas. No eran hormigas, pero la sensación era parecida, abrí y cerré las manos para sacudirlas. El aire me entraba por la boca entrecortado. El mar estaba allí enmarcado en la ventana. Me concentré en el agua, muy azul y brillante. Se veía muy cerca, pero también muy lejos. El infinito. Y volvían a pasear las hormigas. Inspiré otra vez.

Alguien tocó a la puerta. Sacudí la cabeza. Me sequé las manos pasándolas sobre las sábanas. Cogí todo el aire que pude y pregunté quién era. Irene. Me levanté y abrí. Le dije que había cerrado sin querer. Ella ya iba de blanco, con las tiras del biquini verde turquesa que salían del escote anudadas en el cuello y mostrándome un montón de dientes también blancos en la cara. Se me tiró encima. Caímos las dos sobre el colchón, abrazadas. Aquel tapón desapareció de golpe. El aire volvió a entrar normal. Fui consciente de ello porque ya no me daba cuenta de que respiraba. «¿Sabes de qué me acabo de acordar?», me dijo muy cerca del oído. Todavía abrazadas en la cama. No le respondí. Esperando a que siguiera. Y siguió. «De cuando entraba en tu habitación alguna tarde, después del cole, cuando La Ultramarina ya estaba a punto de cerrar y mamá y la abuela se quedaban haciendo cosas en la caja. Tú venías y te recostabas aquí, con las cortinas bien abiertas, un rato antes de cenar, mirando alguna de esas revistas de casas y cocinas o haciendo los deberes tumbada en la cama, apurando, puede que con restos de masa entre las uñas. Ponías los cuadernos sobre la bandeja, esa de las patitas del desayuno que usabas de escritorio, y yo entraba como una loca».

Me salió una risa como un muelle. Irene separó un poco la cabeza, tocándose el oído. Le pedí perdón. Es verdad que llegaba como una de esas olas que no te esperabas y por eso a veces, aunque a mamá no le hacía mucha gracia, cerraba la habitación con una vuelta de llave. No lo hacía mucho, porque a pesar del susto, me encantaba que Irene entrara con toda su energía arrasando en mi habitación. Contándome todo como un remolino, yendo de una cosa a otra. Llenando cada rincón de Irene. Mojándome el pelo y la cara con sus dedos. Cubriendo las páginas de mis libros y revistas. Mirando a todas partes como si fuera siempre la primera vez que estaba allí. La abuela le decía que parecía que tenía el baile de San Vito. Después cambió, no recuerdo en qué momento empezó a mostrarse tan calmada, pero se notaba que aún traía el mar de fondo.

Abrazadas pero no inmóviles. Me miraba a los ojos —las dos caras muy cerca, uno de sus brazos aplastado en mi espalda, el otro sobre mi pecho. Mis dos muñecas sobre sus hombros, mis manos entrelazadas detrás de su nuca— y me dijo con voz de caramelo: «Venga, que te hago eso de que vuelas, que te encantaba». Le contesté: «Pero qué dices, Irene, que ya no tengo doce años, que mido un metro setenta. Se me van a salir las piernas y los brazos por todas partes. Nos vamos a estrellar enseguida». Ella se tumbaba y acomodaba su espalda en la cama, como cuando haces hueco sobre la toalla en la arena.

«Venga, Marina, ven que te cojo». Y doblaba y estiraba las piernas, preparando las plantas de los pies como una plancha, y estiraba también los brazos con las manos planas, como si fueran las patas de una mesa. No tuvo que insistir. «¿Te acuerdas de cómo te tienes que subir?». Le dije que sí con la cabeza y sé, aunque no me mirara en el espejo, que los ojos me brillaban. Cogí su pie derecho y me lo coloqué con precisión a un lado de la cadera; hice lo mismo con el otro pie. La barriga me hacía cosquillas por dentro. Comprobé, dando algunos saltitos sobre el colchón antes de despegar, que sus piernas estaban bien atornilladas a mi cintura. Me fiaba, siempre me había fiado.

Irene me miraba sonriendo mucho con los ojos y con la boca abierta mientras hacía fuerza con la cabeza sobre la almohada. Todo concentración. Entre balbuceos de risas y uyuyuy, coloqué mis palmas sobre las suyas. Sus dedos y mis dedos quedaron ensamblados. *Crosscheck.* Separé los pies de la sábana, uyuyuy, y me despegué lentamente con alguna turbulencia hasta que sentimos el equilibrio. Ese placer preadolescente, uy, la sensación de poder volar, de cuando sientes que no pesas y no tienes que hacer nada más que mirar el paisaje porque otro lleva el timón.

Miraba a mi hermana, como si en sus ojos estuvieran las ventanillas del avión, y vi reflejados un montón de ratos juntas, toda nuestra infancia como una película proyectándose en sus pupilas. Debajo de aquel paisaje, en el horizonte de su barbilla chata, aparecieron sus labios vivos que crecían hacia los lados y noté cómo lo hacían los míos también. Sonreíamos de puerta a puerta. Me sostenía. Volaba. Y en ese rato planeando con ella sobre mi cama, en ese momento en el que volvimos a tener doce y catorce años, viajé a un sitio seguro. Irene movió el ala hacia un lado para aterrizar hasta que caí sobre la cama, muerta de risa. Creo que esa escapada me permitió disfrutar de la Noche de San Juan. Las tres juntas como antes, casi como siempre.

8
Los deseos

Noche del 23 de junio

Mamá estaba en la cocina cerrando el táper de la escalivada cuando entramos Irene y yo, las dos de blanco. Ella también llevaba un vestido blanco roto. Dejó el táper en la cesta donde había guardado los cubiertos, los vasos, las toallas pequeñas y el pareo grande, uno que yo había comprado en el mercado de Ses Salines hacía ni se sabe los años. Tenía dibujados unos elefantes azules y muchísimas siestas encima.

La luz que daba en la pared era de color melocotón, serían más o menos las ocho. Cogí la cesta, me la colgué del hombro, y le dije a mamá que si estaba lista y quería, podíamos irnos ya. Me contestó que sí con la cabeza. Irene recogió los farolillos y una bolsa con lo que nos hacía falta para los rituales típicos de aquella noche. Me ponía nerviosa solo de pensarlo; no creía, pero sí. «No te olvides de los bolis y los papelitos», le recordé antes de abrir la puerta para salir. Lo metió todo suelto por la cesta, pero ahuecando el pareo para que los elefantes los pisaran y no se volaran.

La cuesta que bajaba a la cala estaba salpicada de personas pintadas de blanco y contrastaban con el verde de los pinos y el azul del mar. La falda me volaba un poco a la altura de las espinillas, el sol estaba a punto de ponerse. Era imposible no mirarlo. Nos paramos un momento en mitad de la cuesta, justo delante de la terraza del bar de Ca Madò Paula. Dejé la cesta en el suelo, nos apoyamos las tres en la barandilla caliente del mirador, en un silencio pleno. Y vimos cómo el sol enorme, más grande que nunca, entraba suave en el mar, mojándose los pies hasta cubrirse entero. El cielo cada vez más naranja, blanco, azul y un poco rosa. El sol desapareció bastante rápido y su resplandor ocupó el cielo. Cuando se fue del todo, algunas personas aplaudieron. Una chica rubia con la piel muy roja que estaba sentada en la terraza del bar lo veía solo a través del teléfono. Ni siquiera aplaudió. Supongo que el sol se habría visto muy pequeño en la pantalla, mucho más pequeño que en la realidad. Nos miramos las tres, satisfechas, y seguimos caminando hacia la cala.

Desde arriba, las piedras redondas y la arena suave se mezclaban con las velas de botón encendidas, los pareos extendidos, los círculos pequeños de gente de pie o los que ya estaban sentados con las piernas cruzadas a lo indio, algunos incluso ya estirados, y casi ningún niño. También las cestas o las bolsas, la montaña de troncos gordos esperando a arder, la pared de roca y pinos encaramados, alguna mesa plegable con comida, las barras de pan, las sillas de rayas, los zapatos juntos unos sobre otros, las mochilas, alguna botella de vino sin abrir, las toallas mojadas, una o dos cocas de trampó sobre papel de estraza. Y la gente enseñando mucho los dientes, los brazos haciendo gestos o abrazados a otros brazos, rodeando cinturas o removiendo el agua lisa.

Una vez en la orilla, me quité las albarcas. Las cogí por las tiras del talón y colgaban como un péndulo de mis dedos. Las piedras mantenían el calor, la arena estaba templada. Mi madre e Irene iban unos pasos más adelante, no me fijé si con el mismo pie. Yo miraba al suelo. Buscaban el hueco en el que poner el ancla aquella noche, donde estirar los elefantes y pedir mi deseo, así como quemar la mentira de mamá en papelitos.

Atravesaron la cala entera, caminando por la orilla, saludando con la cabeza a algunos vecinos. Yo las seguía pisando sus huellas —tenía que ir muy cerca porque enseguida el agua las borraba, como a papá—, y llegaron hasta los embarcaderos. Allí el suelo ya no se marcaba. Desplegamos el pareo.

La cala hervía de gente. Cada uno preparaba sus rituales, algunos sin ceremonias, todos en los de todos. Lo mejor es que nadie tenía música puesta, porque cada lugar disponía de su propio hilo musical. Se escuchaban las voces de las personas como un murmullo irregular mezclado con el seseo del agua. Las cigarras cantaban a pleno pulmón, dejando de fondo ese sonido del verano. Un ruido que no era ruido. Al cabo de un rato se callaron. Todas a la vez. Lo hicieron como dirigidas por un maestro de orquesta. Todas gritando y de repente, pum, silencio sincrónico. Y fue justo en la ausencia de ese cantar cuando me di cuenta de que habían estado.

No era la única vez que me pasaba algo así, también con otras cosas importantes. Mamá había traído una botella de té frío, me la ofreció, le di un sorbo e Irene sacó los papeles de la cesta. Se me fue un poco de líquido por el otro lado. Entonces puso los papeles en medio, sobre la trompa de un elefante, y nos pidió que escribiésemos cada una las cosas malas y también los deseos. Tosí. Era mejor hacerlo en ese momento, así podíamos darnos un chapuzón con la tarea hecha. Me parecía buena idea escribirlo todo, guardarlo y doblar una y otra vez los papelillos. Cada una lo suyo. Dejarlo guardado. Y salir de allí.

Después meternos en el agua las tres juntas. Alejarlas así de mi deseo por cumplir y mi deseo por quemar. Evitar que pudieran ver ni de refilón lo que había escrito. Evitar que se equivocaran al coger un papel y que lo abrieran y vieran que no era el suyo y dijeran: «Uy, este no es el…». Y se les cortara la frase a la mitad sin decir «mío», porque se quedasen si aire. Que se les deshicieran los huesos a las dos allí, en la cala, delante de todos, y yo sin fuerzas para levantarlas. Que a mi madre se le cerraran los puños y se le doblara el cuerpo entero. Y que no pudiéramos subir a casa, que yo no pudiese hacer nada por ayudarlas.

Que tuviese que tirarme al agua, con la falda y con todo, y con los papeles buenos y malos en la mano, y empezar a nadar hasta que la cala se quedara pequeña, cada vez más pequeña, hasta que ya no hubiera cala. Ni divisara a Irene ni a mamá. No podía pasar eso. Cogí un folio y uno de los bolis, y sin pensarlo más me levanté. Mi madre me preguntó que adónde iba. Le expliqué que a apoyarme porque allí no me iba bien escribir. Con el papel sobre el casco del *llaut* que estaba dado la vuelta un poco lejos de nuestro pareo tampoco podía escribir muy bien, pero a mí me daba igual la letra. Lo importante era que no vieran mis deseos, ni los buenos ni los malos. Supongo que a la magia le daba igual si una «a» de encontrar a papá no salía perfecta, siempre y cuando el deseo se pudiese entender. Y todavía le debía de importar menos cómo estuvieran las letras del papelito con mamá dentro, porque le iba a prender fuego.

Los doblé, todavía en la zona franca de al lado de la barca, hasta que quedaron pequeños como pergaminos diminutos. Cuando llegué de nuevo al pareo, llevaba a mamá en la mano derecha, sujetada entre el índice y el pulgar, y a papá en la izquierda, entre el pulgar y el corazón. Ellas todavía estaban escribiendo los suyos. Irene tumbada boca abajo y mi madre sentada, con el papel apoyado sobre el cristal duro del táper de la escalivada. Con los deseos buenos y malos a la vista. Podría haber leído lo que ponía si hubiese querido. Las letras azules estaban allí desnudas haciendo un camino sobre el blanco, pero me daba miedo leer tan claro algo que a lo mejor no quería saber. También pensé que aquella señora que llevaba a mamá dentro no escribiría lo que ella realmente hubiese escrito.

Aunque a mamá le daba un poco igual lo de los deseos. Lo hacía por inercia, como cuando te atas los cordones sin mirar. Lo hacía por nosotras, como había hecho casi todo en la vida. Incluso lo que estaba mal, lo peor de todo. Supongo que eso también lo hizo por nosotras. Ella siempre había preferido hacer que desear, me confesó una Noche de San Juan cuando yo ya tenía edad para saber que los Reyes Magos tampoco existían. Ni el Ratoncito Pérez. Había pruebas de que no eran verdad, pero de los deseos de la Noche de San Juan, esa magia que no tenía forma de rata ni llevaba capa ni corona ni una barba blanca grande, de esa todavía nadie me había podido decir que no era real. Tal vez cuando quemabas lo malo o dejabas volar lo bueno, a lo mejor eso se cumplía. No sabía si porque lo habías pedido o porque al pedirlo sabías que, incluso inconscientemente, harías todo lo que estuviese en tus manos para que se cumpliera.

Así que, bueno, mamá tenía razón. Había que hacer lo que se deseaba. Siempre pensé que era eso lo que quería decir. Pero primero había que desearlo. Me bajé la falda con los meñiques y asomó el biquini de rayas azul. Me agaché, metí el papel malo en el bolsillo derecho y el bueno en el izquierdo. Papá en un lado, mamá en el otro. Doblé la falda con cuidado, haciendo un rollo como un saco de dormir, saqué las toallas de la cesta y metí la falda con ellos dentro. Volví a colocar una de las toallas encima y dejé las otras dos sobre el pareo. Me cogí la parte de abajo de la camiseta, la estiré hacia arriba, me la saqué por la cabeza, después por los brazos, y también la puse encima, enterrándolos aún más.

Mamá e Irene ya estaban doblando los suyos, solo en dos veces. Y cada una los dejó en un vaso de cartón de los que habíamos llevado. Ellas hicieron más papelitos, no solo dos. Supongo que deseaban cosas normales. No creo que ninguna de las dos hubiera pedido resucitar a papá. El agua estaba templada. A esa altura del año normalmente estaba más buena a primera hora de la noche que por la mañana. Como de madrugada todavía hacía fresquete, por la mañana el agua estaba cristalina, parecida al hielo deshecho. Luego, con las horas, el sol ya la iba calentando y la temperatura del agua subía. Aunque todavía estaba fría, quiero decir más fría que en agosto a la misma hora.

Nos metimos sin pensarlo, dando zancadas anchas, moviendo el agua, dejando que el roce de las piernas sonara como cuando soplas con una pajita en la bañera. A cada paso, un gritito para entrar en calor. Hasta que nos zambullimos, «una-dos-y-tres», de golpe. Echando la cabeza hacia atrás. Mi madre se sujetaba la nariz. Yo sacaba burbujas apretando la boca contra los agujeros. Irene no recuerdo qué hizo. Le vi la cara lisa, el pelo pegado y los ojos abiertos cuando saqué la cabeza. «Uf, qué gusto», dijo. Le respondí que sí, que qué buena y que ya estaban encendiendo la hoguera.

Dos chicos y una señora abanicaban los troncos y salía humo. Se veía un poco de rojo y naranja del fuego entre las sillas de los que estaban delante. Volví a meter la cabeza y moví los brazos en círculos debajo del agua. Las piernas encogidas, los ojos cerrados, la boca apretándome la nariz. Estiré las piernas rápido, toqué el fondo que estaba cerca y me impulsé hacia arriba, para salir del agua como un delfín. La risa se me escapó de las comisuras. Mi madre me miraba como si no me hubiera visto nunca. Irene se metió y salió haciendo lo mismo. Después se puso a nadar, primero metía un brazo y luego el otro en el agua mientras giraba la cabeza para coger aire. Yo la imité. Aquella señora se quedó cerca de la orilla y mamá dentro de ella.

Mi hermana y yo fuimos hasta la primera boya. Me agarré a la cuerda, aunque me dio un poco de asquete porque siempre estaba llena de un verde que daba bastante repelús. Ese musgo que se pega a los cabos y parece que acaba de pasar una babosa. Las dos nos quedamos allí unos minutos, mirando a un par de barcos que estaban fondeados cerca. Quietos. El mar suave casi no los mecía. Desde allí la cala parecía un trozo de un anuncio de cervezas.

La fogata ya tenía más color, los troncos estaban envueltos en llamas. Las velas parpadeaban intensas. Las personas tenían el blanco de la ropa más blanco ahora que se iba apagando la luz. Mamá y papá seguían enterrados en mi falda, dentro de la cesta, en nuestro sitio. Salimos a secarnos. Lo que menos me gustaba de bañarme a esas horas era que el pelo mojado me provocaba frío. Caían las gotas por la camiseta y no se acababa de secar nunca.

Me sequé moviendo rápido las manos con la toalla. Tenía la piel hacia arriba, tiritando. Me envolví entera con la toalla por debajo de los brazos, metiendo una punta por dentro para que no se me cayera. Solté una de las tiras del biquini que llevaba anudada a la altura de la cadera. Cayó la braguita marinera sobre la arena, y se puso como una croqueta. Pensé que ya la aclararía más tarde. Se me había olvidado coger un biquini seco de recambio, así que me puse la ropa desnuda, la camiseta y la falda. Metí las manos en los bolsillos, toqué a papá y a mamá. Y sin sacarlos me fui cerca del fuego, con la toalla enroscada en la cabeza. Eché el cuello hacia delante y me sequé mucho rato con la toalla, cerca de la hoguera, para que se me fuera quitando la humedad. Levanté la cabeza con un movimiento seco. Seguí un rato más desenredándome el pelo con los dedos mientras miraba cómo la gente no paraba de hacer cosas. El pelo no se me secó del todo, pero se me quitó el frío.

Y volví con papá y mamá en las manos hasta nuestro pareo. Los cubiertos sonaban como campanillas en las manos abiertas de mi madre. Irene estaba acabando de montar los farolillos. Era la primera vez que íbamos a pedir los deseos así, a lo grande, lanzando farolillos. Lo había visto alguna vez en esas pelis de playas con la selva encima y me pareció algo precioso. Quería que fueran ya las doce y pedirlo todo. Y que se cumpliera pronto porque yo no sabía cuánto tiempo podría aguantar sin saber quién era.

Mamá me pasó un tenedor y a Irene otro. Y con el suyo removió la escalivada. Picamos todas del centro del táper, dejando escurrir el aceite sobre la mitad de una galleta marinera. El sabor del ajo picado en aquella piscinita de aceite de oliva era maravilloso. Yo comía un poco rápido y mamá hacía comentarios sobre si los pimientos habían quedado con algo de piel. Irene masticaba lento mientras apartaba con el tenedor los trozos de berenjena para que no se le colara ninguno. A mí me gustaba todo junto, porque así sabía a verano. En ese momento todavía no sabía que ese iba a ser el mejor, pero también el peor, verano de mi vida.

Todo a la vez. La piedra pero también el papel del piedra, papel o tijera.

Un montón de vecinos gritaron, riéndose, con las manos llenas de muchas cosas. Una ola plana había subido pasándose de largo la orilla, casi sin espuma, y la gente retiraba sus toallas y pareos empapados. A nosotras no nos pilló porque el embarcadero estaba más empinado y un escalón más alto. A veces pasaba eso por las noches. En alguna ocasión, había estado cenando en la orilla con el pareo extendido y, de repente, el mar se pasaba un poco de largo, cubriendo media playa, para bajar poco después como si nada. Unas chicas, que llevaban unas camisetas blancas gigantes y la parte de abajo del biquini, estaban girando una toalla de punta a punta para estrujarla como una bayeta enorme de cocina. La colgaron del respaldo de una silla plegable, cerca del fuego que ya estaba a un poco menos de la mitad. Quizá todavía demasiado alto para saltarlo. De todas maneras, yo eso no lo hacía nunca. Lo de saltar el fuego. Irene tenía los farolillos listos.

Mi madre estaba de pie al lado, con los rizos mojados haciendo pandilla en su nuca. Según el reloj de su muñeca ya eran casi las doce menos diez. Mi barriga no daba bien la hora esos días. Me metí la mano en el bolsillo para coger el deseo bueno y les pregunté si no se quemaba primero lo malo, que yo prefería hacerlo así y después pedir el deseo bueno ya sin cosas en la cabeza. Porque me daba un poco de miedo pedir lo que no era. Esto no lo dije, pero lo pensé. Para mí era muy importante hacerlo bien, por si de verdad servía. Y porque lo que era seguro es que tenía que desearlo para hacerlo. Las dos me contestaron al unísono: «Marina, ahora que ya están listos los farolillos, pongamos los deseos buenos».

Irene explicó que solo había que poner el papelito en el tubo de cartón y que después los encendíamos. Cada una tenía el suyo, y ya estaba todo listo. Nos dijo que una vez los viésemos volar, no dejáramos de pensar en los deseos buenos mientras veíamos cómo iban desapareciendo en el cielo, y solo entonces podíamos ir a la hoguera y tirar el malo. Ella pensaba que era mejor así. Para mí no, aunque tal vez así fuera más fácil. No se lo dije. Pero que fuese más fácil no quería decir que fuera mejor. Tampoco lo comenté.

Y para que no se me notara que me empezaban a temblar las rodillas, me quedé allí y les dije que vale, que primero el deseo bueno, que me parecía bien. Irene alargó el brazo y me dio uno. Metí el papelito enrollado como un pergamino en el tubo que había en la base. Encajó perfecto. Lo empujé con el dedo y entró un poco más. Irene encendió la pastilla que estaba colocada en el centro y, tal y como me había explicado, sujeté el farolillo hasta que se llenó de aire como un globo. Estiré las piernas y anclé bien el tronco, para que no me temblaran tanto. «¿Estás temblando?», me preguntó la señora que tenía a mamá dentro. Y le dije rápido que era por el frío.

Cerré los ojos fuerte, apretando mucho hasta que vi negro y muchos piquitos, y pensé en sus manos alrededor de mi cuerpo, el pelo hacia un lado, su frente lisa, las pestañas como abanicos, aquella sonrisa nueva, sus dientes separados, el pozo en su barbilla, la camisa blanca, los pantalones vaqueros, las chanclas de rayas, y me vi encima de papá como quien conquista una isla. A los lados de la foto, todo aquel azul salado rellenando los vacíos. Abrí los ojos. Al principio vi un poco rojo. Como con una telilla. Enseguida se me pasó y, con el deseo en mi cabeza de ver a papá, solté muy despacio el farolillo. Subía lento, un poco de lado. Ahora más recto. Mi deseo blanco y encendido. Lo vi alejarse.

Los de Irene y mamá se metieron en mi campo de visión, también subían. Las tres mirábamos al cielo viendo nuestros deseos alejarse y me llegó un pensamiento que ardía: «¿Y si papá está muerto? Mejor dicho, ¿y si papá estaba vivo en esa fotografía, pero ya no?». Y las piernas se me doblaron un poco. Tragué dos o tres veces nada. Apreté las manos. Cerré los ojos otra vez. Pensé en la foto, recorrí en mi cabeza la cara de papá junto a mi cara. Y pensé, claro y sin interferencias, en lo que había escrito en el papel: «Encontrar a papá».

Abrí los ojos lentamente, los farolillos tenían el tamaño de un puñado de cerezas, rodeados de un azul oscuro y algunas pecas. Después solo de tres cerezas y muchas pecas. Hasta que Irene nos avisó de que casi iban a dar las doce y que había que quemar lo malo. Bajé la cabeza, saqué del otro bolsillo el deseo malo y caminé hacia la hoguera. Ellas venían detrás. Teníamos las caras amarillas. Todos allí teníamos las caras amarillas. Los troncos estaban encendidos, había ascuas alrededor y algunas manos soltaban papelitos sin caras de concentración. Algunas lo hacían mientras hablaban, otras sin mirar y la mayoría ni siquiera lo hacían. Solo estaban allí esperando a que el fuego bajara un poco más para saltarlo siete veces. Casi todas las personas que lo saltaban tenían vino en un vaso. O yo me imaginaba que tenían vino en un vaso. Miré las caras amarillas de mi madre e Irene y las invité a que nos acercáramos más con nuestro deseo malo.

Nos agachamos un poco, yo me senté encima de mis rodillas con la intención de quemar a mamá, a la mentirosa. Deshacerme de ella, de ese papelito que la llevaba dentro. Envolví la mano como para coger impulso y lanzarlo. Paré en seco el balanceo. Moví los dedos rápido en mi palma como contando dinero. Estaba vacía. No tenía el papel. Me metí rápido las manos en los bolsillos dos o tres veces, cuatro, un millón. Mamá e Irene tiraban sus papelitos al fuego, ajenas a lo que me ocurría. Las veía mover sus manos llenas de papeles blancos y cómo caían haciendo piruetas hasta las ascuas. Ninguno era el mío. Los suyos estaban doblados solo una vez como ventanas abiertas. El mío estaba enrollado como una bala pequeña. Busqué por todos lados, en la arena, alrededor de mis pies, en las piedras, debajo de mi falda. Eran casi las doce. Miré en mis manos de nuevo por si me había pasado lo que sucede a veces con las gafas, que las buscas desesperada y las tienes en la cabeza. El reloj de la muñeca de mi madre marcaba las once cincuenta y nueve. No.

Volví a los bolsillos, revolví la arena, pero el papel no estaba. Irene ya había lanzado su último papelito, se giró y me vio registrándome los bolsillos. Tal vez se dio cuenta de mi agobio. Estaba desesperada por lanzar la mentira de mamá al fuego. Mi hermana me preguntó qué me pasaba. Le hice ver que había perdido mi deseo. Ya no podía quemar a mamá. Esto último no se lo dije, claro. Hizo un gesto con la boca y me cogió de la mano, levantándome. Ya eran las doce. La otra mano se la extendió a mi madre. El reflejo del fuego se elevaba en sus ojos. Las tres juntas caminamos hasta la orilla con las rodillas llenas de arena. Yo cogida a Irene, Irene a mamá. Y noté cómo me subía el agua hasta los tobillos. Cuando los pies de mamá hicieron contacto con el mar, vi que salía un poco de humo. Bueno, simplemente imaginé que salía un poco de humo y ese sonido que hacían las sartenes calientes cuando las ponías debajo del grifo. Noté cómo me subía el agua por los empeines y cómo bajaba. La orilla estaba llena de pies. Todos llevando a cabo esa ceremonia por si acaso. Siendo buenos por si la magia venía y nos traía los deseos. Hay personas que piensan así de verdad. Creen que los deseos llegan solo por pedirlos. Yo ya sé que no. No solo llegan por pedirlos.

Irene y yo movíamos nuestras manos entrelazadas como un columpio. Giré la cabeza una vez más hacia la hoguera. Mamá o aquella señora que tenía a mamá dentro soltó unas palabras que me dejaron clavada en el sitio: «Marina, aquí tengo tu papelito». Me dio un calambre en el pecho, la miré. Se reía. Y después me dijo que «no» alargando mucho la «o». Irene se reía mucho, moviendo los hombros. Y yo me quedé mirándolas, soltando despacio la mano de Irene.

Empecé a reírme también con unas carcajadas de saltitos separados hasta hacerlas más seguidas. Me acerqué la mano a la barriga y doblé el tronco hacia delante como si ese susto me hubiese hecho mucha gracia. No me hizo ni pizca, pero lo parecía. El corazón me golpeaba con eco en el estómago, muy fuerte. Y seguí con las carcajadas juntas, riéndome con ellas, hasta que también pararon. Entonces me tapé la cara con las manos. Mamá no solía hacer ese tipo de bromas, a lo mejor no había sido ella, sino la señora de la cara nueva. Por eso, quizá, no me sentó tan mal.

9
La estrella

30 de junio

Aquel día necesitaba descansar, estaba viviendo unos días muy duros. Aunque dormir una siesta larga nunca es buena idea. Pensé eso mismo aquel domingo antes de ver a Héctor. De esas siestas me solía levantar de mala leche, a veces no sabía si era por la mañana o por la tarde, o si me había despertado al día siguiente y no había sonado el despertador. Además, me levantaba y como un coche teledirigido iba con los pies descalzos, disfrutando del frío del suelo, hasta la nevera. Cogía la jarra de leche con colacao y también la tableta de chocolate con almendras. Las ponía sobre la encimera. Me llevaba la jarra a la boca, haciendo coincidir mis labios con el agujero, y dejaba caer aquel manantial dulce y fresco por mi garganta hasta que notaba que hacía tope en alguna parte, en la nuez o en el estómago. Y paraba. Cogía la tableta, la partía sin seguir una línea recta —en esos momentos incluso eso me daba igual—, me ponía el trozo de chocolate sobre la lengua y lo masticaba como si fuera un señor del Oeste. Que alguien me explique esto. Me pasa siempre, sin excepción, después de cada siesta larga.

Solo que además ese día, al entrar en el baño para hacer un pis, me miré en el espejo y vi un surco que me atravesaba el párpado desde la frente hasta la mejilla. Una línea perfecta y hundida. La tela de la sábana me había hecho un tatuaje temporal mientras dormía. No tenía ni idea de cuánto me duraría, porque ni con agua ni frotando con los dedos podía eliminarla. Después de una siesta larga, lo de salir a pescar calamares me daba un poco de pereza. O vergüenza. Estaba casi segura de que me marearía, porque yo en marcha iba bien, pero cuando se paraba la barca, ese era otro cantar. Algunos días incluso se me movía el suelo estando en tierra firme.

Por otro lado, me apetecía verlo. Y lo más importante: yo siempre que quedaba con alguien, cumplía. Me daba muchísima rabia cuando alguien cancelaba una cita un rato antes o te cambiaba los planes y ya todo lo que tenías previsto no servía de nada. Pero, bueno, también me imaginaba pidiéndole que, por favor, me llevase cuanto antes a la costa, que me sacara de allí mientras el mundo me daba vueltas por la borda. Me veía con la cabeza colgando y escupiendo un hilillo de baba. Qué horror.

Ese chico en dos días me había visto con los ojos rojos, con un agujero en el pecho y ahora podría verme con un hilillo de vómito. Esos días me imaginaba siempre lo peor posible. No solía sentirme así, solía pisar bastante segura, pero después del tormentón, no veía el cielo claro. Tenía una sensación de descontrol constante. Recuerdo que hacía cosas absurdas creyendo que eran muy importantes o que pasaría algo si no las hacía, como colocar los zapatos que me quitaba al lado de la cama dentro del rectángulo de la baldosa sin que pisaran los bordes, porque si los zapatos cubrían los bordes entonces no encontraría a papá. Y tonterías así, aunque durante esos días no me lo parecieron. No era un pensamiento que tuviera todo el rato, había veces que ni me acordaba. De eso me di cuenta más tarde. Por ejemplo, no tuve nunca manías de esas estando en La Ultramarina, cuando miraba el mar o durante las tardes que viví agarrada a su cintura en la moto. Después, no recuerdo cuándo, dejé de pensar en eso sin darme cuenta. Dejé de hacerlo.

Por la mañana había dejado preparados el trampó y unos filetes empanados con galleta picada y una mezcla de especias para llevarme al *llaut* de Héctor. Estaban fritos y envueltos en servilletas, ya listos para meterlos en el táper. El trampó con su aceitito ya estaba guardado, y le había añadido una lata de atún y algunas alcaparras. Tuve tentaciones de ponerle cilantro, pero me pareció demasiado atrevido para la primera vez. También cogí una bolsa de galletas marineras, unas que me encantaban, más cuadradas que las de siempre, más aireadas y con sabor a butifarrón. Bueno, en realidad tenían el sabor a las especias del butifarrón. Se me hace la boca agua cuando pienso en ellas. Corté un poco de queso semicurado, el de Mahón de la corteza naranja, que iba perfecto para ir picoteando. Además, siempre había escuchado que era mejor tener la barriga llena, que te mareabas menos.

Habíamos quedado a las siete y media en el amarre, y salí por la puerta de casa a las siete. Solo había diez o quince minutos hasta abajo. Me daba igual caminar lenta como una tortuga, pararme a saludar a cada vecino y preguntarle qué tal esto o lo otro, si les había gustado tal cosa de la tienda y asentir, siempre educada. No me importaba nada bajar hasta allí haciendo eses, caminando con un pie pegado al otro, parándome a escuchar qué querían decirme las cigarras aquella tarde y seguirles la letra de la canción. Agacharme a coger una vinagreta, llevármela a la boca. Pararme y cerrar los ojos para que se me pasara la acidez. Notar cómo se me estremecían las muelas. Acordarme de Irene, porque de pequeñas comíamos un montón de vinagretas. Las elegíamos evitando las que estaban a los lados de la carretera, porque como decía mi hermana ahí meaban los perros. Íbamos a por las que estaban más en el fondo. Dejábamos las campanitas amarillas caer hacia el otro lado mientras chupábamos el tallo ácido.

Así que bajaba despacio, un paso sobre el otro. Estiré con los dedos muy juntos una planta llena de novios, estaban los lados de la cuesta llenos, y me los lancé con fuerza a la camiseta. Me reí sola. Me puse seria. Miré con disimulo por si me había quedado alguno. Uno. Lo sacudí por si las moscas. Hice una ese más. Me descolgué la cesta de un hombro y me la colgué en el otro. Dejé que el tiempo se enredara allí fuera, con el mar de fondo y los bancales como escaleras grandes haciendo la curva de la costa. Casi abajo del todo, en el penúltimo escalón de la montaña, había un señor enganchado a una manguera que recorrí con los ojos hasta que la vi salir de un *safareig* lleno. Se pasaba la mano por la frente de vez en cuando mientras regaba las tomateras. Tenía la piel bien morena y no parecía muy mayor. ¿Se habría bañado papá alguna vez en esa piscina verde?

No sabía por dónde empezar la búsqueda. No tenía ni idea de cómo hacerlo. No había ningún hilo del que tirar. No quería preguntarle a nadie. No podía. Me daba miedo levantar la alfombra, cambiar todo de sitio. Hacer algo mal. No poder volver atrás, creer de nuevo que papá había muerto y que estaba bien así, y ya está. ¿La abuela sabía que papá había estado vivo?

Si nunca nadie me había dicho nada, ni siquiera la abuela, lo mejor tal vez era no agitar esta maraca en el pueblo. No comentarle nada a nadie. Ni siquiera dejar caer la palabra «papá» como un estornudo por si alguien tenía alguna pista. Mi madre conocía a todo el mundo. Y yo, al fin y al cabo, era la hija de mamá. Tenía que encontrarlo, no sabía cómo ni dónde ni de qué manera. Sola. Sin preguntar. Sin levantar sospechas. Solo mirando. Sola. Observando todo con detalle, como había hecho Héctor la otra noche con la tostada. No perderme nada. Buscar como una loca, sin que se me notara, la cara de mi padre en cada cara de la isla.

Estuve dándole vueltas sin parar hasta que llegué donde habíamos quedado. De la manguera salía agua sin mucha fuerza que caía como lluvia sobre el casco del barco. «Te estaba esperando», me dijo Héctor, levantando la mano de la manguera para saludarme. Me regó un poco. Lo hizo a propósito, en plan broma. Nos reímos. Yo con un poco de vergüenza. Bajó dando un salto, descalzo, para ayudarme a subir la cesta con la comida. Tenía los pies muy grandes, con las uñas cortas y redondas, los empeines sin pelo y las piernas muy morenas, parecían de ciclista. Me dio dos besos esponjosos y un abrazo que me envolvió entera. Cogió la cesta y subió dando un salto al barco. Enseguida me extendió la mano y me indicó en plan marinero: «Quítate las abarcas y apoya el pie aquí y aquí».

No era ni mucho menos la primera vez que me subía a un barco —de hecho, de pequeña me subí antes a un barco que a una bicicleta—, pero sí era la primera vez que lo hacía desde que se me había movido el suelo. Entré sin complicaciones. «Aquí puedes poner los zapatos», y levantó una puertecita blanca de debajo de unos almohadones muy gordos. «Y si tienes algo que no deba mojarse, mételo ponerlo aquí sin problema. Cuidado con la cabeza. Al fondo está mi cama y encima hay un armarito, allí puedes guardar lo que quieras».

Bajé, peldaño a peldaño, aquellas escaleras que eran como las de una piscina, mientras él recogía un cabo envolviéndolo entre el codo y la palma de la mano. Su cama era estrecha, las sábanas de color claro estaban estiradas con una vuelta. A los pies de la cama había una barra de madera y justo al lado una cocina de dos palmos con dos fogones. De un lado a otro, a la altura de mi frente, me topé con un tubo plateado con ganchos del que colgaban un par de ollas, una sartén rayada, pinzas largas de barbacoa, tijeras de cocina. En una pequeña balda se amontonaban también seis o siete botes de especias. Más adelante había otra barra con un gorro de color verde botella, una camiseta blanca, unos calzoncillos anchos de tela de rayas, una bolsa beis con hilos transparentes, un *gambaner* y otras cosas que no tenía ni idea de para qué servían. Era un lugar acogedor y, para el espacio del que disponía, estaba todo puesto con muy buen gusto.

El cabecero de la cama era una ventana desde la que se veía el mar, un poco de montaña verde y el reflejo del sol haciendo dibujos en el agua. Justo encima estaba el armarito del que me había hablado. Tiré de la bolita para guardar mi móvil. Había táperes ordenados, una baraja del UNO, dos o tres linternas frontales y bastantes cosas más. Dejé mi móvil allí dentro sobre un libro de Chigozie Obioma.

Y volví a salir por las escaleras de la piscina. Lo primero que vi fueron sus pies y sus piernas, así como el bañador amarillo huevo que llevaba puesto. Después su ombligo pequeño y ovalado, hacia dentro. Y ya lo vi entero. Sus ojos del color de la orilla me miraban. «Veo que no te has perdido», dijo con gracieta. Sonreí con la boca junta sacando aire por la nariz. Le pregunté si quería que le ayudara en algo para salir. Me señaló que estaba de invitada y que me sentara y disfrutara de la travesía. «Tienes toallas allí a tu derecha por si cuando paremos te quieres dar un *capfico*, y en ese cajón hay una manta por si con el viento aparente tienes frío», me decía imitando la voz de un botones. Abrió una lata de cerveza para que la compartiéramos. «Toma, que ya vamos a salir. Recojo este cabo y ya, ¿estás lista?». No le dije nada, solo moví la cabeza arriba y abajo. Di un sorbo a la cerveza. El mar parecía una piscina. El sol estaba a media asta y todavía quedaba un rato para que se metiera en el mar. Sí, pensé que estaba preparada.

Tiró de un hilo fuerte y encendió el motor, que sonaba suave, como cuando Irene y yo hablábamos debajo del agua jugando a adivinar palabras. Era un sonido parecido, burbujas y tuctuctuc. El aire cálido y agradable me acarició la cara. Mi pelo volaba. Respiré profundo, le pasé la lata y estiré el brazo para tocar el agua mientras nos movíamos. Me dijo que nos meteríamos unas millas, no muchas. «Estaremos cerca de aquella costa, tardaremos media hora o así en llegar. Ves esa punta de allí, donde la cueva, allí nos quedaremos pescando tranquilamente».

El domingo también era su día libre, así que salimos por gusto, no por trabajo. Salimos porque yo le había preguntado cómo se pescaban los calamares y a él le pareció una buena excusa para conocerme un poco más. Así que si pescaba mucho o poco daba igual, eso me lo dijo más tarde. Me contó, mientras la luz amarilla hacía que sus pómulos se marcaran como escuadras perfectas, que nunca se pasaba con la pesca. «Simplemente lo hago para sobrevivir, para tener algo de dinero y poder ir a algún restaurante, me encanta comer», me soltó muerto de la risa. «Salir a alguna fiesta de pueblo, tomarme un *xoriguer* con limón, bailar sin tener ni idea, comprarme un libro y leerlo cuando el barco me mece. Disfrutar del tiempo, no solo verlo pasar mientras entran y salen billetes del banco. El dinero no me interesa en absoluto, solo son papeles. ¿No?». Se reía sin parar. «No me mires así, Marina».

La verdad es que no sabía cómo debía mirarlo, pero admiraba todo lo que estaba saliendo a borbotones de su boca.

«Lo sé, soy una persona aburrida», musitó con la cara tostada mientras se rascaba las heridas de los dedos. Yo negué con la cabeza y me salió de la boca un «qué va». No me parecía una persona aburrida, al contrario. Creo que existe mucha diversión en saber ver las miniaturas. En entender el día a día como un abismo al que lanzarnos, incluso en las rutinas. Filtrar por un colador fino lo que es importante. Saber mirar el detalle, descubrir el mundo desde un lugar minúsculo.

La barca se deslizaba dejando detrás de nosotros un camino de espuma blanca, como un reguero de palomitas. Pensaba mucho en eso. Nada de lo que hiciese en ese momento iba a ser exactamente igual al día siguiente. Aunque tuviera prevista la misma secuencia: levantarme, ir a la tienda, darme un chapuzón, dormir en la cama de cuando era pequeña. Había personas que creían que un día era igual al otro, que cambiaba muy poco a no ser que hubiese un viaje o se celebrara su boda. Yo también lo creí un tiempo, pero ya no. No estaba segura de muchas cosas, aunque me habría apostado La Ultramarina a que se equivocaban. Si Irene o mamá hubieran estado escuchando mis pensamientos en alto, habrían bromeado de nuevo con lo profunda que me ponía. Yo me hubiese reído sin muchas ganas, como quien arrastraba una cortina. Y probablemente habría cambiado de tema.

Allí, con Héctor, había encontrado un hueco en el que flotar. Lo supe enseguida. El espigón del que habíamos salido se había hecho pequeño como una maqueta de arquitectura. Me quité un mechón de pelo que volaba como una cometa ligera delante de los ojos y le contesté con el cuello estirado y la frente alta: «Simplemente disfrutas de lo simple. Eso no es ser aburrido. Las personas aburridas son esas a quienes no les interesa nada, que habitan las horas huecas, no tienen pasiones, viven de lunes a viernes metiéndose un minuto detrás de otro en la boca, esperan con ansias el fin de semana porque creen que solo hay vida allí, que lo demás es un mero trámite».

Héctor había dejado de mirar el horizonte y sus ojos estaban clavados en los míos, el barco seseaba despacio y el aire sabía a sal. Su boca entreabierta. No podía callarme. «Las personas aburridas son esas que abren la aplicación del banco a principios de mes para ver los números subir y la desinstalan el día 25 para no deprimirse, porque están convencidos de que la felicidad se mide por las cosas que se tienen». Me recogí el pelo en un nudo, sin darme mucha importancia. Le di el último sorbo a la cerveza. Él empezó a aplaudir, con palmadas lentas. Tres o cuatro. Y yo me tiré hacia atrás sobre la madera, tapándome la cara con una de las toallas, muerta de risa y supongo que roja como una manzana.

Lo vi desde la trinchera de algodón azul, al concluir mis palabras, mientras movía el mentón huesudo arriba y abajo como un muelle, asintiendo. «Tú lo has explicado mejor que yo, Marina. Tengo la impresión de que hablamos en la misma frecuencia. No todo el mundo entiende esto. Hay amigos que me dicen que podría ganar más, que me compre un barco grande, que contrate a unos cuantos, que saque las redes, que vaya a alta mar. Y yo siempre contesto que no salgo a pescar para arrasar con todo; de hecho, mi objetivo no es ganar dinero. Salgo a pescar porque me gusta y me relaja, porque encuentro equilibrio en este bote que se menea. Y la consecuencia de eso es que al llegar a la lonjita yo entrego la pesca y me pagan. Es un intercambio, nada más. Hay muchas maneras de ser rico, ¿verdad?». No pude evitar asentir.

Y añadí que después algunas piezas de esa pesca llegaban a La Ultramarina, a las mesas de los vecinos o a los restaurantes, luego a la olla y después al plato. «Y así en un bucle interminable como esa canción de Jorge Drexler, ¿sabes cuál te digo?». La tarareé, golpeando mi lengua contra los dientes como si fuera el punteo de una guitarra. «Tu beso se hizo calor, luego el calor movimiento, luego gota de sudor...». Héctor también se la sabía. Sonreí con los ojos mientras seguía con la letra: «Que se hizo vapor, luego viento, que en un rincón de La Rioja...». Y los dos cantamos cada vez más alto: «Movió el aspa de un molino mientras se pisaba el vino que bebió tu boca roja...».

Me hizo con la mano un gesto para que me acercara y se le marcaba una vena como un camino en el cuello. Y pasé mi brazo por su espalda, porque su hombro me quedaba un poco alto. Él me rodeó la cintura y cantamos cada vez más fuerte. «La copa que gira en mi mano y mientras el vino caía...». Apagó el motor. La canción chocaba con el silencio del mar. La cueva que me había señalado ya tenía forma. Ya no podíamos mirar el sol de frente. Cerré los ojos y nos pusimos a bailar dando pasos cortos a un lado y a otro. «Supe que de algún lejano rincón, de otra galaxia, el amor que me darías...». La barca estaba sin ancla. Flexionábamos las rodillas y movíamos los hombros como si pasaran olas de un lado a otro. «Nada es más simple. No hay otra norma».

Recuerdo ese momento como un paréntesis en el mundo. Lo viví como si nadie me mirara. Con la libertad ondeándome dentro. No me pesaba nada la cabeza. Hasta que nuestras voces empezaron a rebotar. Abrí los ojos, moví los brazos como si sujetara una serpiente, apagando el baile sin normas y bajando el volumen de mi voz, despacio. Héctor sonaba como un solista. Y allí delante, la isla cortada de forma natural. Toda la tierra anaranjada, algunos pinos encaramados, las rocas enganchadas como pezuñas y aquella hendidura estrecha con estalagmitas que parecían pezones sólidos o el pelo rígido de las ovejas.

La pared nos rebotó el sonido de nuestro concierto improvisado a pelo. Ese eco fue como mirarme en un espejo y verme completamente desnuda con él al lado. Paré de cantar en seco, un punto y aparte. Me excusé diciendo que ya no me sabía más, y volví a mi sitio con la cabeza agachada. Él también se calló. Me senté, crucé las piernas y me puse la toalla por encima. Tenía miedo a desnudarme de esa manera, dejarme llevar así, que se me vieran las raíces. ¿Qué estaba haciendo? Me sentía tan bien con él. Me asustaba relajarme y que me saliera la verdad por todos lados como lava incandescente. Hablar más de la cuenta. Dejarle entrar. Llevármelo por delante con lo de papá. Acabar los berridos y ¿qué podía ser lo siguiente?

Decir en voz alta que yo también, que me gustaba la idea de hacer las cosas por pasión y recibir en consecuencia. Que es lo que había mamado siempre. Que era mi fuego interno. Mi cuna era así. Cómo podía confesarle a una persona que conocía de tres días lo que no le había dicho a mamá ni a Irene ni a nadie. Cómo iba a confirmarle que a lo mejor me había equivocado al escapar de allí. ¿Le iba a contar que al irme a Madrid, más bien al salir de La Ultramarina, solo huía de aquello que se esperaba de mí, de ese molde de yeso? ¿Le iba a contar que había perdido algunas cosas más en el trayecto? Muchas cosas. Demasiadas. Y que no lo sabía, que no lo había sabido y que empezaba a darme cuenta ahora, estos días, otra vez allí.

En las rutinas. Donde se alojaban los detalles. Que allí, en el sitio de siempre, el de cada día, había encontrado una gruta mucho más grande, muchísimo más que la que teníamos delante. Un hueco enorme. Un padre. El mío. Un agujero como una tumba abierta. No, no podía, era un error llegar a eso. No podía descubrirme así. Deshacerme delante de él. No tenía sentido.

Así que dejé de bailar, hasta que se derritió el sol en el agua y nos bañamos aprovechando el calor. Nos tiramos tres o cuatro veces de la barca en bomba, y de cabeza, y haciendo posturas. Después de que pescáramos tres calamares. Yo pesqué uno y me llenó las manos de tinta. Luego Héctor me la puso en la nariz como la nata de una tarta.

Hasta que nos comimos el trampó con la luna de linterna y mojando pan hasta los dedos, había conseguido no volver a dejarme llevar de aquella manera. Pero cuando estaba tumbada con mi cabeza sobre sus piernas, con el movimiento del agua actuando como una nana, pasó otra vez. Estábamos señalando las estrellas. Cada vez se veían más y más. Eso me alucinaba de pequeña.

Recordé una Noche de San Lorenzo que subimos a la azotea de una vecina y nos tumbamos en el suelo con una sudadera de cojín. Yo comía un helado almendrado. Por aquel entonces separaba el chocolate con los dientes y después chupaba la vainilla. Me encanta hacerlo así. Esa noche descubrí que el cielo era como uno de esos libros mágicos con dibujos planos, en los que si fijas la vista durante mucho tiempo se ven figuras en 3D. Se lo conté a Héctor. «Cuanto más rato me quedo mirando al cielo, más estrellas veo y más profundo me parece. Al principio solo se ven las estrellas que brillan más y después, con los minutos, empiezan a brotar estrellas más pequeñas, unas con menos fuerza, otras como lunares, por todas partes».

Así que estábamos los dos mirando el cielo cuando me susurró: «¿Ves esa estrella de ahí? Se llama Lluis». Y volvió al silencio que yo rompí inocente, sin saber dónde me metía: «¿Lluis? ¿Cómo lo sabes?». Pensaba que me estaba gastando una broma, ¿cómo iba una estrella a llamarse Lluis? Las estrellas tenían nombres de estrellas, como Sirio, Venus, Vega, Pólux, Andrómeda. Le escuché la respiración entrecortada. Su pierna se movió inquieta debajo de mi cabeza y contestó, soltando primero un poco de aire: «Porque ahí está mi padre. Se llamaba Lluis».

Se me encogieron los pies. Creía que alguien me los había cortado. La frase «ahí está mi padre» me rebotaba en la cabeza. Me quedé callada sin saber qué decir, sin poder decir nada. El aire que me entraba por la nariz quemaba. Aquella frase continuaba dando saltos. Él debió de interpretar mi silencio como un espacio que ocupar y siguió hablando. Me contó con la voz llena de cristalitos que la noche que su padre murió estaba mirando el cielo como nosotros en ese momento. «Estaba tumbado en el suelo frío de la terraza. Me quedé mucho rato ahí, sintiéndome aún más pequeño. Entendiendo poco todo aquello de la muerte. Del abismo que se forma como un charco alrededor que lo abarca todo. Estaba allí, mirando las estrellas en 3D. Me ha gustado mucho eso que has dicho de ver el cielo en 3D».

La voz se le llenó de risas para volverse a crujir poco después. «Y de repente, con el cielo ya muy hondo, se encendió una estrella nueva». Le escuchaba como si me estuviese contando una película que le encantaba. «Y fue algo automático. Esa estrella es papá. Yo era pequeño, mis conexiones eran como el polvo de las varitas. Me dijeron que papá se había ido al cielo y yo lo vi llegar. Así que, aunque sepa que no es posible o puede que no sea posible, mi padre está ahí, en esa estrella. Por eso sé que esa estrella se llama Lluis, Marina». Acabó mientras me pasaba la mano por la frente, retirándome el pelo. Me entró un escalofrío, como si me quitara una telaraña.

No separé la mirada del cielo. Callada. Mis ojos permanecían secos, controlados. Los hombros encogidos. Apretando la lengua contra el paladar. Hasta que me preguntó, supongo que para quitar hierro a lo que me había soltado: «¿Y tu padre dónde está?».

Esa frase me cayó encima como un trozo de plomo. Estoy segura de que él imaginó que le diría que mi padre estaba en casa, que dónde iba a estar. Debió de pensar que le diría algo así como que estaba viendo una película de vaqueros. Lo que no esperaba era que le dijera, con ese llanto como un géiser, acurrucada sobre su pecho y tiritando: «Mi padre está vivo».

Y eso es exactamente lo que pasó. Me vio desnuda. Le conté la verdad. No existían cortezas ni corazas con él desde el primer momento. Porque después de esa frase solté todo. Me di la vuelta como un calcetín. Se lo dije todo. Lo de que hui a Madrid. Lo de que mi madre había matado a mi padre y que yo me enteré por una fotografía que encontré en el libro de recetas de mi abuela. Bueno, no que lo hubiese matado físicamente, sino que lo convirtió en un muerto desde que nací. Le revelé que yo hablaba con mi abuela cuando encendía los fogones. No, no estaba loca. Le confesé que para mí mi hermana era mucho mejor que yo, porque hizo lo que yo fui incapaz de hacer. Irse y ya. Sin culpa. Sin dudas. Sin escapar. Se fue porque quería ser maestra. No huía como yo, que mi pasión era cocinar, pero que había buscado otras formas de hacer hogar. Por el camino me había topado con algo que me gustaba, el diseño de interiores. Pero sabía que no era por vocación, sino por conseguir un destino inesperado. Me había dado cuenta de que aquello era una tontería. Y ahora mismo, después de lo de papá, ya no sabía nada de nada. Ni quién era yo. Ni quién era mi madre. Ni tampoco dónde podía estar papá.

Yo temblaba. Y él me abrazaba. Y yo temblaba. Y él me calmaba. No podía frenarme, porque lo que necesitaba era encontrar a papá. «Necesito encontrarlo, necesito saber quién es porque necesito saber quién soy de una forma completa. De verdad». Y vomité. Porque aquellas palabras todas juntas habían salido del estómago con la misma fuerza que una arcada.

Volvimos al puerto. Yo tumbada, él acariciándome el pelo. A mí no me gustaba que me acariciaran el pelo. Ni siquiera Irene, solo yo. Hasta que llegó Héctor con esos dedos que parecían inflables. El sonido del motor. Las estrellas. La manta por encima. Y el mar rozando en el casco provocando el sonido de un riachuelo. Me dormí. Llegamos. Me avisó. Me llevó en moto hasta casa.

10
El colibrí

1 de julio

La habitación me daba vueltas cuando me desperté con los cascabeles del panadero. No habíamos bebido casi nada, no era de eso. Ya me había pasado alguna vez. La mañana siguiente al descubrimiento de la foto de papá. Era como una resaca emocional. El subidón me provocaba esa llantina en la que me deshacía y el ataque de nervios era tal que debía de ser algo parecido a drogarse. Nunca lo había hecho, así que no lo sabía, pero no me parecía ninguna absurdez que fuese algo así. Un subidón empinado y una gran caída.

La bajada daba vértigo. Empujé la sábana hacia abajo y la fui arrastrando hasta el final con los pies. Sentada en el váter haciendo pis, me pesaban los brazos a los lados del cuerpo. Pulsé el botón de la cisterna y dejé el agua de la ducha correr mientras me quitaba la camiseta y me miraba en el espejo. ¿Quién era? Tenía los ojos hinchados como dos ciruelas. Casi no había espacio en los párpados. Contemplé a esa chica del reflejo mientras el agua caía en una ducha vacía. Recorrí con los ojos y después con las manos algunas partes de mi cuerpo para ver si coincidía con la imagen del espejo.

En las mejillas tenía granitos y cuando me pasé los dedos parecía la piel de un aguacate. Suave, irregular. El pelo revuelto me caía hacia los lados y me cubría parte del pecho. Me lo retiré un poco para acariciarme la clavícula. Un hueso y el otro. Siempre se me habían marcado mucho. Me toqué las costillas, que eran como peldaños finos y redondos, y llegué hasta la boca del estómago. También observé el hoyuelo de mi barbilla. Pasé lentamente el dedo por aquel bache. Como si hubiese tocado un interruptor que no correspondía, el agua de la ducha hizo un ruido fuerte, como cuando la plancha expulsa el vapor. Quizá tenía que ver con los cambios de presión. Ni idea. Dejé la expedición por mi cuerpo y abrí la mampara.

Los quince minutos debajo de la ducha me devolvieron otra vez a la tierra. El último chorro de agua fría antes de salir —odio ducharme con agua fría, pero dicen que son buenos los contrastes— me dio claridad. Yo no estoy tan segura de que todos los contrastes sean buenos. Cuando me miré otra vez en el espejo, al subir la cabeza envuelta en la toalla, sentí que era yo la que estaba allí. Con los ojos un poco hinchados, sí, pero era yo. Fuese quien fuese.

Aquel día en La Ultramarina preparé calamares a la mallorquina. Este plato se lo había visto hacer un montón de veces a la abuela. A la abuela con mamá. Luego también la abuela se lo transmitió a mamá y lo hacía ella sola ante su atenta mirada. Porque en su última época dejaba que mamá cocinase, aunque le siguiera encantando ser la patrona.

Me gustaba tanto el olor dulce que dejaba en el ambiente el sofrito de la cebolla y la cebolleta que no podía evitar salivar al pensarlo. Sentía a mi abuela como si la tuviera delante y lo removiera todo en la misma sartén que yo usaba. Cogía la cuchara larga de madera y le daba vueltas moviéndose entera. Una mano apoyada en la cadera, las piernas un poco separadas porque tenía artritis en las rodillas y se sentía más estable de esa manera, y venga a remover el sofrito. Yo la miraba desde debajo de la mesa e Irene a mi lado hacía churritos finos con los restos de una masa, que estiraba mucho y luego la enrollaba sobre sí misma como ensaimadas. Y la abuela decía a nadie, a sí misma, no sé, como una de esas personas que hablan con la tele: «¿Ves? Así tiene que quedar. Bien pochadita, bien pochadita. Este paso es el oro de la receta. Sin un buen sofrito no sale nada».

Irene y yo nos mirábamos y nos reíamos con los dientes de leche, tapándonos la boca. Mamá despachaba fiambres en la tienda pero nos veía por el rabillo del ojo y también se le escapaba alguna sonrisa. No hacía falta poner la radio, a la abuela siempre se le movía la boca. Si no era en la cocina, era con algún vecino, o con mamá, o con nosotras. Irene es igual, habla por los codos. Desde pequeña. Habla con cualquiera. Yo soy un poco más retraída, pero también me gustan mucho las personas. Solo que al principio me cuesta. Luego ya me voy relajando, hasta cierto punto, claro. Después de este verano me estoy soltando un poco más. Aunque hay personas con las que nunca soy capaz. Bueno, el caso es que nos hacía gracia ver hablar a la abuela con las ollas o las verduras, porque no entendíamos a quién se estaba dirigiendo, si es que se lo decía a alguien.

Las primeras semanas en la cocina la entendí un poco mejor. Me había dado cuenta de que yo también hablaba conmigo misma cuando cocinaba en La Ultramarina. Me daba las instrucciones para hacerlo bien. «Ahora, después de sofreír la cebolla y la cebolleta, pones el ajo y a continuación la salsa de tomate hasta que esté todo bien pochadito», me decía a mí misma aquel día mientras preparaba los calamares a la mallorquina. No sabía por qué lo hacía. Puede que fuese por si ella me estaba escuchando, para que no se perdiera nada. No tenía claro si los muertos después de muertos se quedaban con los ojos cerrados y todo terminaba. Ojalá la abuela me estuviese viendo y se diera cuenta de que cocinaba exactamente igual que ella.

Los calamares me quedaron igual. Recordaba a la perfección el sabor de los suyos. El color del aceite mezclado con el tomate y todas las anillas del calamar haciendo círculos en el plato. Hice esa receta no porque fuera la siguiente en el cuaderno, sino porque Héctor me había puesto los calamares que pescamos en la cesta para que me los llevara. «Cocínalos tú. Seguro que te salen increíbles», me dijo. Me dio un beso en la frente y entré en casa sin mirar atrás, escuchando cómo arrancaba la moto. Me temblaba todo el cuerpo.

Así que aquella mañana, después de encontrarme bajo el agua de la ducha, busqué la receta pasando muy rápido las hojas del cuaderno. «¡¡¡Qué buenos!!!», había escrito mamá entre exclamaciones en el margen de la página. Y abajo ponía: «Es un plato para comer con muuucho pan». Seguro que la abuela lo había dicho así, con todas esas «úes». Qué suerte que mamá decidiera escribirlo todo, aunque después no le hiciera apenas caso al cuaderno y lo dejara en una caja durante no-sé-cuántos años.

Antes del sofrito había que cocinar las anillas de calamar. Sin la tinta. Bien limpios. Corté hasta las patitas, muy pequeñas. Igual que hacía la abuela. Eché un chorro de aceite de oliva virgen en una sartén y los rehogué durante un tiempo corto, empujándolos a un lado y a otro con la cuchara. En la receta ponía expresamente que la abuela los hacía muy poco, hasta que se dorasen, porque si los calamares se hacían mucho llegaba un momento en que pasaban de estar tiernos a duros como paredes. Solté una carcajada cuando leí esa explicación y seguí el consejo. Los sofreí ligeramente y puse todas las anillas en un plato marrón. Repasé la receta con el dedo.

La mayoría de las páginas estaban llenas de salpicones, no sé si todos eran nuevos. Llegados a este punto no les ponía sal porque los calamares siempre estaban un poco salados. Me pareció curioso que tras pasarlos por debajo del grifo antes de cocinarlos mantuvieran la sal. Desde luego no son como las personas, que nos damos una ducha después de la playa y la perdemos.

En el aceite que quedaba después de freír los calamares se cocinaba el sofrito. Cuando la salsa de tomate hacía algunas burbujas, removía con una mano en la cadera y la otra sujetando la cuchara. Y me movía entera. Qué risa. Si mamá o Irene hubiesen entrado por la puerta en ese momento a lo mejor se habrían dado un susto. Yo en la cocina de La Ultramarina, con la luz suave y naranja, el olor dulce del sofrito, en la misma postura que la abuela y bailando con la sartén como ella. Seguro que las pobres habrían pensado que estaba loca o que habían viajado en el tiempo y a la que estaban viendo entre estas paredes de cal amarillentas era a la abuela de joven y no a mí.

Solo había visto una vez en mi vida una foto de ella con la piel lisa y me daba la sensación de que no nos parecíamos en nada de los ojos para abajo. En el pelo tampoco. En esas fotos color sepia no se distinguía muy bien el color del pelo y además el velo que llevaba le tapaba más de la mitad. Eso sí, se le notaba la piel tersa como la de un aguacate. Seguro que igual de suave que la tenía ya de mayor, con todos esos surcos que les salen a las personas con la edad, como si fuesen grietas. Es verdad, eh. En la vejez la cara se parece mucho a un papel arrugado.

No sabía qué pensaría dentro de veinte años o así, pero yo quería dejar que el tiempo me pasase por encima y me dejara huella, erosiones. No me apetecía ser una de esas personas que se retocan para quedarse en el pasado. Me gustaba ver en las caras los pliegues del tiempo, cómo carcomía la vida de una forma absolutamente maravillosa. Cincelando cada arruga. Dejando que los años se acumulasen como el musgo en las rocas. Lo que me resultaba marciano era imaginarme de abuela, con los niños pequeños de los vecinos rodeándome la barriga y que fuese imposible jugar con la piel de mis codos. Menuda abuela sería si continuaba a los ochenta con los codos tersos. Los años pasarían y nos consumiríamos cada vez un poco más; por eso el cuerpo se nos queda tres tallas más grande en la vejez.

A mi madre se le notaba ya un poco, y eso que ella no era todavía abuela. El pellejo del cuello, los ojos caídos, la piel elástica de las manos. Yo todavía era joven para pensar en estas cosas y seguro que conforme se acercase el momento lo vería de otro modo. Vendrían más miedos, más temblores y todo eso. A mamá a veces se le notaba, aunque no decía nada. Ya.

La cabeza se me disparaba hacia delante y hacia atrás y me imaginaba siendo vieja como la abuela y hablando con papá. ¿Habrían hablado ellos? Claro que lo habían hecho. Me era imposible imaginarlos a los dos juntos. Mis dos padres juntos. No había manera de frenarme. Tampoco pasaba nada, ¿no? En ese instante tenía más claro que nunca que el futuro era un sitio desierto. Que por más que quisiese imaginarme algo hacia delante y lo dibujase de formas concretas, la vida me lo entregaría a su tiempo —si es que lo hacía— de un modo nuevo. Era como cuando leía un libro y me imaginaba los escenarios que describía de una manera, pero luego sacaban la película y ¡pum!, pero ¿qué leches era aquello? Estaba claro que no me lo esperaba así.

No lo había pensado. ¿Cómo le quedaba el musgo a papá? Las manos se movían, era imposible dejarlas quietas. ¿Y si me lo cruzaba y no sabía que era él? A lo mejor me había pasado ya. A lo mejor lo había visto cuando pensaba que estaba muerto. Tal vez su cara y su cuerpo en movimiento eran tan diferentes que no me daba cuenta de que eran los del libro. La barriga se me agitaba rápido y el aire entraba como con inflador. Habría sido muy triste haberme cruzado con mi padre vivo sin ser consciente. ¿Ni yo? ¿Ni él? Quizá él desconociera mi cara, ¿cómo se la iba a saber? Me habían crecido un montón de cosas desde aquella fotografía. Sería imposible coincidir o saber que coincidíamos. Tenía que echar otra vez los calamares y moverlos para que cogieran el saborcito.

Aquel día los calamares se acabaron enseguida. Le guardé un plato a mi madre. Me di cuenta de que empezaba a tener miedo de no encontrar a papá. Me preocupaba que mamá se quedara sola. Y a mí me pasaría lo mismo. Sentía que si se me escapaba la oportunidad de encontrarlo, eso era lo que nos esperaba.

Cuando ya estaba cerrando las persianas de la tienda, escuché el sonido de una moto que se acercaba a mis espaldas. Era Héctor. Di un respingo. Se quitó el casco redondo y verde como una aceituna y me sonrió. Se metió la mano en el bolsillo lateral del pantalón, uno de esos tipo explorador que se hacen cortos al tirar de una cremallera, y sacó mi móvil. «Ayer te lo dejaste en el barco». Me lo acercó para que lo cogiese, le di las gracias y bromeé con que si se había percatado de cuánto echaba de menos el teléfono. Podría haberlo tenido varios días y probablemente ni me hubiese enterado. Qué risa. «Ya te habrás imaginado que no soy una de esas personas que llegan a los sitios después de sus teléfonos, ¿verdad?».

Se pasó la lengua por los labios secos, ahora brillantes. Y mientras me hablaba los miraba moverse como dos chucherías. Me propuso comer juntos. «Te voy a llevar a un sitio que te va a sorprender. Además, quiero contarte algo». No tardé nada en decirle que sí, pero tendría que esperar un poco a que me cambiase y a que le subiese a mi madre un plato de calamares que le había guardado. Noté que le gustaba que cuidase a mamá, aunque no me lo dijo. Solo me preguntó si habían salido ricos. Le dije que ya no me quedaban más. Echó el cuerpo hacia delante, su tripa se movía y me enseñó todos los dientes. «No es que quiera —trató de explicarme—. Simplemente te lo preguntaba por si estabas contenta». Mis ojos se abrieron. Me pensé solo un poco la respuesta y le contesté que mucho, aunque en realidad no era del todo cierto.

Mientras cocinaba, siempre estaba feliz, porque no solía pensar en lo malo. Y si lo hacía, esa sensación pronto se disipaba entre el vapor que salía de las sartenes. Ahora que estaba a su lado, yo de pie y él sobre la moto color crema, estaba contenta pero también nerviosa. Digamos que mis nervios estaban contentos. No podía disimularlo mucho. Eran de esos sueltos, no de los que te agarrotaban la barriga. Y después, cuando le subí el plato de calamares a la mallorquina a mi madre, estaba un poco menos contenta. Pero solo un poco menos, porque sabía que él estaba esperando a que cogiera una toalla y un biquini. «Por si acaso», me dijo con una sonrisa que le llegaba hasta la orilla de los ojos. Mamá tenía las manos muy abiertas cuando le dije que me iba y no le vi ninguna espina. Eso me animó bastante. A pesar de todo, no había llegado a odiar tanto a mi madre como para disfrutar de verla sufrir con las manos envueltas en hilo espinado.

Cuando salí, Héctor tenía el maletero de la moto abierto y estaba sacando otro casco marrón para mí. Me anudé un pareo largo y ligero al cuello y cerré la puerta. El casco hizo clic en la barbilla y pasé una pierna por encima del asiento. Me quemé un poco el culo, di un salto para dejar pasar el aire y me agarré a su cintura como en un acto reflejo para no perder el equilibrio. Vaya dos. Nos habríamos caído de no ser porque Héctor tenía los pies firmes en el suelo y las sandalias que llevaba eran como las mías, con la suela neumática, y se agarraban como un coche de carreras. Solo fue un susto. Los dos reaccionamos igual, primero tensos y después no podíamos parar de reír, como si nos hiciéramos cosquillas el uno al otro.

No sabía a dónde me llevaba. Tampoco se lo pregunté. Giró poco a poco la empuñadura negra del manillar y el asfalto comenzó a moverse bajo las ruedas al tiempo que dejábamos la tienda de vinos de la acera de enfrente de La Ultramarina a nuestra izquierda y también el estanco para meternos de lleno en la carretera que salía del pueblo en dirección contraria a Andratx. Se acababan las casas a los lados y empezaban a aparecer los pinos, un mar de pinos verde que desprendía el aroma particular del Mediterráneo. Entre los pinos y la carretera que recorríamos, un muro bajo de piedra seca lleno de sol nos acompañó durante casi todo el trayecto mientras surfeábamos las curvas hasta que llegamos a Valldemossa.

Paró delante de un taller mecánico, en una calle que se metía desde la principal hacia la montaña. «Ya hemos llegado», me dijo tras apoyar los pies en el suelo, y giró la cadera para que me bajara. Cuando lo hice mi cara era un interrogante. No entendía qué sitio era ese. No podía decirse que fuera la calle más bonita del pueblo, no estaba en la zona empedrada llena de plantas, tampoco en un rincón de la Cartuja ni sonaba Chopin. Pisó el caballete, dio un empujón hacia atrás y la moto se quedó flotando, parada. «Es aquí», señaló el taller mecánico. Me fijé en que detrás de las altísimas cristaleras de marquetería negra había gente comiendo. «¿Te gusta?», me dijo mientras abría la puerta. Me encantaba. Era como haber pelado una mandarina y que dentro los gajos fueran de chocolate. No sé cómo explicarlo, era uno de esos sitios que no esperas por la fachada.

Me contó que había sido un taller mecánico hasta hacía unos años y que un cocinero lo había transformado en un restaurante en el que cocinaba lo que sembraba. «Mira, ¿ves allí?». Héctor me señaló la terraza, que tenía una luz tamizada por las hojas de un olivo enorme. «Esa es nuestra mesa, la de al lado del tronco. Pues justo detrás tienen el huerto». Yo lo miraba todo como si acabara de aterrizar en Marte. No tenía ni idea de si Héctor habría llevado allí a alguien más alguna vez, pero conmigo acertaba de lleno.

Atravesamos el restaurante arrastrando los pies sobre el suelo de microcemento impoluto, las mesas llenas a los lados eran como pupitres de colegio, las sillas tenían colores y no había restos de pisadas de caucho. Había mucha gente rubia, y plantas por todas partes; los techos eran bastante altos; la cocina estaba abierta y se veía a un chico con el pelo rizado, muy moreno, con los hombros hacia atrás cocinando algo que soltaba humo y chisporroteaba; olía a especias. No había barullo. Sonaba una canción de Jason Mraz.

Héctor no miraba el sitio, sino a mí. Los dientes le brillaban. Yo le sonreí y le saqué un poco la lengua. Nos rozamos las manos sin querer cuando dejamos pasar a un camarero que se acercó con un plato amarillo sobre el que había un trozo pequeño de *porsella* con un poco de puré. «Mmm, qué buena pinta tiene eso», y separé mi mano como si me hubiera dado un chispazo. Héctor se rio. Pasó su brazo por mi hombro y me dijo al oído con voz de robot: «Una rayita más en el gráfico de compatibilidad». Me dio mucha vergüenza, pero deseé quedarme un rato más bajo su ala. Hice lo posible para que no se me notara de una forma exagerada. Lo miré al tiempo que subía los hombros y encogía las cejas. Nos echamos a reír.

Comimos puerros con queso Stilton, canelones de calabaza y el taquito de lechona que habíamos visto pasar al entrar. La piel crujía como unos quicos de maíz. Por lo visto a Héctor le volvía loco el queso como a mí, así que también pedimos la *raclette* con sobrasada y, para acabar, el tajín de cordero mallorquín. Los platos no eran gigantescos y por eso pudimos probar muchas cosas aquel día. Ahora ya me sé toda la carta, porque el local se ha convertido en una guarida habitual. Disfruto mucho en esos restaurantes en los que hay variedad, porque siempre tengo curiosidad por probar toda la carta, pero no puedo comérmelo todo. Cuando llegamos al postre, ya no me quedaba sitio. Me suele pasar. Soy de las que no deja hueco para el postre. No es que no me guste el dulce, es que prefiero tomármelo al cabo de un rato. Media hora, una hora. Dejé el tenedor dorado en el plato, me limpié con la servilleta y me relamí los labios. Entonces bebí el último sorbo de vino blanco de mi copa. Hacía calor y, aunque tenían los ventiladores de la terraza puestos, ya empezaba a darnos el sol y la sombra se había movido hacia las otras dos mesas. Tenía todavía la boca llena de vino cuando Héctor puso los labios rectos como un guion y me miró fijamente. No tragué, sino que lo observé, a la espera de que me dijese lo que escondía.

El vino se me calentó un poco en la lengua, pero no pasaba de allí. Era la primera vez que lo veía tan serio. Parecía de verdad algo importante. Tampoco lo conocía tanto, pero nunca había tenido esa línea en la cara tan recta. Abrió el guion y me dijo con la voz muy firme, sin montañas: «Marina, yo quiero ayudarte a encontrar a tu padre». Me salió el vino disparado como un aspersor y su camiseta azul celeste se llenó de lunares. No le contesté. No ese día. Tampoco me había hecho una pregunta, ¿no? Era una afirmación tan rotunda como su cara con la línea en la boca.

Más tarde fuimos al puerto de Valldemossa. Nos bañamos y no volvimos a hablar de ello. Lo dijo, le escuché y la posibilidad se quedó suspendida en el aire como el colibrí que nos acompañó a todas partes aquel día. Vino moviendo rápido las alas desde el restaurante hasta la pastelería. Cruzó la carretera principal y sobrevoló las callejuelas de piedra mientras señalábamos en la vitrina dos cocas redondas de patata. Nos siguió todo el tiempo que estuvimos paseando con un granizado de almendra en la mano y también me pareció verlo a la altura de su hombro cuando Héctor tenía el labio de arriba lleno de azúcar glasé. Estuvo en casi todos los pasos que dimos en esa calle tan pequeña llena de macetas verdes con flores. Y lo distinguí a través del espejo de la moto de camino al chapuzón. Avanzó a nuestro lado con el pico largo como una exclamación hasta que llegamos tras superar todos los baches a la calita del puerto de Valldemossa. Allí también permaneció sobre el agua el rato que nos bañamos, aunque no impidió que nos tirásemos de las rocas cogidos de las manos y gritásemos tan fuerte al caer que los miedos se deshiciesen en contacto con el agua. No sé si Héctor lo veía como yo, creo que se daba cuenta de que aquello estaba allí revoloteando en el ambiente. Hablamos de tonterías, porque ninguno de los dos tenía ganas de temblar. Le hice acupuntura en los mofletes con una hoja de pino que cogí del suelo —parecían dos palillos chinos y estaban unidos por arriba como las cerezas— y le pinché alrededor de la nariz y en la frente mientras charlábamos tumbados en la toalla.

También jugamos a inventarnos palabras como yo hacía con Irene cuando íbamos en bus hasta Palma. Era indispensable que sonaran bien, que al decirlas fueran como de terciopelo o como de piel de melocotón. Me inventé unas cuantas aquel día, se me daba bien ese juego, pero me acuerdo de una en concreto que dijo Héctor, refiriéndose a la piel cuando se eriza: «bellanía». Me sonó a paraje, a ladera, a una comarca. Como había que explicar la palabra, él dijo que «erizar» sonaba muy mal porque parecía que la piel pinchaba, que era un mecanismo de defensa. Y que «bellanía» era el lugar al que te llevaban las vivencias que te emocionaban, y que por eso los pelos suaves se ponían de pie como en los teatros. La he utilizado muchas veces desde entonces. Solo con él, claro. Nadie más me entendería.

Lo pasamos tan bien juntos que me provocó vértigo, lo mismo que en las montañas rusas. Me gustaban, pero qué miedo. Una vez en PortAventura me monté emocionada en el Dragon Khan y al bajar no quise volver a subirme nunca más. «Marina, por favor, piénsate lo de tu padre», me dijo al dejarme en casa. Bueno, no me lo dijo, pero yo imaginé que lo hacía por su manera de despedirse con los brazos tan abiertos. Nos dimos un abrazo largo, metí la llave en la ranura, la giré, hizo clic y entré despacio. Su moto de color helado de vainilla se fue derritiendo calle abajo. El colibrí seguía ahí revoloteando.

11

Entre cactus y medusas

2 de julio

Aquella noche le estuve dando vueltas a lo que me propuso Héctor. Me aliviaba la idea de no hacerlo sola, pero también durante todo el día en Valldemossa y en el puerto no tuve la tentación de buscar en ninguna cara más. Solo veía la suya de ojos rasgados color arena. Y lo que necesitaba era mirar en otras caras, todas las que pudiera. Si iba con él, quizá no fuese capaz de ver a nadie más. ¿Cómo iba a encontrarme así? Nunca me había pasado. Los hombres siempre fueron transparentes. Figuras lejanas. Cuerpos peludos en las toallas de la playa. Ahora, en el mismo verano, aparecían dos. No sé qué pretendían. No tenía ganas de hacer sitio a nadie. Basta. En mi vida existía, desde siempre, un único hueco que me había acostumbrado a llenar de cosas, de planes, de tirar hacia delante, de conseguir y soñar, de huir, de inventarme, de una carrera de interiorismo y de canciones con las ventanas bajadas. Metía en ese vacío todo lo que podía. Mi vida entera, probablemente. Pero nunca, nunca jamás, lo había llenado de personas. Mucho menos de un hombre que no fuera papá. Y es verdad que papá nunca había estado, pero ahora sabía que él tal vez podía volver a ocuparlo. Así que no había sitio para nadie más. ¿Cabía papá en ese vacío? Me miré el pecho. Aunque quisiese. Nadie más.

Por todo esto que me estuve diciendo aquella noche en duermevela y por cómo encontré a mamá cuando me levanté, decidí no ver a Héctor nunca más. Tenía la puerta de su habitación entreabierta. Supuse que seguía acostada, pero se me hizo raro. Ella siempre abría la puerta y las ventanas de par en par para ventilar bien. Se levantaba antes que el sol y las paredes ya tenían reflejos. Me asomé y al ver sus pies descalzos colgando al final de la cama, empujé la puerta y di dos zancadas hasta plantarme en el corazón de su habitación. El paladar se me quedó áspero. Lo primero que pensé fue que estaba muerta. Quizá era exagerado, pero ese pensamiento me vino a la cabeza como el flash de una foto. Siempre me había imaginado ese tipo de cosas. ¿Y si también se iba mi madre? De pequeña, muchas veces, mientras ella dormía la siesta, yo le pasaba los dedos cerca de la nariz hasta notar su calor.

En aquella ocasión hice lo mismo. Ella dio un respingo. Yo volví a respirar. Tragué saliva. Sus manos estaban contraídas sobre el pecho como dos camisetas floreadas dobladas. En la cara tenía dibujado el dolor. Me impresionó mucho ver a mamá así. No me lo esperaba. No tanto. Tampoco aquel día. Al final, la verdad, me vino bien, pero eso no lo supe hasta el día siguiente. Le pregunté cómo estaba, qué le dolía, que-si-eran-las-manos. Todo de carrerilla para que no se muriera. Fui consciente de que era una tontería hacer ese tipo de preguntas cuando su cara me decía claramente y en voz alta que nunca en la vida había estado peor. Aunque su respuesta fue mucho más concreta: «Siento las manos como si las tuviese agarradas a dos cactus», me dijo con la voz llena de gravilla.

Me tapé la boca y parte de la nariz. La miré un rato largo por encima de los dedos sin saber qué decir. Sin decir nada. Lo primero que pensé es que parecía saber lo que tramaba a sus espaldas. ¿Sabía lo de papá? Claro que lo sabía. Una madre es una madre, a pesar de que yo me pusiese una corteza para taparme. Ella veía más allá, como Irene. Las tres somos islas, pero emergemos del mismo continente submarino. Notamos el temblor. En ese momento me sentí como una araña, como una tejedora de encaje negro. Le estaba haciendo tanto daño. Me había pasado tres pueblos con mamá, ¿qué tipo de hija engañaba así a una madre? ¿En quién me estaba convirtiendo? Vine aquí para ayudarla. Y si no me atrevía a preguntarle por qué me había ocultado lo de papá, de eso ella no tenía la culpa. El problema era mío y de mis miedos. Mamá también podía irse. ¿Y si me quedaba sola en el mundo?

Siempre he preferido irme a que se vayan. Llego a los sitios cuando ya hay gente: a las fiestas, a los cumpleaños, a las clases. Y me voy cuando todavía queda alguien. Nunca salgo la última. Por eso sé que en La Ultramarina sigue viviendo la abuela, porque de lo contrario yo no habría sido capaz de soportarlo. No sola.

Me estaba equivocando. No entendía cómo había desconfiado de esa manera. Si mamá me había dicho que mi padre había muerto, es que había muerto. Y ya está. Papá murió en algún momento. No sabía cuándo, pero había muerto. ¿Por qué lo estaba poniendo todo en duda? ¿Por una foto? Estaba segura de que ella nunca me habría mentido así, ¿no? No sabía qué hacer.

Retiré la sábana, me senté en el borde de la cama, en la parte vacía, subí un pie, después el otro y me acerqué apoyándome en los codos, el culo y los talones desnudos hasta tumbarme a su lado, casi pegadas. Ella no se movió, solo gemía de dolor. Escuchar esos alaridos bajos pero infinitamente agudos eran como espinas que se me clavaban en los oídos. Resultaba insoportable verla sufrir así. Se me nubló todo. Posé mis dedos sobre su cabeza y la acaricié con las yemas. Sus rizos se me enredaban en las uñas. Los gemidos sonaban más espaciados. Probablemente era culpa mía que estuviese así, pero también era responsable de su alivio. Parecía que mi compañía era un bálsamo. Otra vez, la piedra pero también el papel del piedra, papel y tijera. Los sentimientos opuestos amontonados sobre la misma persona, habitando una única situación.

Iban apareciendo algunas pistas, pero yo no las supe ver. Era imposible en ese momento. La ventana estaba abierta, la brisa cálida empujó un diente de león hasta la cornisa, el mar al fondo tenía sombreros blancos. Se estaba haciendo tarde y no había abierto La Ultramarina, pero eso me daba igual. No sé qué habría hecho la abuela. Bueno, sí lo sé. Pero yo no era capaz de alejarme de mamá. Estaba allí con las manos llenas de cactus por mi culpa. O por lo menos yo creía que era por mi culpa. Y no sabía cómo podía quitarle las púas. Lo único que se me había ocurrido era acariciarle la cabeza con suavidad. Algo hacía, pero los cactus no sacaban flor y mucho menos se abrían.

«Lo siento tanto, mamá». No se lo dije, pero lo deseé. «Lo siento tanto». Tanto, tanto, tanto. Apreté con los dientes el labio de abajo y conseguí controlar la llorera. No me cayó nada de sal. La abuela estaría orgullosa. Mamá se revolvía de vez en cuando rozando las sábanas con las piernas. Sonaba como cuando abrías una caja de cartón. Se acomodaba los cactus sobre la barriga en busca de partes blandas donde se le clavaran menos. Seguíamos en silencio. Cada vez más silencio. Su llanto de perra herida se apagaba. Los ojos se le cerraban. Yo miraba hacia la ventana, que estaba justo encima de la cintura de mamá, porque aquel azul me curaba como siempre lo había hecho.

La pelusa del diente de león cayó del poyete hacia dentro, rapelando por la pared en una caída ligera y lenta y, antes de que llegara al suelo, apreté mucho los dientes y pedí un deseo. Soplé, por si se cumplía este y no el otro. No estaba segura de querer eso. A mamá se le movieron un poco los rizos de la frente. A aquella flor lánguida del suelo no se le movió ni un diente. Mamá sonrió en medio de las espinas. La quería tanto. La quería de verdad, como solo se puede querer a una madre. La quería desde la carne. También la había odiado como solo se podía odiar a una madre.

No sabía cómo había sido capaz, menos mal que paré a tiempo. O eso esperaba. Haber sabido parar. Soplé suave una vez más, ella volvió a arquear los labios. Mamá no estaba dentro de nadie, por lo menos no lo estuvo durante aquellas horas en las que sentí que había sido tan mala hija que merecía la guillotina. Cuando ella sonreía en mitad del sufrimiento, a mí me daban cosquillas en las muelas. Cada vez, sin excepción. Ella sonreía y era como si yo estuviera masticando queso viejo. Pasamos mucho rato allí aquella mañana de paréntesis, no me despegué de ella. Mi cara sobre su hombro, mamá boca arriba. Estaba cada vez más tranquila, hasta que se le abrieron las manos del todo un poco antes de comer y dijo con la voz clara: «Podríamos cocinar algo rápido y bajar a pegarnos un *capfico*. Nos llevamos la comida y las caretas. Me apetece, ¿te apetece?», acabó.

Me apetecía. Ahora pienso que aquel día fue una carrerilla. Volver un poco atrás. Verla marchitarse y florecer. Sentirme muy culpable y menos culpable. ¿Odiaba a Héctor por querer buscar la cara de mi padre conmigo? Lo quería lejos. Nunca había estado tan a la deriva. No sabía siquiera dónde estaba.

Por suerte, en la cocina siempre había coordenadas. Bajamos juntas y abrazadas. Con las manos nuevas, como si nunca le hubiera pasado nada, posó la aguja como una mariposa sobre la mitad del vinilo y empezó a sonar *De vez en cuando la vida* de Serrat, ya en el estribillo. Volvió a coger la mariposa y la puso un poco antes para que empezara desde el principio, y se puso a cantar. Me retiré el pelo de la nuca, la tenía empapada. Mamá empezó a bailar con la cabeza como si le colgase y movió los hombros alegres. Tenía delante a una persona diferente a la que había amanecido. El dolor es un hierro oxidado atravesando la carne. La abuela habría abierto hoy. Mamá me agarró de la mano para darme una vuelta entera, bailamos en el salón. Ella me cogía y me llevaba, yo me dejaba con la sensación de tener una pinza en el estómago.

Tostamos dos *llonguets* e hice a la plancha dos butifarrones abiertos por la mitad. Empapé la miga del pan con tomate frotado y aceite de oliva. Pinché el butifarrón con un cuchillo, lo solté en el pan y apreté con el dedo. Uno para cada una. Encima, dos trozos finos de queso semicurado. Mamá preparaba la cesta. Sacó una botella de agua del congelador y la envolvió en papel de periódico y después la puso en una bolsa de plástico. Cerré el panecillo para que con el calor, el queso y el butifarrón se pegaran, como mis pelos de la nuca. Qué calor hacía ya. Ese día no corría ni una gota de aire. Lo de una gota de aire lo decía siempre la abuela. A mí me hacía gracia porque no entendía cómo el aire podía estar en una gota, a no ser que fuese lluvia. Ella no se refería a la lluvia, sino al viento. Al aire. A la fresca. Y yo siempre empleaba esa expresión.

Recuerdo que cuando éramos pequeñas y hacía un día de esos de calor insoportable no podía dormir la siesta. Irene sí, pero yo la despertaba porque me aburría. Mamá se echaba un rato en la habitación y encendía el ventilador del techo. La abuela decía que no dormía, pero se le caía la cabeza en la butaca. Se le iba hacia delante y abría los ojos como si cada párpado le pesara mil kilos. Qué gracia me hacía. Yo le decía: «¿Te duermes, abuela?». Y me respondía que no, bien segura. No sé por qué algunas personas mayores hacen eso. Lo he visto en otras casas y en otros sitios. Una vez, en la sala de espera del médico, al que mamá me había llevado porque tenía otitis. Hubo una época en que iba mucho a la piscina de una amiga y casi siempre me dolían los oídos; por eso no me gustan las piscinas, prefiero el mar. El mar nunca me ha inflamado nada. Pues recuerdo estar en la sala de espera del pediatra, sentada en una de esas sillas de plástico amarillas, y tener enfrente a una señora mayor, no sé qué edad tendría, pero la misma que la abuela por entonces, sesenta y muchos o setenta. Siempre se me ha dado muy mal calcular las edades. Tuvimos que esperar mucho rato, ella también. Y yo veía cómo se le caía la barbilla poco a poco hasta que le tocó el pecho. Las cortinas de los ojos se le bajaban al mismo ritmo y ella hacía lo posible por no dormirse. Allí entendía que la mujer quisiera disimular, estaba en el médico, los demás la miraban. Bueno, eso era antes, porque ahora todo el mundo mira a gente que no conoce o que conoce poco en las pantallas, mientras que no mira a quien tiene al lado. Se pueden tirar una hora así. Pero la abuela sufría siestas, no dormía siestas. Me habría encantado preguntarle por qué. En ese momento no tenía tanta curiosidad por saber esas cosas porque pensaba que ya tendría tiempo de preguntarle. Tampoco le pregunté ninguna vez por qué siempre llevaba una bolsa de tela en el bolsillo.

Metí en la cesta los dos *llonguets* envueltos y las servilletas de papel. Mamá trajo de la despensa una bolsa de patatillas de esas que se doblaban sobre sí mismas y crujían despertando a cualquiera. Eran mi perdición. «Creo que hay dos bíteres en la nevera, ¿los cojo?». Movió la cabeza diciéndome que sí. Yo cogí los botellines rojos; mamá, el abridor. Ya estaba todo.

Cuando salimos de casa vi que en los arcos de la plaza, un poco más arriba de nuestra tienda, estaba el camión de la fruta. Debía de estar a punto de irse porque solo venía por la mañana. Dos veces a la semana llegaba un camioncito de cabeza añil, con toda la parte de detrás al descubierto, como esos que cargaban arena pero en una versión más pequeña, lleno de cajas de fruta. Nos acercamos a ver qué traía. Los plátanos tenían un montón de lunares, de la punta le salía melaza. Debían de estar en su punto, pero no era una fruta de playa. «Qué cosas, Marina», me comentó mamá. «Es práctico, pero no me apetece comerme un plátano cuando estoy en la playa, me resulta pastoso». Las nectarinas tenían muy buena pinta. Al tocar las dos que nos íbamos a llevar noté una más dura, en la otra se me hundían un poco los dedos. «Esa para mamá», pensé. A mí me gustan verdes. Dulces pero verdes, que crujan. El mar estaba revuelto cuando llegamos. A veces se arremolinaba en una esquina, solo en una, en la izquierda, cuando la corriente entraba del este, y se formaba una espuma blanca y marrón que impedía que se viese nada con las gafas de bucear. Así que ni siquiera pude sacarlas de la bolsa. Era tontería.

Pasamos el día en la otra parte de la cala. Es curioso cómo nos esculpen los hábitos. Nosotras nos poníamos en un sitio concreto, siempre en el mismo más o menos. Al llegar, a la izquierda, muy cerca del agua. En un trocito que tenía roca plana y arena y solía dar la sombra a esas horas. Muchos vecinos seguían el mismo ritual. Ocupaban sus sitios y dejaban los huecos a quienes correspondían. Dándolo por hecho. Creo que por eso la mayoría de las personas que salían fuera a estudiar acababan volviendo. Nos íbamos, vivíamos y regresábamos. Todo seguía igual, aunque muchas cosas hubiesen cambiado, y nos sentábamos en el mismo sitio de siempre. Porque en realidad, por más que dijese que deseaba trazar otro camino, siempre quería volver.

Las olas iban y venían. Como el mar estaba agitado y en nuestro sitio no íbamos a estar a gusto, caminamos unos pasos más hasta la otra parte de la cala. Donde nunca nos solíamos poner. Había un rincón que se metía hacia dentro, en la parte derecha. El mar estaba más recogido cuando venía el viento así. Sentadas allí, sobre nuestras toallas de rayas amarillas, me di cuenta de que desde esa perspectiva la cala de siempre me parecía un lugar nuevo. Apenas la reconocía. Como a mamá. Con la cara de dolor la quería más que en ese momento, que ya parecía estar bien y la recubría la señora. Las dos, allí sentadas en un sitio en el que nunca habíamos estado.

«¿Qué tal con la tienda, Marina? Hace días que no te pregunto», me dijo mientras cogía con dos dedos muy largos una patatilla dorada, se la llevaba a la boca y la trituraba con los dientes sin esfuerzo. Asintiendo con los ojos. «Bien, mamá, como siempre. Ya sabes que me gusta cocinar y hablar con la gente. Ya me apaño con todo. He cogido el ritmo. Estoy organizada. Sé lo que falta, lo que tengo que pedir. Lo que me piden los de siempre. Sé también lo de papá. Y disfruto mucho de cocinar allí dentro con la abuela». «¿Con la abuela?», repitió extrañada. Lo de papá no lo escuchó porque en realidad no lo dije. Pensó que me había equivocado, le di la razón y rectifiqué. «Ay, ¿con la abuela? Como la abuela, quiero decir».

No tenía ganas de hablar de la tienda, ella ya lo sabía todo, llevaba toda la vida allí. Y yo también, menos los años de Madrid. Era como preguntarle a alguien con el que comes lo que ha comido. No es porque quieras saber qué ha comido, eso ya lo sabes, es porque quieres buscar restos de algo más entre los dientes.

Contraataqué con lo de las manos. Quería saber qué pasaba con eso, ya que no podía saber qué pasaba con papá. «Y esto de las manos, mamá ¿qué te dicen los médicos?». «Nada, hija». Cuando me decía «hija» en lugar de Marina, porque la verdad es que casi siempre me llamaba por mi nombre, no como yo, es que no tenía ganas de hablar de eso. Era su bomba de humo verbal: «hija». Pero yo insistí. «De las pruebas que te han hecho hasta ahora ¿qué te han dicho?». Mientras esperaba una respuesta, le abrí el bíter que sostenía con fuerza. Me dijo que los médicos no encontraban nada, que no sabían qué le pasaba. En las pruebas no se reflejaba nada que les llamase la atención. Pero mencionó algo que me pareció importante. «Dicen que me fije bien en si cuando me pasa, ha ocurrido algo especial en mi día a día, porque puede que no tenga que ver con los músculos ni los tendones ni los huesos, pero que no lo saben todavía».

Como aquel día no nos podíamos bañar en lo hondo, seguí con el tema para intentar llegar a algo. «¿Y te has fijado en eso?». «¿En qué?». «En si cuando te pasa lo de las manos has hecho algo concreto». «No, hija, Ireee… digo, Marina». Ya mezclaba los nombres. Si mamá mezclaba los nombres, o le daba muchas vueltas al tenedor en el plato, es que también le estaba dando vueltas a la cabeza. No le encontré nada más entre los dientes. Creo que sabía algo más, pero no quería decírmelo. Prefería sufrir esos dolores punzantes, que las manos se le apagaran y se le encendieran, a contar la verdad.

Las olas se estaban rizando más. Una niña salió del agua llorando por la garganta, le había picado una medusa en el hombro. Se le veía la hinchazón roja, unas líneas finas y abultadas sobre la piel canela. «Si hay medusas no me meto», me dije a modo de advertencia. Cuando sabía que había una, solo una, ya no me metía. La mayoría de las veces que veía esa espuma en la orilla era porque había medusas. No sabía muy bien la razón. Me las imaginaba en grupo respirando por una pajita y creando todas esas pompas blancas mientras hacían submarinismo por las calas de la Serra de Tramuntana, su sitio preferido. Me habían picado más de una vez. Y nunca me lo esperaba. Quiero decir que si me picaron fue porque nadie me avisó de que había medusas.

La última vez fue hace un montón de años. Estaba tranquilamente en una calita que había en la zona de San Telmo. El agua se notaba un poco caliente. Había ido con unos amigos, Irene también estaba con nosotros. Siempre íbamos juntas a todas partes. Uno de ellos se acababa de sacar el carnet y quiso llevarnos a un sitio secreto. En esa cala se podía dejar el coche en la puerta. Pero de verdad, en la puerta. Cerrabas la puerta, bajabas las escaleras y llegabas a un rincón por el que merecería la pena haber caminado dos horas bajo el sol de mediados de julio. El agua cristalina, Sa Dragonera delante. Fuimos muchísimas veces. Y luego, por esas rachas inexplicables, dejamos de ir de repente. Bueno, pues allí, en cala Conills, me picó una medusa en la pierna que me dejó marcada toda la silueta. Me salió un chillido como un trueno. Irene hizo pis en la arena y me puso esa pasta encima porque decía que mamá le había enseñado que eso iba bien. A mí no me fue bien. Me escocía mucho. Cuando me frotó la pierna, me raspó con la arena mojada de pis. Por más que fuera Irene y me lo hiciera con sus manos de algodón. En ese momento mi hermana ya hacía siempre caso a lo que decía mamá, porque se suponía que era lo que había que hacer. Aunque no sirviera de nada. Yo todavía no me daba cuenta de cuánto se parecían mamá e Irene.

Pero si algo me quedó claro fue que las medusas no pican. No tienen agujas. Las medusas rozan, o mejor dicho, los bañistas rozamos a la medusa, nos ponemos en su camino cuando ellas hacen esnórquel o submarinismo mientras cogen aire con esas pajitas. No avisan. No tienen boyas rojas saliéndoles del cuerpo y flotando en la superficie para que podamos rodearlas. Nos acercamos, las rozamos y nos meten una descarga que supongo que si lo hicieran fuera del agua sonaría como ese cacharro que mata a las moscas de un estallido. Algo parecido a lo que me pasó en el pecho cuando giré aquella hoja del cuaderno. No esperaba ver una medusa allí con la cara de papá.

La niña, que debía de tener doce o trece años, soltó un «me cago en la puta», acompañado de un berrido como de señor. Llorando sonaba aguda, pero dentro de la palabrota la niña enfadada tenía la voz de Tim Storms. Levantó la cabeza al aire mientras se apretaba con dos dedos la marca de la medusa. Siguió con un chiiis como aspirado, que recogía el dolor del calambre. Pude reconocerlo. Mamá, al escucharla, soltó el bíter. Se asustó mucho. Siempre se asustaba cuando escuchaba palabrotas. Ella decía que eran como guantazos de la boca. Irene y yo no habíamos sido de decir palabrotas. ¡Uy!, si se nos escapaba alguna, mamá nos echaba una bronca desproporcionada. Por aquel entonces yo no entendía por qué era tan exagerada con eso, después supe que para ella las palabrotas habían sido puñales. Timbres. Síntomas. La pista que yo no pude identificar en ese momento era que a mamá le temblaban las manos cuando nos reñía porque tenía mucho miedo, y por eso nos enviaba a la habitación. Para que no viéramos su miedo. «No quiero oír ni una palabrota más», decía con los ojos como dos piedras. A la niña no le dijo nada, pero la miró todo el camino que hizo hasta la toalla de su madre. Yo también miraba a mi madre, pero en busca de alguna respuesta. ¿Por qué me habría mentido? ¿Por qué no podía odiarla? ¿Por qué la quería tanto a pesar de todo? Ese día no vi a Héctor. Tampoco al día siguiente. ¿Realmente no quería verlo nunca más? ¿Qué me pasaba con papá? ¿Ahora prefería sentir que había muerto y acabar con la idea de encontrarlo?

12
Mermelada de berenjena

12 de julio

El papel temblaba, como mis manos. Él seguía allí. No había vuelto a sacar la foto de la cartera desde la noche de la tormenta. La única del verano, por ahora. No sé si había sido por miedo a que pudieran pillarme o por miedo a verlo de nuevo. Lo cierto es que había conseguido estar más o menos tranquila durante aquellos días, después de decidir que lo mejor era no buscarlo. Estaba bien así. Seguiría con mis planes para ese verano, cocinando y pasando tiempo con mamá. Viendo a Irene de vez en cuando. Exprimiendo el mar. Papá seguía muerto, me engañaba. Y después regresaría a Madrid a seguir metiendo cosas en mi propio vacío. Eso es lo que había decidido. Bueno, no había decidido nada, pero estaba dejando que la decisión se cumpliera poco a poco, por el paso del tiempo.

Ya me preocuparía cuando empezaran a acortarse los días. Por ahora había luz suficiente. Ese era el mensaje que me había construido durante aquellos días. Hasta que se me ocurrió, todavía me pregunto por qué, pero menos mal que lo hice, volver a abrir la cartera y sacar del bolsillo interior la foto de papá. No se me había escapado nada, me la sabía de memoria. La había recordado cada noche antes de dormir, como si fuera una más de las tareas que repasaba para el día siguiente: no olvidarme de la cara de papá. Aunque sabía que sería imposible hacerlo.

Aquella mañana en la que volví a mirarla fue una jornada especialmente tranquila en la tienda. Aunque solía tener las manos llenas de harina o envolviendo una cuchara, le pude dedicar bastante tiempo a nuestra foto. La sujeté con las manos limpias y la miré como quien veía una película de dos horas o de toda una vida. Porque en realidad no veía la foto, sino que buscaba con los ojos fijos en aquel azul salado la manera de encontrarlo. Y creo que eso era lo que me tiraba más para atrás. La posibilidad de no encontrarlo a pesar de todo, a pesar de que estuviera vivo. ¿Cómo? Los hombros hacia delante. Los brazos caídos. Le di la vuelta renunciando a cualquier posibilidad y enterré otra vez la fotografía en la cartera, y entonces vi de nuevo aquello que no había escrito mamá sobre el blanco del papel: «400 g de berenjenas. El zumo de un limón. Un vaso de azúcar y un poco de canela». Se leía bien. Los tirabuzones de las letras eran limpios, estaban tumbadas hacia un lado. Las patas eran largas. Era una letra bonita. ¿Sería suya? ¿Esa era su letra? No solo había estado conmigo en esa foto, sino que además ¿había revelado la foto y había escrito por detrás unos ingredientes? No ponía «Verano del 87, Paseo Marítimo de Palma», como hubiese sido lo normal. Me sentaba un poco mal que la única foto que conocía donde mi padre estaba conmigo tuviera escrita una lista de ingredientes, como si fuera cualquier papel que sobrase.

Si lo había hecho él, dejaba claro que no estaba muy bien de la cabeza, ¿quién haría esa barbaridad? Utilizar una de las pocas fotos que ibas a tener con tu hija pequeña como cuaderno de garabatos. Vaya tela. Aunque seguramente él no se esperaría que no nos fuésemos a hacer más fotos. O sí. No sé. Si sabía que no, era un zumbado, desde luego.

Guardé la fotografía con el entrecejo arrugado. No volví a sacarla hasta tres días más tarde, cuando mamá me dio una cesta grande llena de berenjenas que había recogido del huerto. Mientras pensaba qué receta podía hacer, me acordé de la parte de atrás de la fotografía. Ahí había visto algo de berenjenas. ¿Esos serían los ingredientes de una receta completa? En la vida había oído o visto cocinar a alguien tal cantidad de berenjenas y con tanta azúcar. Supuse que faltaban ingredientes. A lo mejor era una lista de la compra para hacer varias recetas diferentes. Era imposible saberlo. ¿A quién podría preguntarle? ¿A la abuela? «Abuela Carmen, si sabes qué narices es esta lista de ingredientes que mi padre vivo escribió aquí cuando yo creía que estaba muerto, haz que llueva ahora mismo». No cayó ni una gota. La abuela no jugaba conmigo a esas tonterías. Es verdad que si hubiera llovido a mediados de julio tendría que tratarse de la abuela. Porque si no, cómo narices iba a llover un mes de julio en la isla.

Ahora era raro. Cuando éramos pequeñas sí había más tormentas de verano. Recuerdo sentir cómo entraba el olor de la tierra mojada en mi habitación. Como la mía daba a la parte de delante, Irene venía enseguida en cuanto escuchaba los truenos. Poníamos las almohadas gordas con las fundas blancas en el alféizar y nos tumbábamos a ver llover y a escuchar cómo caía la lluvia asimétrica. Y cuando paraba, todavía nos quedábamos un rato más. Porque en la isla era bastante habitual pasar del cielo esponjoso y negro a un cielo azul raso en el mismo día. No solo en el mismo día, incluso durante una misma hora. Me imagino que al ser una isla las nubes a veces pasan de largo, que ellas también prefieren el mar.

Un rayo de luz atravesaba la cesta de las berenjenas. Las había dejado en el suelo, al lado de la mesa grande, para que no estorbasen, mientras decidía qué iba a cocinar con ellas. Debía descubrir si aquellos ingredientes amontonados en la espalda de nuestra foto eran una receta. Me serví un vaso de agua. Entró una señora a pedir doscientos gramos de *camaiot*. «¿Algo más?». «No, nada más». «Adeu. Gràcies».

Cogí mi móvil, que estaba junto al vaso, y escribí en Google los ingredientes, todos juntos, sin apenas espacios. La letra de Google no se parecía en nada a la de papá. Era mucho más fea. Si es que esa letra estilizada era de papá, porque yo estaba convencida de que sí. Buscar. Lo encontró enseguida. La primera que salía: «Receta de mermelada de berenjenas mallorquinas». ¿Mermelada de berenjena? Nunca había visto a nadie comer mermelada de berenjena. No me parecía un plato típico de la isla, por lo menos nunca se había cocinado en casa. Y estaba segura de que había visto a la abuela hacer en esta cocina todo el recetario mallorquín existente. Unos platos los repetía más que otros, pero por aquí desfilaron los sabores de todos los rincones de Mallorca. Tuve mis dudas, porque qué haría después con esa cantidad de mermelada si no me salía bien.

Tal vez fuese mejor hacer una granada —me vuelve loca el pastel de berenjena— o unas berenjenas rellenas. Nunca fallaban. A muchos les apetecía comerlas por lo menos una vez a la semana. A mí, por ejemplo. A mamá le salían jugosas. Me extrañaba que nunca hubiese hecho esa mermelada. A ella le encantaban las mermeladas de vegetales. Todos los años hacía la de pimiento, siempre teníamos tarros y tarros rojos ocupando las estanterías. Se consumían poco a poco. Con cualquier tipo de queso estaba buenísima. También le quedaba increíble al bacalao con patatas. Cuando ya estaba cocinado, se le añadía una cucharada bien generosa de mermelada de pimientos y se producía en la boca un big bang de sabores. La de cebolla también le salía buena. Y la de tomate, aunque a mí no me gustaba tanto. Esas eran más típicas, las primas de las mermeladas de frutas.

Descolgué la olla grande. La puse sobre la cocina. Lavé y sequé las berenjenas, las dejé desnudas sin piel. Pensé si papá sería de los que saben apreciar la comida. Si le gustaría cocinar o no. Si comería de todo o cuando iba a un restaurante pediría una hamburguesa y le diría al camarero que le quitase por favor el tomate y la cebolla, que solo quería el queso, el pan y la carne, claro. Si se reiría de forma seca y añadiría que con la carne muy hecha y que no hacía falta que le pusiesen mantequilla al pan.

La carne de la berenjena tenía una textura curiosa, mientras la cortaba en trozos sobre la tabla de madera y hundía un poco los dedos pensaba que la esponjosidad que tenía cuando estaba cruda me recordaba al suelo de los parques infantiles. El acolchadito que han puesto en todas partes, esas láminas negras. Cuando yo iba al parque era un suelo puro. Te caías, te hacías un raspón, te salía sangre, se curaba o te curaban y empezaba a crecerte una floritura, la costra se volvía rígida y la dejabas secar. «Ahora no te la toques», decía mamá, y después, cuando ya sabía que la piel de abajo había vuelto, yo le daba un poquito con la uña. A veces me hacía otra pequeña herida debajo de la costra, por tocármela. Era mejor no tocar las heridas. La típica cosa que le había oído decir a mamá. Bueno, no estoy tan segura de que fuese mejor no tocarlas. Ahora todos los parques infantiles tienen el suelo de berenjena y sospecho que los niños y las niñas ya no conocen el dolor normal porque los adultos se lo evitamos constantemente. No sé si alguno de esos niños se comería la mermelada de berenjena. Quizá no. Bueno, tal vez, porque llevaba mucha azúcar. Aunque sus padres no les dejarían.

¿Con qué se llevaría papá esta mermelada a la boca? Si estaban anotados allí los ingredientes con su letra, imagino que sería porque él quería hacerla o quería que la hiciera la abuela. O ella la hacía, pero se les pasó apuntarla en el cuaderno. Y por eso solo estaban las cantidades y los ingredientes ahí, como un punto de libro entre toda la morralla. Si miraba la foto al trasluz, podía ver en mi barriga escritas las letras «ber» y en el brazo peludo de papá se leía «enjena».

Nunca había sido mi hortaliza favorita hasta aquel día. De alguna manera esa verdura morada con un sombrero verde me unía más a papá. Cosía mi vacío y el suyo. Era un camino. La teníamos mitad y mitad, su cuerpo y el mío. Una parte la llevaba yo y otra él, mucho mejor que esos collares brillantes con un corazón por la mitad. Pensé que no me habría gustado nada que me regalasen un colgante así. Estoy segura de que papá nunca me habría dado un corazón por la mitad. En cambio, ¿la mermelada de berenjena? Era algo así como el néctar de los dos. Nadie lo sabría, pero nosotros sí. Ahora papá y yo ya teníamos un mensaje en común, un secreto que compartíamos. Aunque él todavía no lo supiera. Nos encantaba la mermelada de berenjena. Porque imagino que a él le encantaba. Sin demasiada canela. Allí ponía «canela al gusto» y el mío era sin demasiada canela.

Supuse que tampoco le fascinarían los sabores leñosos. Era muy fácil romper todas las esquinas de una receta por pasarse con la canela. La abuela lo retransmitía así en una de esas charlas consigo misma cuando hacía la leche preparada.

«Tiene que saber a leche y un poquito a limón, estar dulce, con un toque de canela. No tiene que saber a canela, canela, canela», repetía moviendo mucho las manos como si echara puñados de canela. Olía de una forma parecida al aroma que inundaba la cocina ese día en que estaba preparando la mermelada de papá. Como si el aire estuviera relleno. Tenía muchas ganas de que a papá le gustase. Quería verlo juntar los labios sin bigote y mugir.

Cuando terminé de cocinarla, no esperé a que se enfriara. Sobre un plato pequeño puse una galleta salada y, encima, un trozo redondo de queso de cabra. Cogí una de las cucharitas del lapicero y la hundí sobre la mermelada. La textura me recordaba al cabello de ángel. No quedaba tan oscura, pero tenía algunas formas hebradas, como fideos de arroz. Extendí un poco sobre el queso y me lo llevé a la boca. Se me llenaron los mofletes de saliva, como si alguien hubiese abierto la presa. Me relamía para que no se desbordara, qué placer.

Con la gloriosa pasta de migas, queso y nuestra mermelada especial en la lengua, me llevé la mano a la frente. Cerré los ojos y supe seguro que aquel hombre, el que había escrito todos esos ingredientes sobre nuestras espaldas, era mi padre. No lo consideraba un loco por haber utilizado esa foto como papel. Era mucho mejor tener los ingredientes de la receta que una fecha concreta. Si tenía esos mofletes y el pelo tan corto, yo misma podía adivinar más o menos la fecha en la que él me había abrazado enfrente de la Seu. En cambio me habría resultado muy difícil saber, solo viéndonos a los tres allí abrazados, cuál podía ser la mermelada favorita de papá.

Sonó la campanilla. Estiré el trapo grande que llevaba enganchado en el delantal y lo puse encima de la olla. La cubrí casi por completo. No tenía manera de tapar el olor,

¿cómo se tapa un olor? Se le podían poner cosas encima, pero seguía estando unas capas más abajo. No tuve tiempo de encender una vela. Aunque el aroma de aquella receta era como tener una encendida. «Mmm, qué olorcito tienes hoy», dijo un señor que venía todos los viernes a comprar dos arenques para preparar *arengades trempades* para cenar. «Sí, es una vela que tengo en la cocina», le contesté atropelladamente. «Huele bien, ¿verdad?». No sé por qué acabé la frase diciéndole «¿verdad?». No le estaba diciendo la verdad. Le estaba mintiendo y esa palabra era como un tapón para parar la conversación. Tapaba esa conversación y empezaba otra con la misma persona, pero sin peligro de nada. No sé por qué le tuve que decir eso. Pero ¿qué podía sospechar? «Marina, te estás volviendo loca», me decía a mí misma sin que sonara fuera. Desde luego, no me imaginaba entrando en una casa de comidas en la que oliese a comida, a alimentos bien cocinados, a hogar, a la abuela y pensar que ahí pasaba algo. No, claro que no. A cualquiera le parecería normal que esto fuera así. No creo que nadie pudiera distinguir el olor de la mermelada especial de berenjenas de papá.

Pero ¿y mamá? A lo mejor se olía también arriba. Esperé dando golpecitos suaves con el pie de forma insistente a que aquel señor me pidiera los arenques. Me entraron las prisas. El barril con todos aquellos pescados secos colocados de una manera que calma la cabeza lo tenía justo al lado. «Dame dos arenques, por favor». Relajé los hombros. «Uy, qué calor hace hoy», siguió con las palabras muy sueltas. Se los di en una bolsa, sonreí y lo acompañé hasta el mostrador, igual que cuando mamá me decía que saliera de la isla a cocerme ahí fuera. «Han salido muy buenos estos, los del otro barril estaban un poco más salados», el hombre no se callaba. «¿Sí?». «Sí».

Aproveché la curva del mostrador para preguntarle —sin que fuera muy evidente que quería que se marchara cuanto antes, porque siempre hablaba con todos— qué tal estaban su mujer y los nietos y que si ya estaban allí-todos-de-vacaciones. Todo muy seguidito para tener la conversación lista y acabada en lo que tardaba en picar los precios. Me ondeó el billete. «Sí, ya están por…». «Ay, qué bien», le corté, haciéndome la simpática. Abrí la caja registradora, subí la pincita metálica y metí el billete. Él no paraba de hablar y yo no sabía qué me decía. No me pareció escuchar ninguna pregunta al final, así que le sonreí. Arrastré los dedos para sacar dos monedas para el cambio. «Gracias». Él extendió la mano. Se las coloqué en el cuenquito que hacía con los dedos. «Gracias a ti, guapa. Adiós». Caminé rápido, señalando con el dedo hacia dentro, como para indicar que se me estaba quemando algo en la cocina. «Tranquila, Marina, preciosa. Adiós». Echó a un lado la cortina y salió. Se fue y ya.

La boca del estómago me quemaba. Seguro que él no hizo el camino a su casa dos calles más allá, con un trozo de su cena de los viernes colgando de la bolsa, pensando que aquella chica le ocultaba algo. Seguro que no era Sherlock Holmes en la serie ni se le empezaban a proyectar imágenes con flashazos rápidos en la cabeza, haciendo zoom en las pruebas. Una, otra, otra. El olor en el ambiente, yo atrincherada al lado de los pescados, esa forma de escapar hacia la cocina. Eso solo lo pensé yo, asustada mientras metía a cámara rápida la mermelada en los tarros antes de que mamá pudiera seguir la pista del olor y plantarse allí abajo, porque podía pasar. Eso sí podía pasar, que mamá se diera cuenta de que había hecho la mermelada favorita de papá y entonces se enterase de todo.

Cerré los tarros con sus tapas rojas de cuadros. Los metí en una bolsa de basura. Le hice tres nudos a las asas amarillas. Me imaginé como en las películas, envolviendo la bolsa de basura en una alfombra y guardándola en el maletero de un coche. No hizo falta, con la bolsa fue suficiente. Nadie se enteró. Mamá tampoco. Cuando subí a comer con ella, estaba como siempre. O mejor que siempre. Asentía con los ojos mientras masticaba. Escuchaba alguna canción de Serrat. Tenía las manos abiertas. Y si tenía las manos abiertas, es que no se había olido nada. Eso o que la mermelada de berenjena no tenía nada que ver con papá. Me asaltó la duda.

13
El beso

Noche del 12 de julio

Desde que prometí que no vería más a Héctor, no me había vuelto a encontrar con él. Hasta esa noche. Que no había hueco. Él no vino, yo no fui. Había masticado mucho acerca de si había hueco para él en mi vacío. Durante aquellos días de comecome no solo no olvidé su proposición, sino que él no se me quitó de la cabeza. Mentiría si no reconociera esto, y ya me estaba ahogando un poco entre tanta mentira como para sumar una más.

La mayoría de los hombres se me olvidaban, pero no él; él no. Aquella noche le dije a mamá que bajaba a tirar la basura y que daría una vuelta, que había quedado. «Tranquila, ya vendré». Me gustaba advertirle con estas palabras, porque no quería que pensara que un día me iría y ya no volvería. Se me había quedado su reacción de preocupación clavada cuando una vez Irene dijo que se iba como si no fuera a volver y mamá se asustó mucho. Irene nunca se fue, pero el susto se me quedó para siempre en el cuerpo. Me lo debió de contagiar mamá. Sabía que ella se preocupaba. Se lo veía en la frente. La levantaba mucho, como esperando que cayera algo, y los ojos se le ponían como dos semáforos en ámbar. Igual que con lo de las palabrotas. Era un segundo, le salía como un mecanismo de defensa sin querer. Supongo que ella creía que no me daba cuenta. Pero se le veían mucho las raíces. No era capaz de colocar bien el tronco en esas situaciones. La superaban. Yo todavía no sabía por qué. Lo de decirle «tranquila, ya vendré» lo hacía por mamá, pero también un poco por mí, porque me tranquilizaba pensar que ella tampoco se iría, que cuando regresara seguiría allí. Viva. Como siempre.

Nos dimos un beso, me dijo que iba a salir a la terraza a tomar la fresca y me pareció buena idea, porque hacía una noche muy agradable. Le dije hasta luego con una mano, mientras apretaba con fuerza la bolsa de la basura con la otra. Llegué al muelle con los dedos de una mano como el dedo de ET, con las puntas como bolitas agarrotadas y rojas. Dejé la bolsa con cuidado en el suelo. Salía luz de la ventana del *llaut.* Golpeé suave con una de mis llaves en el cristal. Su cara apareció en primer plano, enmarcada en aquel rectángulo. Echó un poco hacia atrás la cabeza y me sonrió con las cejas redondas.

Si en ese momento me hubiera preguntado: «¿Estás contenta?», le habría contestado que nunca lo había estado tanto. Bajó de un salto. Nos abrazamos como si nos hubiéramos visto toda la vida y lleváramos sin vernos un año. Sus brazos en mi cuello. Mis manos en su espalda. Podría habérme quedado a vivir en ese rato.

«Se me ha ocurrido algo», le dije. La orilla de sus ojos brillaba. Subimos al barco, me ayudó con la bolsa y me soltó en broma: «¿Qué llevas aquí, un muerto?». Casi. Me reí, nos reímos. Pasó la mano por los cojines de la cubierta. Estaban húmedos. Desplegó dos sillas de madera. Primero una y después la otra. Nos sentamos.

«¿Tienes galletas?», le pregunté enseguida. «¿No has cenado?, ¿tienes hambre?», me contestó con cara de que no tenía cena preparada. «Quiero que pruebes una cosa». Miró la bolsa de basura y quiso saber si lo que tenía que probar estaba ahí dentro. Le dije que sí. Se echó las manos a la cabeza, después se pasó el dedo por el cuello, ladeó la cara y sacó la lengua como preguntándose en plan de sorna si me lo quería cargar o si iba a envenenarlo o algo así. Me reí y le metí prisa con las manos para indicarle que era importante.

Recogió la lengua y se le escondieron un poco los dientes. Entró en la cabina, revolvió algunas cosas y sacó una cajita de madera con galletas marineras, un cuchillo redondo y un trozo de queso azul. Lo que le había pedido. Lo puso en medio, entre nosotros dos. Yo no le había dicho qué queso, sino el queso que tuviera. El azul me obsesionaba. Cuanto peor huelen los quesos, más me gustan. Con las uñas cortas, como las llevo siempre, me costó muchísimo quitarle los nudos a la bolsa. Intenté el primero, pero fue imposible, así que hundí los dedos en el plástico negro, estiré hasta que emblanqueció e hice un agujero. Metí la mano. Héctor me miraba muy quieto. Saqué uno de los tarros. Lo abrí y metí la cuchara. Puse un trozo de queso con las manos en la galleta salada, estaba cremoso, y le añadí la mermelada de papá.

Se lo acerqué a la boca y no la abrió. Me envolvió con sus dedos de colchoneta la muñeca, frenándome. Se me pusieron los mofletes calientes. Me explicó que primero quería oler la mermelada. Le gustaba oler antes porque una vez en la lengua no se notaba el aroma y era una pena perdérselo. A veces tenía unos comentarios de sibarita que me hacían mucha gracia, pero tenía razón, la lengua no tenía nariz. Paso por paso. Ver, oler, probar. Él no se saltaba ninguno.

Con la punta del pulgar y el dedo corazón rodeó la galleta entera. La miró de cerca con las pupilas inquietas. Se la acercó a la nariz puntiaguda y aspiró cerrando los ojos con un *grand plié*. Unos minutos con la barbilla hacia arriba. Yo veía que salivaba. El olor le gustaba. No decía nada. Desplegó los labios y la lengua, se acercó la galleta y la posó sobre aquel colchón rosado y húmedo. Mordió la mitad. Los dedos sujetaban la otra mitad perfecta. Y escuché cómo masticaba todo, con los labios juntos. Un movimiento rítmico. Verlo comer era como verlo bailar un vals. Un, dos, tres; un, dos, tres; un, dos, tres. Tragó, le aplaudí y soltó un mugido largo y suave. «Está delicioso. De berenjena, ¿no?». No se imaginaba que la mermelada de berenjena pudiera estar así de buena.

Dulce, con un sabor tan especial. La textura carnosa con el queso azul era una locura. Se metió la otra mitad en la boca. Me explicó que nunca la había probado, pero que probablemente a partir de ese momento fuese su preferida.

Su preferida. Mi preferida y la preferida de papá. Porque era la preferida de papá, ¿no? En consecuencia, también se había convertido en la mía. Y ahora también en la de Héctor. ¿Para quién más lo sería? Estaba segura de que mucha gente no la había probado nunca. Por lo menos, no con esa combinación exacta de ingredientes, con ese punto concreto de canela. Irene odiaba las berenjenas. Era lo único que no soportaba comer. Bueno, las rellenas de mamá, sí. Así sí se las comía, pero porque no sabían a berenjena. Sabían a carne y a tomate, a un toque crujiente de queso tostado. A un poquito de perejil. Esta mermelada era berenjena, berenjena. Si existieran caramelos de berenjena, serían algo así. Me alegré un poco al pensar que Irene no podría ni ver la receta favorita de papá. No la probaría nunca. Papá tenía más de mí que de ella. Seguro que no andaban con el mismo pie. Papá me tenía a mí. De hecho, Irene ni aparecía en la foto. Tampoco tenía el hoyuelo de la barbilla.

Héctor los tenía a los lados. En ese momento se le estaban marcando mientras tragaba el último bocado hecho papilla. Claro que él no tenía nada que ver con mi familia. Solo estaba segura de que me iba a ayudar a encontrar la parte que me faltaba. Se lo dije aquella noche. Me parecía bien que me ayudara a buscar a papá. La verdad es que no se lo dije con mucho entusiasmo porque no quería que me notase ansiosa. Simplemente le comenté, eso sí, que teníamos que empezar cuanto antes porque yo en septiembre debía regresar a Madrid, o eso creía. Lo vi no solo conforme, sino también ilusionado. Tenía los ojos llenos de olitas.

Enseguida ideó un plan. Propuso que todos los días por la tarde fuésemos a un punto concreto de la isla y que colgásemos carteles por todas partes. Lo de los carteles me alarmó. Le atropellé las palabras. Eso no era posible, nadie podía enterarse de que lo estábamos buscando. Era una locura.

Le expliqué por qué. Él ya estaba al tanto de lo de mi madre y mi hermana, que no lo sabían. Que Irene ni siquiera sabía que papá estaba vivo. Se le arrugó un poco la cara. La orilla se le puso un poco más gris. Creo que le parecía complicado con esas condiciones. Lo era, en realidad lo era. Y como en ese momento me daba miedo que se echara atrás, porque me di cuenta de que solo sería capaz de hacerlo con su ayuda, solté con la voz muy firme, sin roturas, como si lo tuviera clarísimo: «Será fácil encontrarlo, ahora que sé que tiene que estar en alguna parte». Y se me rasgó un poquito el final de la frase. Podría habérmelo callado, pero con él todo me acababa saliendo tarde o temprano, así que seguí diciendo lo que pensaba. Que imaginaba que estaba en alguna parte, pero que existía la posibilidad de que no estuviera en ninguna. Porque podría ser que sí hubiese muerto después de esa fotografía con el fondo azul salado.

Me dijo que no y me arrastró a su pecho. La camiseta olía a flores de algodón y a algas. Era como bucear. «Ya verás como no es así —insistió—. Lo encontraremos vivo. Y entenderás el porqué de todo». Me acariciaba el pelo con sus dedos acolchados. Ya casi no le veía las heridas. No había luna esa noche. Nos quedamos mirando el cielo, que estaba muy oscuro y lleno de piquitos. «Ahí no hay ninguna estrella que se llame...». Hizo una pausa. «¿Cómo se llama tu padre?». Me costó encontrar la respuesta, para mí solo era papá.

El sonido del mar lo cubría todo. Un perro ladraba lejos. Se escuchaba al eco volver, como si ladrase dos veces en el aire. No lo había llamado nunca. No sabía cómo tenía la voz. Tampoco lo había visto darse la vuelta al decir su nombre ni dar un paso adelante y salir de la foto para pisar el suelo que yo pisaba. Nunca había tenido la oportunidad de usar su nombre. No había entrado en casa gritándolo y mamá nunca lo había llamado para que subiera a comer. Para mí, papá solo era papá. Además, se llamaba papá desde principios de ese verano, cuando empezó todo. Porque antes, todos los años anteriores, durante toda mi vida, solo había sido eso, un hueco. Mi padre. No papá. Alguien de quien no hablaba, porque nunca lo habíamos hecho. Porque no se debía. Como las palabrotas, papá estaba prohibido.

Se me hacía tan raro que Héctor me preguntara cómo se llamaba mi padre. Porque le hacía más vivo, más real. No solo una foto. Noté las hormigas en las manos y le dije: «Pau, se llama Pau».

Se le llenó la barriga de aire, lo noté en mi mejilla, y volvió a bajar a la vez que mi cabeza. Sentí que el corazón le latía despacio, igual que las olas. Una, otra. «Mira», señaló de nuevo el cielo con la mano abierta, abarcándolo todo, plana, como si estuviera limpiando una pantalla o haciendo magia. «Desde aquí no veo ninguna estrella que se llame Pau». Sonrió, le veía la boca desde abajo, con los dos agujeros grandes de la nariz como un paraguas. «Lo encontraremos juntos». Y con sus labios blandos y calientes me dio un beso largo en la cabeza.

Le pasé la mano por encima de la barriga y lo abracé, como hacía por la noche con la almohada de mi cama. Necesitaba dormir con otra almohada grande, además de la de la cabeza, para abrazarme a ella y después pasarme los dedos por el pelo como un rastrillo. Lo empecé a hacer de pequeña, con aquella luz que parecía un sol en la esquina. Y así, cuando mamá se iba a su habitación, me quedaba abrazada a una almohada blandita, que no era nadie, pero que a mí me servía. Ahora ya sentía de verdad que no estaba sola en esta locura. Confiaba en él. Sabía que no me la iba a jugar, que si yo le había dicho que buscaríamos en silencio, buscaríamos en silencio. Él y yo, con la isla como cómplice. Y con un cebo.

Esto se lo conté después, cuando me iba a ir y él me invitó a quedarme a dormir. Le pregunté que si se acordaba de lo que me contó la primera noche sobre los pececitos de plástico que atraían a los calamares. Asintió extrañado. Levanté el tarro de mermelada de berenjena que ya estaba a la mitad, metí el dedo y lo saqué con la punta pringada de aquella jalea. Brillaba dorada. Entonces le solté orgullosa: «Esto atraerá a papá».

Me llevé el dedo a la boca, rebañé los contornos dulces de la uña y noté cómo Héctor posaba su mano en mi mandíbula. Sentí burbujas en el estómago. Colocó un dedo a cada lado. Me giró la cara, suave. Yo le dejé hacer. Sus ojos cada vez más cerca. Me besó. Sus labios arroparon a los míos. Nuestras lenguas se encontraron e intercambiamos en un baile húmedo nuestro nuevo sabor favorito.

Navegamos en nuestras salivas durante unos minutos. Abrí los ojos cuando terminamos de besarnos. Los suyos estaban allí. Azul cristalino. Nuestras bocas entreabiertas. Su nariz pegada a la mía. Y me susurró como una ola cuando llega a la orilla: «La mermelada con el queso me ha encantado, pero de todas las formas posibles de probarla, esta será siempre mi preferida».

No me quedé a dormir. Mamá me esperaba porque le había prometido que volvería. Le había dicho que podía estar tranquila. Me lo había dicho a mí misma. Y volví, me quité el vestido, me quedé en bragas y me metí en la cama sin lavarme los dientes. Me agarré a la almohada grande y pasé la pierna por encima. La cara me olía a salitre, él olía a salitre. La almohada se impregnó de sal. Era como estar en el vaivén de una colchoneta. ¿Dormimos abrazados, entonces? Fue una manera de hacerlo. Al día siguiente nos veríamos cuando cerrase La Ultramarina para encontrar a papá.

14

El camino

13 de julio

Mamá había quedado con Irene aquella mañana. Me lo contó en la cocina mientras yo mojaba una galleta de avena con chocolate en el colacao. Había pasado calor por la noche, había dado muchas vueltas y se acabó levantando a cocinar. Esas galletas se hacían sin horno. Las preparábamos juntas muchas veces de pequeñas. Irene se las comía de dos en dos, las mojaba a la vez, las mordía despacio y después se bebía la leche sola con los trocitos al final, empujándolos con una cuchara. En lugar del horno, las galletas iban al congelador unos veinte minutos o así. A veces no podíamos esperar tanto y abríamos la puerta en silencio sin que mamá ni la abuela se enteraran y cogíamos una. Nos la repartíamos y la masticábamos detrás de la puerta mirándonos con los ojos como farolas. Hacíamos lo mismo con la masa de las croquetas.

Supongo que por eso las había preparado, porque iba a venir mi hermana. Recuerdo perfectamente la cara de Irene, con las manos pringadas de avena y chocolate, que movía como si cantara los *Cinco lobitos*, mientras me decía: «¿Quién quiere un poquitooo?», con la «o» mantenida en el aire y acercándome mucho las manos a la cara. Yo sabía que no lo iba a hacer y me reía a carcajadas. Pensaba que era capaz, pero que no lo haría y en esa posibilidad me entraban los nervios y por eso la risa. Me reía llena de saltitos. Separaba las manos, las acercaba de nuevo y yo me volvía a reír con saltitos. Ay, Irene, cómo era. La abuela se moría de la risa al ver mi reacción. Nos miraba con una mano encima de la otra en la barriga, las galletas listas en el congelador. Mis carcajadas primero, las suyas detrás como un eco. Y qué risa. Luego mamá también se contagiaba y soltaba una carcajada. Supongo que me había venido a la cabeza porque, en aquel recuerdo, estaba justo en el mismo sitio donde se encontraba ese día de verano en el que esperábamos a Irene. De pie, al lado de la ventana de la cocina de casa. Yo aquí sentada, con los pies que me colgaban de la silla. Nunca olvidaré esos momentos.

Éramos felices, aunque no estuviera papá. Mamá me preguntó que en qué pensaba, que por qué me reía. Me debí de reír en alto, recordando sin darme cuenta. Pero me lo dijo como cuando hablas sabiendo qué te van a contestar, con la boca arrugada como una «u». Muy juntita en el centro. Aguantándose también la risa. No acabé la frase y su carcajada me pasó por encima como un montón de plumas. Hacía semanas que no había oído a mamá reír así. La voz amplia y esa forma de aspirar tan suya. Los rizos se le movían. A mí también me dio un ataque de risa. Fue como estar allí otra vez, en esa mañana de luz intensa y manos manchadas.

A veces echaba de menos estar allí, en aquellos días. Instalada en la inocencia. Cuando eres una niña, te haces muchas preguntas, pero no son como las de ahora. Además, la abuela tenía todas las respuestas. Bueno, casi todas. Y después las tenía mamá, aunque a medida que pasaban los años tuve la sensación de que cada vez le faltaban más. Hasta ese verano en que me di cuenta de que tenía más preguntas que respuestas. Eso es lo que nos pasa cuando somos adultos. La experiencia nos da recursos, pero también dudas. Porque cuanto más sabemos, menos nos gustaría saber. De niña les preguntaba a mamá y a la abuela por todo. Irene no lo hacía tanto, pero si yo empezaba, ella me seguía la corriente. Algunos días, mamá y la abuela hacían que no nos oían, jugaban a eso. Y les funcionaba porque era como el escondite pero al revés. Empezábamos a jugar y se nos olvidaban las respuestas. Olvidaba que me habían dejado alguna pregunta sin responder. Claro que nunca hice la de papá, que por qué no había ni rastro de él en toda la casa. Tampoco la del psicólogo, esa la hice más adelante y también me debí de equivocar. Acababa de llegar del cole, habíamos tenido clase de naturales y la profesora nos había hablado de las diferencias entre los animales y los humanos a nivel de emociones y recuerdos. En ese momento no entendí mucho, pero yo quería saber más. Así que al llegar a casa, mientras estábamos en la mesa comiendo arroz con tomate y huevo le dije a mamá que quería ir al psicólogo. A ella se le puso la cara blanca como una pared. Dejó el tenedor en el plato. Recuerdo que no comió más ese día. Irene no decía nada, solo se reía. Mamá la mandó callar con los ojos como dos piedras. Y luego me las clavó a mí, frías y afiladas, como si le hubiese pedido una locura. Como si le hubiera hablado de papá. Como si le estuviese diciendo que quería hacerme un tatuaje enorme en la frente. Una marca. Supongo que mamá les tenía miedo, como a tantas otras cosas intangibles. Porque del dolor de cuerpo para fuera se podía hablar, pero del de cuerpo para dentro eso ya era otra historia.

Durante esos días de verano no le preguntaba nada a mamá. Excepto por lo de las manos. La abuela y mamá hicieron el juego de lo de las preguntas, por ejemplo, en la época en que yo estaba obsesionada con las cerezas. Cuando traían a La Ultramarina una cesta con cerezas, me quedaba mirándolas como los ricos el caviar. Aquellas bolitas rojas, brillantes, perfectas. Tersas, juntas y pares. Recuerdo que la abuela estaba haciendo croquetas de pollo. Les ponía una puntita de sobrasada. Mamá estaba subida a una escalera para bajar del techo una ristra de tomates. Irene escribía en la pizarra lo que ya había escrito justo debajo. Lo copiaba. Ponía dos veces «Pica pica», que era el plato ese día. O sea que ponía «Pica pica» y justo abajo «Pica pica» otra vez. Pero supongo que picaba como siempre. Acababan de traer las cerezas.

Ella dibujaba el punto, yo las miraba con los ojos fuera y pregunté, realmente preocupada, que por qué las cerezas eran tan redondas. Agité la cesta como los que cuelan las almejas de la arena. Las vi rodar todas a la vez. Quizá los árboles tenían moldes para hacerlas todas igual de bien, porque a mí las bolitas de masa no me salían tan redondas. Y necesitaba saber cómo lo hacían. Dejé la cesta sobre la mesa porque mamá me advirtió que se me iban a caer. Cuando me reñía, alargaba las palabras y parecía que iba a empezar a cantar. Eso era cuando no se enfadaba mucho.

Cogí una cereza y le di vueltas como a los mocos, con un dedo y otro. Nadie me respondía. Iba a plantear otra vez la pregunta cuando la abuela gritó desde la cocina: «¿Dónde está Marina, que no la veo? ¿Irene? ¡Ay!, que no las he visto en todo el día, dónde se habrán metido estas niñas. Me las voy a comer con patatas y un picadillo de ajo y perejil cuando las encuentre». Yo solté la cereza y eché a correr para ponerme delante de la abuela. Muy enfrente. Irene llegó al momento. La abuela seguía buscándonos y preguntaba que dónde estábamos como si no nos viera. Yo le llegaba al nudo del delantal, Irene un poquito más arriba. Ella hacía como que miraba por todos los lados, con las manos llenas de pan rallado, dándole forma a una croqueta. Y no nos veía hasta que nos veía y decía de pronto: «Aquííí», con muchas «íes». Y nos cogía a las dos, una en cada cadera, con las manos hasta arriba de masa de croquetas.

Le di el último bocado a la galleta. Me bebí la leche acompañando los restos de avena con la cuchara. Mamá, con los ojos todavía llenos de risa y la cara bastante viva, vino a darme un abrazo y a decirme que me fuera bien en la tienda. No me gustó que me diera un poco de repelús el abrazo de mi madre. Lo noté como de cristal. Supongo que ella no notó nada. Me dio las gracias por ayudarla tanto. Sentía que el descanso le sentaba bien. «Estoy más relajada, aunque hoy no haya dormido del todo». Estaba segura de que pronto podría volver abajo a cocinar, que ya le quedaba poco. «Aunque los médicos me digan que no porque es peligroso, porque se me pueden cerrar las manos en cualquier momento y si tengo una olla hirviendo, me puede pasar algo. Así que me dicen que mejor no, que todavía no. Yo creo que sí, que ya voy a estar».

Yo no tenía ninguna prisa. Por lo menos no todavía. Mi madre seguía: «Que así como viene, y unas veces están abiertas y otras cerradas, se va, pero se me quedarán abiertas seguro y esto habrá sido algo sin sentido, que estas cosas pasan». Pensé que entonces aquello sería otra pregunta sin respuesta. Porque si no era nada de los músculos ni de los huesos, si tenía que ver con otra cosa como al final fue, mamá no iba a querer saberlo. No se iba a curar porque las enfermedades de la cabeza no se curan. Eso era lo que ella pensaba. No es que me lo hubiera dicho, pero sabía que mamá no quería ni oír hablar de esa clase de heridas. Creía que las heridas de la cabeza están ahí y se aguantan. No se les puede echar mercromina ni poner escayolas. Una las tiene que aguantar dentro e intentar por todos los medios —con cortezas, troncos, enterrando, lo que hiciera falta— que no se notaran por fuera. Me daba pena que mamá fuera así. También me daba rabia. Mucha mucha mucha rabia. Tanta rabia que un día apreté tanto los dientes que se me estalló uno. Desde entonces tengo una grieta en la paleta que nadie sabe que está, pero me la noto al rozarla con la lengua.

En ningún momento le pregunté cuándo pensaba volver a La Ultramarina. Pero hay preguntas que se hacen solas, que las hacen las circunstancias, el reloj. Y mamá siempre lleva reloj. Yo no. Supongo que ella empezaba a ver el final del verano cerca, aunque todavía quedaba algo menos de la mitad. Se debía de sentir como cuando haces un viaje largo y al llegar no piensas en el día de la vuelta, pero cuando han pasado dos semanas y ya solo te quedan otras dos, empiezas a hacer una cuenta atrás. Eso debía de estar pasándole a mamá. Yo por ahora no pensaba en volver. Si tenía una cuenta atrás en la cabeza era algo incierta, porque no sabía cuántos días me quedaban para conocer a papá.

Probablemente esa inquietud era lo que la impedía dormir bien. A lo mejor se despertó para hacer pis en mitad de la noche y al volver a la cama, en silencio, escuchó a todo volumen el tictac que llevaba incrustado en la muñeca. La cuenta regresiva. Cada vez más fuerte, como las campanas de una iglesia, hasta que se tuvo que levantar para silenciarlo haciendo más ruido. Creo que por eso se había reído tan fuerte y había hablado tanto, con una frase detrás de otra, mientras yo la escuchaba. Ahora lo entiendo un poco más, porque yo no llevo reloj, pero es verdad que también me inquietaba pensar si llegaríamos a tiempo.

Héctor fue puntual, llegó justo cuando yo cerraba las puertas de la tienda después de una mañana intensa. Le pedí que esperase un minuto, que todavía tenía que subir. No le di ningún beso, no allí. La mañana en La Ultramarina se me pasó volando y empezaba a pensar que en Madrid iba a echar de menos los días cocinando allí. El vaivén de la gente entrando y saliendo. Me había puesto nostálgica, seguramente porque mamá me había pasado su tictac. A mí, que me despertaba con los cascabeles desde que había llegado a la isla y no necesitaba más reloj que la luz o el rugir de la barriga. Incluso en esos momentos en los que a veces no tenía hambre ni tenía muy claro dónde estaba mi norte.

Subí rápido, no pisé ninguna barriga, como siempre, y no hice daño a ningún escalón. Sujetaba con los brazos extendidos una bandeja de coca de trampó que había hecho de más porque sabía que hoy mi madre y mi hermana tenían plan. Estaban sentadas a la mesa de la terraza, tomando dos limonadas con mucha hierbabuena de aperitivo. La parra, ya más brotada, le dibujaba una sombra preciosa a Irene que le ocupaba la mitad de la cara, como si llevara un tocado.

Les acerqué la bandeja y la dejé en medio de la mesa. «Mira, qué oportuna», dijo Irene. Se levantó y me rodeó con los brazos. Yo le sacaba media cabeza. Me la colocó sobre un lado de su hombro. Me pidió que respirase hondo y apretó con mucha fuerza, separándome dos dedos del suelo. La espalda me crujió como las teclas de un piano. «Estás muy tensa», me dijo. Le contesté que no. Que quizá era porque pasaba muchas horas de pie en la tienda o porque había movido la bombona de butano. Cualquier cosa menos la verdad del todo.

Cogió un trozo de coca, se la metió entre los dientes y la disfrutó poco a poco. Pausada, como un perezoso. Sin importarle ser la última. Disfrutando de la calma en la superficie, manejando todo el mar de fondo de una manera muy diferente a la mía. Ella no parecía ahogarse nunca. La luz que en ese instante le cruzaba la cara debía de llegarle siempre hasta lo más hondo, iluminando cualquier penumbra como un foco. Tragó y reconoció, satisfecha: «Qué buena te sale la coca ya, Marina. Si cierro los ojos, creo estar comiendo la de la abuela». Mamá estaba sentada chupando con la pajita un poco de limonada. Tenía los ojos hacia abajo y miraba el vaso medio vacío. No sonrió. Me era difícil saber si mamá estaba orgullosa de que cocinase tan bien, de que disfrutase haciéndolo. A veces me lo decía, pero otras, como esa, me daba la sensación de que le molestaba. Tal vez ella también sabía que ese era mi sitio o pensaba que me estaba poniendo sus zapatos, que a lo mejor a ella ya no le servían, que a mí me quedaban mejor. Hacía ya muchas semanas que no sentía que llevaba unos zapatos que no me pertenecían en la tienda. Los sentía míos. La Ultramarina era también mía. Y eso me gustaba y no. Por lo menos me calmaba. Porque no sabía nada, pero la única certeza hasta ese momento era que en los fogones estaba el hogar, mi familia. Una burbuja en la que no había mentiras. Donde estaba encontrando toda mi verdad.

Mamá e Irene me despistaban un poco. Notaba que me devolvían un reflejo difuso, que lo que veía de mí en ellas no era todo. Y ahora mismo no tenía muchas ganas de verme allí, porque sabía que me faltaba la mitad. Ellas no se daban cuenta. Menos mal que fue así. Eso era lo único que me hacía estar un poco rara con las dos. Con mamá más, con mamá mucho más, porque a ratos se me aparecía aquella señora con la cara nueva. Y yo no tenía tanta confianza con Pilar. Como Pilar no la reconocía, solo la reconocía como mamá.

Levantó la mirada y me preguntó si me apetecía limonada. Le contesté que no. No quería nada de desconocidos. Y por no quedarme en silencio del todo, le expliqué que había quedado y me estaban esperando, que subía a cambiarme rápido y salía. Ellas pasarían la tarde en la playa, una donde hubiese brisita y pudiesen caminar, y «a lo mejor ver la puesta de sol comiendo un *pamboli* de sepia *torrada* en el Forn de Sa Rápita», acabó Irene. Le di un beso y otro a mi madre. Cerré la boca como un puño al tocar su mejilla. «Pasadlo bien», dije con sabor agridulce.

Me di la vuelta y subí a mi habitación para cambiarme, dando zancadas en los escalones de dos en dos. Al llegar al rellano de arriba, escuché la voz de mamá o de aquella señora que trepaba por la ventana y le decía a Irene: «Es que está conociendo a alguien». Me paré en seco como si fuera un caballo y me estuvieran tirando de la crin. ¿Cómo lo sabía? Alguien se lo había dicho. Yo no sé a quién conocía esa señora, pero aquí en el pueblo al final se sabía todo y debía de tener cuidado si no quería que se me estropeara el plan. No se me podía chafar ahora que estaba todo esbozado. Porque el plan no era un plan, el plan era yo. La familia. Todo. Así que si lo descubría, si pasaba eso, yo acabaría como un gato en mitad de la carretera. No me atrevería a enfrentarme a ello. Solo de pensar en la reacción que podía tener Irene si se enteraba, me daban ganas de vomitar. Por eso no lo pensaba. Además, si lo hacía, me paralizaría y no tenía tiempo que perder. Ella vivía en Palma, no imaginaba que papá estuviera allí. Me tranquilizaba creer que no se enteraría hasta que quisiera decírselo. Hasta que yo me diera cuenta, después de ver a papá, de que merecía la pena cambiar la historia de nuestra vida. Esperaba que Pilar, esa señora que tenía a mamá dentro, no supiese más de la cuenta.

Podíamos pasar por infinidad de sitios antes de ir a los lugares en los que había más posibilidades de cruzarnos con mamá o con Irene. O con alguien que nos conociera tanto que yo no fuera capaz de encontrar la excusa para tapar lo que íbamos a hacer. Teníamos previsto lo mismo en cada pueblo que visitáramos. Aparcaríamos, abriríamos la solapa de la cesta marrón que llevábamos detrás en la moto y apoyaríamos allí un cartel en el que ponía: MERMELADA ESPECIAL DE BERENJENA, porque poner «mermelada de papá» podía ser un poco peligroso.

Me subí a la moto y puse la cabeza en el hueco del hombro de Héctor, como si fuera uno de esos perros pequeños que se acurrucan sobre las personas con las que viven. Me preguntó, acariciándome la pierna que estaba pegada a la suya, que por qué había tardado tanto, que si todo iba bien. Le dije que sí. En ese momento ya sí. Puse mi mano encima de la suya y arrancó, girando la otra muñeca. «¿Has cogido las mermeladas?», dije subiendo la voz para que pudiera atravesar el viento caliente. «Sí, tranquila. Disfruta del camino». Suspiré y ya no le hice más preguntas hasta que llegamos a Sóller.

El trayecto hasta allí había sido como estar dentro de una bañera desde la que se veía el mar. Cuando pasamos la zona de Llucalcari y Alconàsser, parecía que en lugar de ir en moto sobrevolábamos el agua. Impresionaban las vistas de la carretera. Mi cabeza en su espalda, mirando hacia a la izquierda. Pinos, pinos, pinos, mar, mar, mar, mar. Pinos, mar, pinos, mar. El sol alto lo teñía todo de dorado. Héctor no iba rápido, a veces giraba la cabeza y me decía: «Mira qué bonito». No sé cuántas veces lo dijo. Yo pensaba que teníamos mucha suerte de ser de Mallorca. Iba cogida a su cintura y, de verdad, si no hubiese sido por el sonido de la Vespa habría creído que no teníamos contacto con el suelo.

Esa parte de la isla acaba de repente de una forma irregular. La carretera serpentea por el acantilado con todas las copas de los pinos como guardarraíl. Aquello era lo más cercano que se podía estar del cielo, más incluso que yendo en avión. En las curvas al lado de Béns d'Avall parecía que el mundo azul se expandía sin marcos. Era infinito. El mar se mezclaba con el cielo y el cielo con el mar.

Hay personas que solo piensan en llegar, en cumplir objetivos. A mí también me ha pasado, sobre todo cuando estoy en la ciudad. Metro, caminar rápido, llegar, llegar, llegar. Pero, no sé si es porque soy isleña y aquí la propia orografía me lo recuerda constantemente, me doy cuenta de que la vida no es solo llegar al destino, sino que la vida está sobre todo en los trayectos. Así que no pensaba pasarme las semanas que quedaran hasta encontrar a papá viviendo solo con la mirada puesta en el destino, quería disfrutar del camino. Lo importante no era solo llegar, sino hacerlo. Y lo estábamos haciendo.

Aparcamos al lado de la estación del tranvía, un poco más arriba de la plaza. En una calle repleta de bares de pueblo donde las terrazas se llenan de cañas en vasos helados. Aprovechamos que había un par de naranjos que hacían algo de sombra para montar allí nuestro puesto ambulante de degustación de mermelada de berenjena. No íbamos a vender los tarros, solo queríamos exponerlos, dejar que quien quisiera los probase y se los llevara gratis si le apetecía, porque nuestro objetivo no era ganar dinero, sino que se acercaran con curiosidad y poder observar las caras de las personas. Hablar con ellas, y no solo para saber si la habían comido alguna vez o si podía ser su mermelada favorita, sino también para verlos abrir mucho la boca, quizá intentar sacarles una sonrisa amplia —con Héctor lo tenía fácil— y comprobar si tenían los dientes de papá.

Los tarros de mermelada ya estaban a la vista. Teníamos cucharitas. El cartel se leía bien. Solo era cuestión de esperar a que la gente se fuera acercando. Primero uno, después otro. Cuando hubiera dos o tres personas, vendrían más y más. He visto que siempre pasa eso en los mercados. Los sitios en los que hay más aglomeración son los que más personas atraen. Mientras esperábamos, abrí la cartera y, tras mirar primero a los lados, saqué la foto de papá para darle a Héctor algunos detalles. Él todavía no lo había visto. Le señalaba los dientes, el hoyito (igual que el mío), el pelo hacia un lado. Él dijo que en lo del pelo no me fijara porque a lo mejor ya no tenía. Pensé que quizá pelo no, pero que podía ser que tuviese el cuello un poco de lado acostumbrado a la caída. Que se fijara también en los ojos, la forma almendrada y todas aquellas pestañas que los rodeaban, que hacían que pareciesen dos soles de esos que dibujábamos de pequeños, con muchos rayos. Cuando la estaba guardando, le salió de la boca como trepando que me parecía mucho a mi padre. Sonreí y lo besé. Nadie me había dicho nunca que me parecía a papá. Nadie. Nunca. Porque nadie me había hablado de papá, pero con Héctor ya podía hacerlo. Con Héctor, papá no estaba prohibido.

Ese primer día no se paró mucha gente. Y ninguna cara era la de papá. Dudé de todo. De si estaba bien así y de si aquello tenía sentido. Quizá no lo encontrásemos nunca en la vida. La isla no era infinita, pero con ese sistema era muy difícil. Héctor me cogió las manos, porque las estaba moviendo como un boxeador mientras dejaba salir mis dudas por la boca y por el cuerpo. Y me propuso de una forma muy amable, casi como un delfín, que nos fuéramos a dar un baño al puerto, porque conocía un rincón muy bonito. «Está aquí cerca. Cambiamos de perspectiva y ya verás como lo ves de otra manera». «¿Veo de otra manera el qué? ¿A nadie?», le contesté como si escupiera, y me arrepentí. Porque él no tenía la culpa de que mi padre nos hubiera abandonado.

Lo más probable era que fuese eso lo que pasó realmente. Mamá no quería que viviéramos sabiendo que él decidió irse y que nos dejó allí como cachorros en una perrera. Debió de chillar a mamá, debió de insultarla con palabrotas muy fuertes, debió de coger una maleta grande llena de calzoncillos y marcharse dando un portazo. No quería saber nada más de nosotras. Eso es lo que pensé que había pasado, porque pudo ser así. Tal vez si por casualidad esa era su mermelada y nos cruzábamos, volvería a irse otra vez. Saber que estaba vivo era como tener una sierra en la barriga moviéndose de un lado a otro. Apreté de nuevo los puños. Durante mucho tiempo odié a papá por haberse muerto. Durante años le eché la culpa de habérselo perdido todo. «Cómo puedes haberte muerto», me decía. Claro que no se lo contaba a nadie más. Ni siquiera lo expresaba en voz alta. Tampoco pude decírselo a un psicólogo. Y durante la búsqueda, aquellos días, empezaba a odiarlo por estar vivo, aunque tampoco se lo diría. Si seguía así acabaría odiando a toda mi familia, incluso a mí misma. De eso tampoco estaba tan lejos. Era muy difícil encontrar el equilibrio de lo que decir y lo que no en esa enredadera de silencios y prohibiciones. Menos mal que cocinando ni mamá ni la abuela hicieron sonar nunca el silbato. Las vías del tranvía en el suelo se me movían. Solté los puños. Intenté mirar a la orilla, a sus ojos. Me calmaron. Le pedí perdón por haberle contestado de esa manera. «Sí, mejor lo dejamos por hoy, me parece bien que vayamos a darnos un chapuzón y nos refresquemos». La mayoría de las veces que me sumergía en el mar, ya fuera con el cuerpo o solo con los ojos, era como una ducha mental que me callaba un poco. Menos mal que el mar apagaba durante un rato todas esas voces.

Antes de encender la moto me dijo que me entendía, y añadió que probablemente mucho más de lo que pensaba. El trayecto en moto hasta el puerto estuve masticando esa frase. «Me entendía mucho más de lo que pensaba». El baño en la calita de al lado del puerto me sacudió el enfado. Una ducha mental. No sé si era enfado o decepción o frustración. Todo junto seguramente. Pero, como siempre, el mar me alivió un poco el dolor; no era mentira eso que decían de que curaba.

Cuando volvíamos de camino al pueblo, Héctor me preguntó si nos parábamos a tomar una cervecita, que todavía le daba tiempo antes de salir a pescar. Que si el sol se había empezado a meter en el mar no pasaba nada, que a veces salía a pescar en plena noche, pero que le gustaba llegar al puerto y tener un rato para él solo antes de dormir. Me hice un poco de lío con lo que me estaba contando y le dije que no importaba, que mejor me llevara ya a casa. Supongo que no le prestaba atención porque al salir del agua me había vuelto el ruido de la cabeza.

No volvimos a salir a buscar a papá hasta la semana siguiente. Nos vimos alguna noche en el *llaut*, lo acompañé a pescar un atardecer y me quedé a dormir allí un día. El resto del tiempo quise pasarlo en La Ultramarina, cocinando y con mamá, que parecía ella sin nadie más por fuera. Cuando no tienes claro quién eres, cualquier cosa que pasa alrededor es como una carcoma. Y yo ese verano parecía estar hecha de madera blandita. No estaba nada segura de que aquella forma de encontrar a papá que habíamos diseñado fuese a dar algún resultado, hasta la tarde en que le di a probar a mamá la mermelada de berenjena.

15
Entre los dientes

15 de julio

Estábamos sentadas en la terraza, en la de la parte trasera porque era un día de bastante viento. A ratos nuestras caras estaban amarillas y otros se cubrían de sombras. Las nubes pasaban delante del sol a mucha velocidad. Mamá garabateaba letras en un crucigrama. Yo no hacía nada. Bueno, muchas cosas, pero nada que se viera. En mi cabeza todo circulaba como un Scalextric, hasta que llegué a una meta. Tenía que hablar con mamá.

Eché la espalda hacia atrás, subí los brazos y me estiré. Sonó un crujido. Una piedra de debajo de la pata de mi silla salió disparada por el balanceo. Ahora cojeaba. Le pregunté a mamá que si le apetecía que cocináramos algo, que parecía que se estaba poniendo el día feo. A veces no se me ocurría ningún otro sitio mejor para hablar de verdad: solo en la cocina. En el lugar en el que pasaba todo. Me dijo que sí mientras contaba, apoyándose en la barbilla el meñique, luego el anular, después el corazón y así todos hasta llegar a siete, el número de letras de la palabra que le faltaba para terminar el crucigrama. La encajó en los cuadraditos blancos. «Qué gusto verlo completo», dijo cerrando la revista, y me preguntó qué me apetecía cocinar. Antes de contestar pensé qué receta podía ayudarme a plantear lo que necesitaba y enseguida me acordé de lo que me pasó con el escabeche. Serviría. «Podríamos hacer un escabeche de pescado», le comenté con los brazos sueltos y el tronco en su sitio. Y me respondió que vale, que tenía unas caballas en el congelador. Lo dijo arrugando la nariz, como que le había hecho gracia que propusiera hacer escabeche y que era una casualidad que ella hubiera comprado caballas hacía unos días. Tenía las manos florecidas como la buganvilla.

Irene y ella andaban con el mismo pie, pero yo no había coincidido mucho con mamá últimamente. Es verdad que yo no sabía lo de las caballas, pero ella tampoco tenía ni idea de por qué necesitaba apoyarme en esa receta tan ácida para poder avanzar. Con los pies descalzos pasamos de la terraza al salón y del salón a la cocina. Las ventanas estaban cerradas porque de lo contrario el viento pasaría de un lado al otro como un tren bala provocando un ruido insoportable. Yo lo prefería así. Ella y yo, en el búnker cálido de nuestra cocina de paredes blancas y marcos llenos de plantas. Descalzas. Casi desnudas. Con lo que me costaba decirle las cosas, las de verdad, las importantes, no las que flotaban en la superficie como el corcho, las que cualquiera se atrevía a preguntar. A mí me costaba contarle esas que nadie quería decir, las que se quedaban entre los dientes. Por eso necesitaba estar en una situación favorable. Mamá y yo en la cocina. Un lugar seguro.

No me hubiese atrevido a dar este paso unas semanas atrás, pero ahora me sentía un poco más capaz de perseguir la verdad sin que ella se diera cuenta de que me la estaba diciendo. Me habría gustado que mamá o Irene me hubieran preguntado alguna vez por eso. «Perdona, ¿tienes algo entre los dientes?». No me refiero al hecho de quitarme un trozo de lechuga verde que se me hubiese quedado cerca del colmillo, en alguna ranura de la boca, sino a lo que realmente se quedaba entre los dientes, esas palabras que no salían con facilidad.

Mamá ya había sacado las caballas del congelador. Las cogí una a una por la cola para colocarlas en un plato grande hondo y mamá abrió el grifo. Necesitaba algo de tiempo para tranquilizarme, porque solo el ruido metálico del agua al chocar contra el fregadero hizo que diera un respingo. El agua se fue calentando, metí mis manos debajo y la carne de aquellos pescados tiesos azules se puso un poco más blanda. Los dejamos allí un rato más.

Yo también me sentía menos tiesa. En realidad, tampoco me iba a arriesgar tanto. De hecho, ella ni se daría cuenta de nada. Hablaríamos como siempre que cocinábamos y, si todo iba bien, tendría una pista más para seguir buscando a papá. Bueno, dos. El plato de encima de la mesa se volvió blanco, porque mamá echó mucha harina golpeando con las manos un saco de ribetes azules. Después dio unas cuantas palmas y salió un humillo blanco.

Fuera silbaban las copas de los árboles. Dentro mamá había empezado a silbar aquella canción que dice «todo pasa y todo queda» y ahora no sé muy bien cómo sigue. No sé qué, «caminante son tus huellas, el camino y nada más». Me las sabía todas, ella siempre ponía el mismo disco, pero aquel día mamá la cantaba, como si fuese en versión *unplugged*, dejando pasar el aire entre sus dientes. Mamá soplaba con los dientes, no con los labios. Yo tampoco sabía soplar de otra manera. Aquella era mi oportunidad. Carraspeé o imaginé que lo hacía: «¿Te acuerdas de aquel día comiendo escabeche que se me quedó una espina clavada en la garganta y no se iba ni con pan ni con galletas ni con nada? Y estuve tosiendo, incluso me salió un poco de sangre en la saliva de tanto forzar. ¿Te acuerdas?». «Claro que me acuerdo. Qué susto, Marina, aquel día. Tenías catorce o quince años. Recuerdo que ya estabais de vacaciones en el instituto y yo había preparado escabeche el día anterior, que os encantaba, siempre os ha encantado así, fresquito».

Se acordaba perfectamente de todo, ahí quería tenerla. Me había vuelto una estratega y estaba aprendiendo a mover piezas. Mover personas que eran como piezas. Si se tratara de un tablero de ajedrez, mi madre sería el alfil. Es curioso porque ninguna de las piezas de ajedrez tiene manos. El corazón se me estaba haciendo un poco pequeño. No me sentía muy cómoda dirigiendo las piezas en el tablero, a mí me gustaban las personas libres, cada una a su paso. Mamá moviéndose en diagonal por donde le diera la gana, con la armadura puesta y los ojos asomando por la ranura del casco. Lo hacía por nuestro bien. O eso me decía yo por dentro.

Mi cabeza iba a cien, pensaba y pensaba. Me decía a mí misma cosas como: «Siento mucho tener que hacer esto, mamá. Llevarte hasta aquí sin que me interese nada de lo que digas por ahora, porque solo estoy tratando de arrastrarte una y otra vez por el tablero como el cepillo de una escoba hasta que pueda recoger las pruebas. Lo hago por mi bien. Creo que la abuela lo entendería si es por mi bien». Y continué con la jugada. Ella secaba el pescado y lo enrollaba en una servilleta de papel absorbente. Me tocaba mover a mí. Me puso el pescado en el plato sobre la harina y yo le fui cubriendo la piel.

Le daba toquecitos suaves mientras lo sujetaba de la cola para que cayera el exceso y continué con la partida. «Sí, yo creo que venía del instituto. Me parece que era el último día de clase. Creo que sí. Me acuerdo porque ese día, cuando empezábamos las vacaciones, yo tenía una sensación en el cuerpo como de tirarme en bomba a lo hondo en el mar». Y seguí un poco más, porque a veces pasa eso con la escoba, que vas recogiendo y recogiendo pero no entra todo en la pala, así que por si no estaba demasiado dentro de la historia, di más detalles: «Qué sensación más guay. Todo el verano por delante. Además, es que a esa edad los tres meses de verano te parecen un año o dos. ¿Te acuerdas de cuando tenías esa edad, de esa sensación?».

Jaque. Le tocó mover. Ella no sabía que movía. «¿Pongo el aceite a calentar?», le pregunté, sabiendo que ya estaba a punto. «Claro que me acuerdo», contestó con una sonrisa de quinceañera, apretando el gatillo del mechero de la cocina. Puse la sartén llena de aceite encima de la llama. Empezaron a subir burbujas. «¿Y qué hacías en verano cuando tenías las vacaciones del instituto?». Abrí el cajón y cogí un cuchillo. Le acerqué otro a mamá. Ella cortaba la cebolla en láminas finas, yo la zanahoria en círculos que parecían los adoquines de un camino naranja. «Pues, mira, yo iba mucho a la zona de Es Barcarés, ¿sabes dónde está? Por allí, por Alcudia», señaló al aire con la punta del cuchillo.

La cebolla no le hacía llorar, los recuerdos de la adolescencia hacían de contrapeso. Ella seguía contándome que unos amigos del instituto tenían una casa allí y a veces iban los fines de semana, o se quedaban una semana con varios del grupo. «Era un poco *Verano azul*, fue una época muy divertida. No pensábamos en nada. Salíamos a la calle por la mañana y llenábamos de aventuras el día. Nos bañábamos, comíamos cualquier cosa y muchas noches nos arremolinábamos en el garaje de uno de ellos y podíamos estar horas y horas jugando a un juego que era muy parecido al Dicciopinta que salió después».

Esperaba que se le escapase algo como «nos arremolinábamos tu-padre-tu-padre-tu-padre». Mientras, ella seguía soltando sus recuerdos: «Sabes lo que es el Dicciopinta, ¿no?». Y así continuó, con los dientes llenos de perlas, contándome las batallitas del verano en el que conoció a papá o eso me imaginaba. Sumergí la cabeza del pescado en el aceite, ese sonido me gustaba más que muchas canciones de la radio. Yo también sonreí escuchándola navegar por todos aquellos recuerdos en los que estaba cerca de papá. Porque así yo también estaba más cerca.

Mamá debía de tener esa edad, entre catorce y quince años, cuando conoció a papá, aunque a lo mejor todavía no eran novios. No es que lo supiera seguro, solo lo suponía. En aquella época, en la de papá y mamá. Qué raro se me hacía hablar de ellos juntos. En aquella época era así. Conocías a un chico con quince o dieciséis, te gustaba, le gustabas, os dabais la mano y os comprabais una entrada de cine por doce pesetas alguna vez a la semana. No creo que ellos compraran palomitas ni refrescos. Se sentarían en una butaca menos mullida que las de ahora, el rollo del cine hacía más ruido y mientras la peli estaba haciendo formas en una pantalla minúscula se rozaban la pierna. No había aire acondicionado, así que me imagino que la parte de detrás de las rodillas la tendrían como si hubiera llovido en pleno verano sobre esos asientos de terciopelo granate. Pero seguro que les daría igual, porque cuando tienes esa edad no te haces preguntas. Es curioso, de pequeña me lo preguntaba todo, de adolescente solo lo cuestionaba y ahora de adulta no paraba de repetirme por qué seguía en pie después del terremoto o quién fue el que me puso los cimientos.

Sacamos los pescados y añadimos la montaña de verduras. Debió de caer un poco de agua, porque el aceite estalló por varios sitios. ¿Seguiría viviendo papá en Alcudia? A lo mejor volvió al resucitar. Mi madre abrió una botella nueva de vinagre con las puntas de la tijera, el trocito rojo salió volando no supimos dónde. Puso la botella boca abajo cogiéndola por el culo y apretó fuerte con las dos manos como si nunca le hubieran dolido. El chorro de vinagre salió con mucha presión ahogando las verduras y los pescados fritos. Después, por si fuera poco, añadió dos vasos de agua. Ya no sacaban la cabeza. Yo la miraba inmóvil. Mi respiración sonaba como aquel silbido de fuera, como cuando la olla a presión acaba.

Se me pusieron las palmas de las manos como de mantequilla, las notaba con los dedos doblados sobre mí. Me había pasado más veces desde que supe que mamá era una mentira. O una mentira en parte. En mitad de una escena cotidiana normal donde mamá era la de siempre y estábamos haciendo lo que solíamos hacer siempre juntas: pelar patatas, probar alguna salsa, mover con la cuchara los ingredientes de una sartén. No sé, cosas normales, donde todo parecía ser normal. De repente se me nublaba la cabeza y me la imaginaba haciendo cosas terribles, como que el vinagre que estaba usando no era vinagre sino un bidón de gasolina, y después cogía una cerilla y la arrastraba contra la parte rugosa de la caja. Salía una chispa. La lanzaba a la olla y prendía fuego a todo. Yo no tendría que haberme enterado de nada. Si mamá enterró a papá, sería por algo.

Sus manos calientes me agitaron despacio la cara fría. «Marina, Marina». Y volví. «En qué pensabas», le hizo gracia notarme tan despistada. «Te estaba diciendo que si dejábamos esto enfriar, que ya está». «Sí, sí», le contesté frotándome los ojos. «Pensaba en una receta que estoy preparando», le mentí. Bueno, a medias. Porque las recetas eran una serie de pasos y yo estaba pensando en eso, en dar una serie de pasos. Así que, en parte, le dije la verdad. Ya debían ser las seis o las siete de la tarde. Las nubes habían ganado y la cocina, que siempre está llena de luz, tenía un color grisáceo. A mi madre se le marcaban las líneas de debajo de los ojos, esas rayas aguantaban dos cuencos de piel cada vez más oscura. La nariz parecía más grande en aquella penumbra y el lunar que tenía al lado de la aleta se veía más abultado y rugoso.

La primera parte de la receta había salido bien: Alcudia. Ahora me faltaba un paso más, otra pista. Como lo de la mermelada no me estaba ayudando mucho todavía, empezaba a pensar que a lo mejor, por esas ganas de que papá y yo tuviéramos cosas en común no solo por fuera sino también por dentro, me había inventado que aquel dulce de berenjenas era algo nuestro, que nos unía y nos acercaba, que haría de mi carne y la suya un velcro como esas hebras caramelizadas y pegajosas entre los dedos.

Tal vez aquellos ingredientes cayeran detrás de la foto en la que él me abrazaba solo por casualidad y que no fuera ni siquiera su letra, sino solo unas formas más. Si no hubiesen sido letras ordenadas a las que yo podía darles sentido, no me habrían despistado tanto, porque las letras desordenadas serían solo manchas, como todas las que había en el cuaderno de recetas. Ya no sabía si tenía mucho sentido llevar el maletero de la moto lleno de mermeladas para recorrer Mallorca, como si esos tarros al girar la tapa y hacer plop gritaran: «Papá, ¿dónde estás?». Dudaba. No estaba segura, porque a lo mejor no gritaban nada.

Necesitaba que papá me escuchara, que pudiéramos hablar y que me dijera quién era. Aunque me subieran hormigas por los pies solo de pensar que iba a ofrecerle a mamá una cucharada de papá, tenía que hacerlo. Le quise confiar a la abuela que lo hacía por eso, para encontrarnos. Le dije a mamá que iba a preparar algo de merendar con la excusa de que los días grises daban más hambre. Yo en ese momento tenía el estómago cerrado, como una bolsa de las que tiras de dos cordones y se arrugan como una boca diciendo «u». No me cabía nada. Pero me comería lo que fuera por encontrarnos.

Dejé sobre la mesa, delante de las manos de mamá, el plato con las dos tostadas con queso azul y mermelada de berenjena y le añadí una hoja de rúcula. Mamá se merecía un poco de amargor. Además, así notaría menos la puntita de cuchara de papá que había extendido sobre las cuevas azules del queso. Compartimos el plato. Ella una tostada, yo otra. Preparé también una infusión templada. Para mí de tila con jengibre, para mamá de anís. Tenía que notar el sabor lo suficiente como para que le subiera a los ojos y yo pudiera ver si era o no era de papá, pero no me atrevía a poner demasiada por si el sabor era tan evidente que me desnudara.

Se llevó la tostada a la boca preguntando al aire que de qué era. Siempre lo hacía sin esperar respuesta. Como si se lo preguntara a sus papilas y ellas, después del mordisco, le contestaran con una retahíla de sabores y matices. Mientras yo hacía que tenía hambre y solo me quedaba el culo del pan entre los dedos, que bailaban igual que los platillos de una pandereta, mamá dio el primer mordisco. Con la cabeza ladeada, sin mirar a ninguna parte, bajó los párpados para verse por dentro. Yo sabía que ella buscaba la respuesta, ese tiempo que pasaba desde que mordías, masticabas, hasta que lo molías. La masa invadía la boca y el sabor entraba por el paladar y por la lengua. La masa bajaba por la tráquea hasta el estómago, como pasaba con esas máquinas de batidos que separaban el zumo de la fibra. El sabor, aquello que no se puede tocar pero permanece, iniciaba un viaje fugaz por todo el cuerpo hasta que alcanzaba el cerebro y en él se escribía algo importante, como aquellas letras claras de detrás de la foto, para que pudiéramos entender lo que nos hacía sentir y fuésemos capaces o no de comunicarlo. Si es que queríamos.

Mamá quiso, y dijo que la combinación le parecía de modista. A veces decía eso mientras hacía un gesto con los dedos hacia arriba y juntaba los labios agitando la cabeza. Lo hacía cuando creía que una receta era perfecta, que los sabores pegaban entre sí como lo hacía el azul y la arena. Pero siguió, y esto ya me interesaba más. Dijo que había algo que no sabía qué era, un sabor dulzón y un poco especiado. Se preguntaba a sí misma. Se me arrugaron los ojos y ella se llevó otro trozo a la boca para encontrar la respuesta. Imaginé esa gota melosa de papá buceando en la lengua de mamá, sin saberlo ninguno de los dos.

Las hormigas me subían de los pies a las piernas, a la barriga, por los brazos y las manos, y yo notaba cómo correteaban pero no me movía. Miraba a mamá para ver la respuesta en sus ojos. Tenía algo que ver con papá, ¿sí o no? Los tenía cerrados, concentrada en aquel dulzor que le sonaba. Y de repente se le congelaron los movimientos de las mejillas y abrió los ojos como si algo se hubiera roto. Los abrió hasta arriba y los dejó quietos como dos faros encendidos. Me deslumbré un poco. Cogí el vaso para llevármelo a la boca. Ella me miraba. Sé que a veces, cuando estás en la mesa con alguien que te mira y te llevas un vaso a la boca, esa persona también se lo lleva. Es un acto reflejo, igual que pasa con los bostezos, o como cuando el de delante se pasa los dedos por las boqueras o por la nariz y tú lo haces lo mismo. Lo ves, lo haces. Y probablemente ni siquiera te paras a pensar.

Mamá cogió el vaso justo después de que yo lo hiciera y bebió un sorbo largo idéntico al mío. Sus ojos, que todavía llevaban las luces largas, pasaron a las de posición hasta quedarse como siempre dentro de sus cuencas. Había funcionado y creo que ya estaba fuera de peligro, pero las hormigas en el cuerpo no se me fueron enseguida. Necesitaron un rato para bajar. El sabor intenso del anís había tapado al otro, y seguramente los muñequitos que trabajaban en el cerebro de mamá estaban abriendo las carpetas y rebuscando en los archivos de la memoria cuando ella inundó su boca con el sabor intenso de la infusión y les hizo cambiar de tarea, dejando aquella a la mitad. Era la mermelada favorita de papá, de eso ya podía estar segura. O casi.

16
Hermanos secretos

16 de julio

El sol estaba muy alto cuando llegué al puerto. Héctor había salido. Su moto no estaba y yo me quedé esperándolo en el banco, que ardía. Lo escuché bajar, ya reconocía el ronroneo. Y salí a su encuentro. Todavía tenía en marcha la Vespa cuando le dije que fuésemos a Alcudia, porque era posible que allí viviese mi padre. «Creo que pudo volver allí cuando no murió. Iremos y abriremos el maletero para que las mermeladas chillen. Primero nos acercaremos a la zona de la Marina y después al casco antiguo». Hice una pausa solo para morderle la boca. Y seguí. «Allí, en la muralla, hay un sitio donde podemos poner la moto, suele pasar mucha gente con chanclas y las pantorrillas llenas de arena. Y señoras. Y hombres. Por allí pasa todo el mundo para entrar o salir del centro».

Estaba excitada. Héctor lo notó y, sin que apagara siquiera el motor, levanté una pierna, me subí y nos fuimos enseguida. En la zona de Es Barcarés no hubo suerte. Todo eran niños y jóvenes saltando al mar desde esas rocas puntiagudas. Nosotros también saltamos, el aire ardía. Con las puntas del pelo regándome la espalda, aparcamos en una de las puertas del casco antiguo. Al lado de la muralla. No estaba desanimada, me aliviaba pensar que nos encontrábamos dos pasos más cerca. Lo que no sabía era la distancia que habría que recorrer. Encontrar a un padre no era comida rápida. Nos iba a llevar tiempo, y si quería que saliera bien tenía que hacerlo con ganas. Esos pensamientos fueron mi mantra cada vez que algo se torcía. Levanté la tapa de la cesta, pegué el cartel y me apoyé en el asiento mullido cubierto de sombra.

Héctor me dijo que se iba un momento al baño, y me señaló con el dedo una cafetería que había enfrente. Le dije que sí y él selló la frase metiéndome la lengua. Dentro de aquel beso había risas. Y cruzó la calle. Yo lo miraba alejarse, abrir la puerta y desaparecer detrás del cristal cuando la cara de una señora se me puso en primer plano. Al principio no dijo nada. Solo se paseaba a dos pasos de mí, mirando los tarros de mermelada con distancia. La mujer tenía el pelo canoso, como rubio ceniza, atado en una coleta corta, justo en la nuca. Llevaba unas gafas de culo de vaso. Pisaba como un perro policía con sus sandalias de cuerda. Me ladró que de qué era la mermelada. Deduje que no se ganaba la vida en un departamento de investigación. Le contesté que de berenjena, acercando mi mano a la palabra BERENJENA del cartel. Tampoco quería sonar borde.

Abrió una sonrisa y su cara de perro guardián se volvió de labrador de repente, con una mirada dulce que me endulzó a mí también. «¿De berenjena?», repitió con voz de caramelo. Le dije que sí, que la hacía yo. Me pidió si podía coger un tarro para ver el color. Héctor no volvía. Tenía allí a esa señora que me había caído mal y después bien, pero que no me interesaba porque era una señora y yo quería que se acercaran hombres, sobre todo uno en concreto que tuviera mucho espacio entre las paletas, las pestañas en abanico y un hoyo en la barbilla. Aquella señora no parecía tener nada de eso. Abrió el tarro. No había problema. Total, tenía un montón. Me contó que a su marido le encantaba la mermelada de berenjena y que ella la había hecho alguna vez, pero que él le decía que no le salía tan buena. «Tan buena como a quién. Como a la abuela, como a mamá, como a mí. Tan buena como a quién», pensé. «¿Cuánta canela le pone?», tenía ganas de preguntarle. Pero no le dije nada de eso y la invité a que la probase. Héctor no venía. Lamió la cuchara y la dejó limpia. Claro que yo la puse aparte, para lavarla después.

Me preguntó si podía llevarse un tarro y le corté la mano con un no. Tal vez no lo entendiera, pero para mí tenía todo el sentido. Le dije que no porque si le llevaba la mermelada a su marido, yo no podría ver cómo tenía los dientes ni cómo se le ponían los ojos o los mofletes al probarla, si movía las manos o si salivaba ríos igual que yo. Y si no podía ver quién era su marido, tampoco podría saber si tenía relación con mi padre. Así que le solté que no porque tenía todos los tarros vendidos, que una señora iba a venir a buscarlos, pero que si quería, podía volver otro día y traer más mermelada o llevársela a casa, lo que hiciera falta con tal de ver a mi padre. Esto último no se lo dije, se habría asustado. Y no quería asustarla. Héctor no volvía. Creo que me habría podido ayudar porque a él se le daba bien eso del anzuelo con el pescadito y moverlo y moverlo suave para que el calamar se enganchase y después recogerlo y abrazarlo con la mano. Aunque a veces expulsasen un poco de tinta. No sabía si lo estaba haciendo bien. Si esa señora se daría cuenta de que no le estaba diciendo la verdad, porque además no me gustaba no decir la verdad. Claro que no lo notaba. Pero yo le habría dicho que las mermeladas eran gratis, que las regalaba, que a mí el dinero me daba igual, que lo que me importaban eran las personas. Una en concreto. No lo hice.

Me contestó sin recelo y con las palmas hacia arriba en un gesto de qué le íbamos a hacer, que le parecía que la mermelada estaba buenísima y que estaba segura de que a su marido le encantaría. Por lo visto Héctor había bebido muchísima agua; ya podía haber meado en el mar cuando nos bañamos. No era normal que tardara tanto. Le dije a la señora que lo sentía. Porque lo sentía de verdad. Vaya si lo sentía. Me preguntó si iba a otros sitios a vender. Sin dejarme tiempo para contestar, me contó que ella modelaba vajillas de barro y que todos los miércoles ponía un puesto en el mercado de Sineu.

Hizo una pausa muy breve, porque esa señora tenía la boca llena de palabras. Y se le pusieron los ojos muy contentos cuando me invitó a que fuese. «Yo te hago un sitio. Pones las mermeladas allí, a la derecha del todo. No necesito toda la mesa. Puedes echar un poco en uno de mis cuenquitos de barro para que la prueben». Movía las manos como si enrollara un ovillo. Las movía mucho sin parar de hablar. Yo estaba quieta, deseaba que Héctor volviera a cruzar la puerta de cristal y me echara un cable.

«Y así nos ayudamos entre las dos», seguía. Que ella sabía lo que era empezar, que cuando ella empezó... y ya no dejó de soltar palabras y palabras-y-palabras-y-palabras, pero esa parte ya no la escuché, porque no sabía si decir que sí o que no, que no quería vender las mermeladas, pero que sí quería ir, que sí tenía que ir allí. «Sí, iré», le dije. Entonces el cristal de la cafetería se abrió y las piernas largas de Héctor la cruzaron. En la boca traía la misma sonrisa con la que se había ido. Yo estaba contenta y un poco enfadada o asustada, no lo sé. A la señora todavía se le movía la boca sin parar. Hasta que Héctor se acercó y se saludaron. De la mano le colgaba un bombón mallorquín y me lo ofreció. La señora se despidió sin dejar de mover la boca muy rápido, recordándome que nos veríamos el miércoles y que me esperaba. A Héctor se le encogieron las cejas.

Como estaba enfadada, preferí rasgar el papel plateado y morder el helado. Primero el chocolate negro crujiente, después la nata y ese calambre bueno en los dientes. Irene y yo siempre nos pedíamos un bombón mallorquín cuando íbamos a tomar algo al bar del pueblo con mamá. Ella se pedía un café con la leche del tiempo y otro bombón mallorquín que sumergía en la taza. A mamá le encantaba tomárselo así. A Irene se le llenaban las comisuras de los labios de chocolate y yo no hacía el gesto de pasarme las manos a los lados de la boca por si ella también lo hacía y se le quitaban esas pinturas de payaso. Como este helado no tenía palo, al final le quitaba todo el papel y lo agarraba con los dedos calientes. Mis huellas se quedaban en el helado y el helado se quedaba en mis huellas, derritiéndose hasta pintármelas de color chocolate.

Me iba a chupar los dedos cuando Héctor se metió mi mano en la boca. Primero un dedo, lo sacó. Después otro, lo sacó. Y así hasta no dejar nada. Yo me derretía. No podía con este hombre. Bajé la mano con una risa floja como de alas de mariposa porque quería contarle lo de la señora y lo del marido de la señora. Mientras se lo decía, noté como si una aguja se me clavara en medio del pecho. Mi cabeza se puso a funcionar como un circuito eléctrico a toda velocidad. Imaginé que esa señora no solo tenía un marido en casa, sino dos hijos, que tal vez ya no fueran tan niños, sino que se acercaran a la veintena. ¿Y qué pasaría si ese señor era mi padre?

Pues que entonces Irene no sería mi única hermana. Empecé a notar cómo me mordían las hormigas. En el pecho, en las manos. Tuve la sensación de que la puerta de la muralla se cerraba como una guillotina, en seco, y me caí. Héctor me sostenía cuando volví a abrir los ojos. Sentía la cara mojada y fría. Las hojas de las palmeras se movían en el cielo. Sus manos me acariciaban la frente. Yo notaba telarañas. Y me fui sintiendo mejor.

En el camino de vuelta, aunque quería disfrutarlo, a veces se me aparecían en el horizonte caras de niños. Mi cabeza las proyectaba y yo no podía hacer nada. Vi un trozo entero de película, sobre el azul anaranjado de esas horas, mientras el suelo se movía bajo las ruedas. Irene y yo no estábamos solas debajo de la mesa de La Ultramarina. Había un niño más pequeño que yo, ¿un hermano pequeño? Y una niña aún más pequeña que ese otro hermano que no tenía. Apreté más los brazos rodeando la cintura de Héctor y también hice presión con las rodillas para notar sus piernas entre las mías. Su cuerpo en medio como una almohada, mientras la carretera se movía y la cabeza me enseñaba todas esas cosas que yo no sabía si eran reales, pero al imaginarlas, creía que podían ser así.

Mi cabeza seguía en el circuito, los pensamientos habían bajado de velocidad, pero todavía daban vueltas. Si Irene se enteraba de que tenía dos hermanos le daba algo. Me preguntaría que de quién eran y yo tendría que decirle lo de papá. Entonces ella se iría. Muchas veces me sentía atrapada porque dibujaba combinaciones posibles: mamá, papá y yo. Y mamá se iba. Irene, mamá y yo. Y yo no sabía quién era yo. Irene, papá y yo. Irene se iba. Pensaba en qué haría la abuela. ¿Irse? Ella ya se había ido.

Me agarré más fuerte a Héctor, los brazos me temblaban un poco. Él se dio cuenta, íbamos ya por Deià y paró la moto. Nos bajamos. La dejó en equilibrio con el caballete. Me rodeó con los brazos y puso su chaqueta vaquera sobre mis hombros canela. Sabía que yo no tenía solo frío, así que me dio la mano y me invitó a un mojito. Pasaron dos coches, la carretera se estrechaba mucho allí. Cruzamos y dimos un salto con el mismo pie para subirnos a la acera empedrada. El bar estaba arriba. Se escuchaba algo de música, no parecía un disco. Tampoco era de Serrat.

El cielo de la terraza estaba cubierto por una parra enorme y verde de la que caían algunos racimos de uvas con las bolitas todavía pequeñas. Los troncos zigzagueaban entre los hilos de alambre. Nos sentamos al principio de un banco de piedra que iba de punta a punta de ese jardín de casa de abuela convertido en bar. El sitio estaba lleno. La gente llevaba camisetas de colores diferentes. Si me hubiese podido retirar lo suficiente como para ver la estampa de lejos, pensaría que estaba dentro de un cuadro lleno de flores. Al fondo, un chico con camisa estampada y bigote de moderno punteaba una de esas guitarras pequeñitas. Ya casi no quedaba luz del sol, pero él llevaba una visera blanca como de tenista.

Todos tenían pegada en la cara una sonrisa. Todas parecían sinceras. La de Héctor, enmarcada por esos dos hoyos que la finalizaban a cada lado, era mi preferida. Suspiré profundo. Los hombros se me separaron de las orejas. No notaba las hormigas. Héctor pidió al camarero dos mojitos. Nos trajeron unos vasos anchos de color celeste con la bebida. Además de la hierbabuena, llevaba una flor roja sobre el montón de hielos. Chocamos las copas, las apoyamos los dos sobre la mesa haciendo ese gesto que hacen algunos. Yo lo hice más por gracia, por hacérselo a él. Por si acaso. Como el deseo de San Juan. Y sorbimos de la pajita de metal. Cada uno de la suya. El mojito me sabía a verde. Estaba muy rico.

Héctor expresó su placer poniendo los ojos en blanco. Siempre estaba de broma, pero también iba en serio. Eso me atraía mucho de él. Tenía una intuición fina para subir o bajar el pistón del cachondeo. El toque justo de profundidad. Podíamos hablar de todo y de nada. Los silencios con él no eran vacíos. Nos quedamos un rato los dos tranquilos, y nos tomamos el mojito callados mientras la música y el murmullo nos envolvían.

Hasta que vimos pasar una bandeja con una duna de boniatos cortados en gajos, fritos, con queso rallado por encima. Las tiras finas de queso parecía que las habían rallado con un sacapuntas. Caían blancas y onduladas sobre los trozos naranjas. Héctor me dijo que si pedíamos una. Y a base de boniatos con parmesano y tacos de gambas con verduras conseguí calmar algunos miedos, como que podía tener hermanos o que el marido de aquella señora con el pelo rubio ceniza fuera papá como estaba imaginando todo el rato. Pero, sobre todo, me calmé porque tenía los ojos sumergidos en su orilla.

17
Cómplices

18 de julio

Irene entró zigzagueando entre la gente. La Ultramarina estaba llena. Cada semana, con el *lleu dinar d'estiu* las voces ocupaban toda la acera. Daba igual el calor que hiciera. Un vermut, un vaso de Pinya o un chato de malvasía y el picoteo que tocara ese día. La vi entrar con un vestido de seda estampado anudado al cuello. Tenía un escote amplio. Se le veía el biquini de color coral. Me encantaba ese biquini. Habíamos quedado en que al cerrar nos iríamos las dos a la calita. Traía entre los labios esos dientes que brillaban. Me dio un abrazo, asombrada de que el local estuviese hasta arriba. Le dije muy contenta que así era todas las semanas. Me aconsejó que lo hiciera siempre, que pusiera un poco de música e instalase una barra al lado de las estanterías, donde los tarros. Yo me imaginé a la abuela, sentada en la silla de la puerta, regañando a mi hermana porque La Ultramarina no era una sala de fiestas. Comer era una fiesta, pero la tienda no era un bar. Así que le susurré a Irene, como queriendo hacerle cosquillas, que había ya muchos bares y pocos ultramarinos.

De hecho, yo creía que si ese rato de vermut a la semana tenía tanto éxito era en parte porque se trataba de un ultramarinos. Si fuese un bar como todos, no tendría nada de especial. Tengo la sensación de que a veces nos olvidamos de lo que somos con esa manía de mezclarnos con los demás para acabar siendo nada. Quiero decir que yo todavía no tenía claro quién era realmente. Pero con La Ultramarina no tenía dudas: sabía de dónde venía, lo que era y lo que seguiría siendo mientras yo estuviera allí, aun estando perdida. La Ultramarina era muchas cosas. Era la abuela, pero también estaba siendo de alguna manera mi timón. Cuando ni mamá ni yo estuviésemos, no sabía qué iba a ser del local. Probablemente no sería, pero no quería ni pensarlo.

«Coge algo de comer», le dije señalando la bandeja del mostrador. Yo quería que comiera. Había preparado la tostada que le hice a mamá el otro día, con una puntita de la mermelada favorita de papá (también la mía) extendida sobre el queso. Como no vio berenjenas por ningún sitio se metió un buen trozo en la boca. Cogió una servilleta blanca y masticó despacio a su ritmo. Me miró con la cara arrugada, la frente arrugada, la nariz arrugada, y la boca arrugada, y me dijo susurrando bajito: «¿Pero esto qué lleva? Está malísimo». Y solté una carcajada. Nunca me había hecho tan feliz que mi hermana me dijera que algo que había cocinado yo estaba malo.

A veces me había enfadado mucho, como cuando preparé mi primera tortilla francesa. Tendríamos diez y doce años. Le dije a mamá que me dejara preparar la cena. La abuela ya había subido a dormir. Me puse a batir tres huevos, rallé un poco de cebolla y un poco de tomate. Vi por allí unas cuatro o cinco hojas verdes y se las puse también cortadas en trocitos. Resultó que era laurel, pero eso yo no lo supe hasta que puse las tres tortillas, una para cada una, encima de la mesa.

Irene se llevó a la boca un tenedor con un trozo de tortilla amarillo y con mucho verde. La pobre lo escupió, muerta del asco, diciendo que estaba malísimo. Esa vez no me hizo ninguna gracia. Aunque era verdad.

Sin embargo, ahora me hacía muy feliz saber que Irene y papá no compartían mermelada favorita, que ella ya no iba a ser tan perfecta para él como para mamá. Irene no entendió de qué me reía. Se llenó un vaso de agua y se lo bebió entero sin respirar. Después sacó la lengua mucho hacia fuera y dejó ver de nuevo todo su asco. A la gente de La Ultramarina le gustó. Pero nadie puso cara de que fuera su mermelada favorita. Nadie era él. Sabía que hasta allí no llegaría, que no tendría la cara de volver a casa después de haber sobrevivido y no habérmelo contado.

Unas horas después, en la calita estábamos Irene y yo prácticamente solas. Casi todos se habían ido. El cielo ya había sido rosa y naranja y amarillo, y ahora se estaba poniendo azul oscuro, pero no del todo. Todavía la luz no dejaba ver las estrellas. «Bueno, ya no te queda nada por aquí, ¿no, hermanita?», me dijo todo seguido, sentada con las rodillas dobladas sobre el pecho y las manos jugando con las espinillas. Sin mirarme. Mientras, arrastraba los dedos en busca de pelos o de algún granito de esos que se enquistan y del que después sale un pelo largo sin raíz. De esos de los que tiras y no sabes cómo podía estar ahí, en ese hueco tan pequeño. Para ella no se trataba de nada importante. De hecho no era ni una pregunta, sino un comentario de final de la tarde, de cuando ya lo habías hablado casi todo. Casi todo menos lo importante, claro. Y ella soltó esa frase y a mí me retumbaron las paredes. Que si el verano se acababa. Que ya no quedaba nada.

Me enganché a un fleco de la toalla y empecé a darle vueltas con los dedos, hasta liarlo más de lo que lo estaba yo.

Intenté desliarlo. No podía. Se lo solté: «Irene, no sé qué hacer». Me preguntó, sin mirarme, mientras se apretaba uno de esos granitos, que si no sabía qué hacer de comer al día siguiente. Le dije muy seria que no me refería a eso. Mi voz helada cortaba el aire, la conversación y la indiferencia. Entonces se dio cuenta de que me pasaba algo.

Se tumbó, me pasó los dedos suaves por la piel del brazo e hizo que colocase mi cabeza en su hombro. Las dos nos quedamos tumbadas. El cielo cada vez estaba más oscuro. Alguna vez que Irene y yo habíamos hablado de nuestras cosas sin la cocina de por medio, aunque siempre sin cruzar las zonas vedadas por la raya roja de mamá, había sido así. Sin mirarnos a los ojos. Porque sentía que si me miraba a los ojos me haría una herida, porque sentía que estaba decepcionando a las tres, a la abuela, a mamá y a ella, por no ser fuerte ni tener bien ancladas las raíces a la tierra como ellas. Por querer pasarme una y otra vez las líneas rojas, por sumergirme siempre en lo hondo. Por no hacer pie.

Yo también había sufrido algunas decepciones ese verano. No de la abuela, claro que no. Aunque el día que me topé con la foto de papá, cuando a mí se me deshizo el cuerpo, ella ni apareció. No la sentí en La Ultramarina. Supongo que si hubiese estado y yo le hubiera preguntado por él, me habría contestado tarde y juguetona: «¿Y dónde está Marina, que no la veo? ¿Dónde se ha metido, que me la voy a comer con patatas y ajo y perejil picadito?». Seguro que ella tampoco podía con todo, aunque lo pareciera. Algunas personas somos así. Hacemos ver que podemos, pero no podemos. No me quejaba de cómo me habían educado dos mujeres en casa haciendo lo que sabían. Me quejaba de que ellas tampoco hubiesen sido capaces de mostrarse sin molduras. Mamá ya no lo soportaba más. Por eso la impotencia y el dolor y la mentira le salían por las manos y se le marchitaban. Ellas, la abuela y mamá, lo habían hecho así. Pensaba si Irene y yo podríamos cambiar la cadencia. Si nosotras podríamos empezar a contarnos las cosas, desde dentro, así como fueran. Sin prohibiciones. No sé si ella tenía la misma sensación que yo, si estaba dispuesta a saltarse las normas que mamá nos había impuesto desde pequeñas, clavadas en nuestros pilares.

Y le susurré al oído, las dos tumbadas, el techo inmenso llenándose de pecas, que no sabía si me quería ir. Lo solté mezclándolo con el aire que estaba lleno de sal. No sabía si quería volver a Madrid. Ella me escuchó. «¿Y eso?», me dijo. Noté en su voz que tenía el tronco puesto. Su voz sonaba a madera de roble. Me escuchaba y me cogía, su hombro me sostenía, notaba su calor, era Irene con todo, pero no me dejaba pasar. Por más que yo tuviera el deseo de crujir la coraza y que nos acercáramos aún un poco más. No podía.

No me creía que ella pudiera ser tan perfecta. Yo sabía que no podía ser así. Seguro que lloraba a escondidas detrás de toda esa madera. A lo mejor se sentía sola en aquella casa del centro de Palma rodeada de pisos llenos de gente que no sabía ni quiénes eran. Pero no, ella no quería lo mismo. A ella le gustaba ser así, como mamá. Se había encontrado hacía tiempo y era igual que mamá, hacia dentro. Ella era como mamá y un día, a lo mejor, de aguantarlo todo se le cerrarían las manos como si agarrara dos cactus. Y yo, la verdad, solo tenía dos. Necesitaba que alguien más tuviera las manos abiertas para poderme agarrar. Suspiré profundo como si buscara algo en el aire. ¿Alguna respuesta? ¿Un flotador? ¿Mucha sal? Ella no habría entendido nada de todo esto. Nada. Así que cuando Irene me preguntó: «¿Y eso?». Respondí tan solo: «No sé». Decir «no sé» significaba tantas cosas que me pareció suficiente. A ella también.

Fue como aquella tarde que le dije que había tenido una semana rara por no decirle la verdad, por no mentirle. Solté ese «no sé» porque realmente no sabía nada. No sabía qué hacer. No sabía si volver con mi vida en unas semanas, al final del verano. No sabía si comérmelo todo sola y encontrar a papá y callarme, no mover nada. Dejar sus piezas tal y como estaban. El tronco en su sitio. Porque se veía que ella no tenía intención de mover nada, que todo le parecía bien así. ¿Y quién era yo para demoler su árbol?

No sabía si era justo decirle que tenía que cambiar las raíces, que resultaba que eran otras. No sabía si enseñarle la foto de aquel hombre al que le caía el pelo a un lado. Llegué a pensar que a lo mejor Irene lo sabía, que quizá fue ella quien hizo la foto. Y que lo sabía todo, incluso dónde estaba papá, o que sabía desde hacía tiempo que vivía, pero no le importaba dónde. Como a mamá. Tal vez a ella le daba igual y prefería seguir en ese molde. Aunque se fuera de casa, hiciera su carrera y tuviese su vida, Irene era la que seguía en el molde. Era como mamá. Era como la habían hecho. Como le habían dicho que fuese. Talándole alguna rama si hacía falta. No parecía dolerle que faltara papá. Vivía feliz así, tranquila, creyéndoselo todo. El problema lo tenía yo, que era una revolucionaria. Estaba dispuesta a tirarlo todo abajo con la ilusión de construir algo nuevo, pero también con la sensación de no saber dónde tenía nada. Aquel verano fue como vivir en una casa en obras. Me preguntó qué era lo que no sabía. Decidí zanjarlo: «No sé qué mierda tengo en la cabeza, la verdad», y seguí respirando su respiración y ella la mía. Tratando de entenderla. Porque a lo mejor no podíamos hablar de esas cosas, pero sí de todo lo demás. Y lo más importante, habíamos vivido toda la vida siendo hermanas, la una de la otra. Tantas cosas juntas. Tantas. Aunque ya de adulta una fuese así y la otra asá, y aunque me diese cuenta de que había cosas que no podía compartir ni con Irene ni con mamá, pero todo lo demás sí. Y no iba a encontrar a nadie, puede que ni siquiera él, con el que poder compartir eso. Simplemente porque ya lo había vivido y había muchas primeras veces que solo se vivían una vez. Como la infancia, por ejemplo. Con ellas la había vivido toda. Todo. Y a quienes llegaran después se lo tendría que contar.

Era imposible que existiera la misma complicidad con nadie más en el mundo. Imposible. Porque con nadie más, por mucho que tratara de cambiarlo, había vivido todos los días de mi vida desde que nací hasta que me fui a la universidad. Nadie me había visto tantas veces desnuda. Aunque al mirarme, al mirarnos, no nos fijáramos en los mismos detalles.

Porque ¿quién era yo para decirle a mi hermana qué tenía que ver cuando me miraba? Así que dentro de ese «no sé» había tantas cosas. Nos quedamos las dos abrazadas, ella no me tocaba el pelo. Como siempre, como antes. Nos escuchábamos la respiración. Cuando ella cogía aire, yo lo soltaba. Las caras muy juntas. Sin espacio. Creo que no todo el mundo sentía las ausencias como vacíos. Yo sí lo tenía. Irene, no.

Y esa noche en la que no le dije nada, me di cuenta de que no necesitaba que todos quisieran conocer a papá. No necesitaba que Irene tirara abajo la casa conmigo. No necesitaba que estuviese a mi lado cargando sacos en mi reforma, porque ella no lo había pedido. Me bastaba con que me ayudara a volar de vez en cuando sobre sus rodillas. Respirar juntas. Hacer algún viaje a la infancia. Más tarde entendí que fue mejor así. Mi hermana sabía muy bien dónde quería vivir y de qué manera. Y yo tenía una cosa clara: estaba rodeada de escombros, ya no había marcha atrás. Yo sí necesitaba conocer a papá. Y este también sería un secreto que compartiríamos él y yo mientras comíamos mermelada.

18
Pastelero

24 de julio

Esa semana se me hizo la más larga del verano. Pensé que el miércoles no llegaba nunca. Tenía la ropa que me iba a poner ese día estirada, como una hoja de seda, encima de la silla desde hacía días. Un vestido de tirantes anchos, color saco, con el escote en pico, largo hasta las rodillas y con un lazo que me daba dos vueltas a la cintura y me hacía una forma muy bonita como de jarrón alto. El sol entraba hasta la mitad de la habitación. El mar tenía borreguitos blancos. Conseguí meterme en la ducha sin tropezarme a pesar de que las piernas se me iban solas. Me di mucho aire caliente en el pelo. En verano siempre me lo dejo mojado, pero ese día no. Incluso me pasé un cepillo de esos que son como un rodillo con cerdas para darle forma a las puntas y que brillara más. Me puse la máscara de pestañas y me pinté varias veces los párpados, tenía los alrededores de los ojos como llenos de hollín. No estaba acostumbrada a maquillarme y me temblaban las manos. Tuve que lavarme unas cuantas veces los ojos hasta que conseguí pintarme sin manchurrones. Después, con un cepillito de pestañas me las fui separando una a una para que quedaran más abiertas que de costumbre. Más parecidas a las suyas. Contrastaban mucho los ojos, tan parecidos a los de la abuela, con las pestañas negras que los rodeaban. No parecían exactamente dos soles, pero bueno. Me marqué un poco más el hoyito de la barbilla con un lápiz de ojos haciendo un punto dentro.

Me sentía un poco disfrazada, pero ni esa señora ni su marido sabían cómo iba yo habitualmente. Ella solo me había visto una vez y había hablado tanto que creo que ni se dio cuenta de cómo tenía la cara. O sea que mi disfraz no los sorprendería a ninguno de los dos, ni a ella ni al hombre.

Cuando Héctor vino a buscarme, yo lo esperaba en la curva al lado del estanco y se pasó de largo con la moto un buen trozo, porque me dijo que no me había reconocido con el pelo como de muñeca. Me di cuenta de que a lo mejor me había equivocado al ir como no era, pero es que ni sabía cómo era. Por lo menos me había puesto las abarcas de siempre y eso me ayudaría a no tropezar en ningún lado. A tropezarme solo con quien debía hacerlo. Excepto para subirme a la moto, que me enganché con el pedal y luego en una frenada se me subió como cuatro dedos la raja del vestido. Él se rio. Siempre le quitaba hierro a todo, especialmente cuando sabía que estaba pasando un mal rato o que tenía la cabeza como unas maracas. Seguro que escuchó las semillas agitarse ahí dentro.

Héctor también tenía muchas ganas de encontrar a papá, no se ponía tan nervioso, pero sí se le notaban olitas en los ojos. Él más que nadie sabía cómo me sentía. De hecho, solo podía saberlo él. También le habría encantado que su padre estuviera más cerca, en un sitio al que poder llegar, porque todavía no estaba preparado para viajar a las estrellas. Así que imagino que vivir conmigo esta aventura era de alguna manera como visitar a su padre. De esto me di cuenta más tarde.

Las chicharras se rascaban mucho, se escuchaban por encima del motor. A mí también me picaba todo. La costura de la bolsa de tela que me colgaba del hombro me rozaba como si me estuvieran mordiendo los mosquitos. Había preparado unos *cocarrois* de verduras y pasas esa semana en La Ultramarina y cogí un par por si nos entraba el hambre. Yo salía sin desayunar, porque ya no me entraba nada. Mamá se había quedado en casa con las manos marchitas. Cuando yo salía a hacer algo importante, aunque ella no supiera qué era, siempre se le marchitaban las manos. Es como si lo supiera todo. Desde luego, sabía mucho más de lo que decía. Yo estaba aprendiendo a gestionarlo.

En otro momento, no hacía tanto, al principio del verano, no habría sido capaz de ir a ningún lado si al despedirme de mamá antes de salir por la puerta la hubiese visto con las manos recogidas. Durante esos primeros días tampoco fui capaz de mirarla a la cara sin ganas de vomitar. No es que le hubiera perdonado la mentira, sino que estaba dejando que la verdad me diera las explicaciones. Y mientras tanto, como me dijo Héctor, quería disfrutar del camino.

Es verdad que todas las cosquillas de la barriga me estaban ayudando a llevar la situación de una forma más acolchada. Desconocía qué pasaba en el cuerpo cuando te enamorabas porque nunca me había enamorado. Tal vez lo más parecido al amor lo estaba viviendo con Héctor. El amor hacia un hombre debía de soltar una especie de anestesia. Algo parecido a lo de las medusas, pero en lugar de dolor notabas cosquillas. Tenía un poco de miedo a que me pasase. No quería vivir sin enterarme de nada. Me bastaba con esa sensación que estaba viviendo con él, tan nueva. Sin anestesia. Como el pinchacito del dentista antes de hacerte cosas entre los dientes; después salías un poco en las nubes, pero enterándote de todo lo que pasaba.

Él también me dejaba muchas veces la boca torcida con esa manera tan salvaje de besar, como ese día cuando llegamos a nuestro destino. Aparcar la moto en Sineu fue casi imposible. Los días de mercado había autobuses por todos lados. Y coches. Y personas andando que cruzaban, sin mirar a ningún lado, con bolsas de las que salían hojas de cebolletas o ristras de tomates. Y más en esa época del año donde para la mayoría solo existía el tiempo libre. Al final dejamos la moto pegada a un contenedor. Me tuve que bajar yo antes porque no cabíamos y Héctor salió metiendo mucho la barriga y con los brazos hacia arriba para no ocupar más de lo que se podía.

Desenganchó la cesta del maletero y la llevaba en brazos como un melón gigante, subió las escaleras y atravesó el callejón pequeño de al lado de la iglesia. Casi no se podía ni andar. Pero estaba todo tan bonito, hasta arriba de personas y comida. Al girar hacia la plaza, arriba del todo, vi el puesto de platos de barro. Justo donde me había dicho, era fácil localizarla. Los platos de esmalte amarillo se veían desde lejos, como esos CD que muchos ponían en los balcones. Solo habían quedado para eso. Anda que no nos grabamos CD Irene y yo. Hacíamos unas mezclas que después escuchábamos en bucle hasta que se le cortaban las palabras a los cantantes y daban saltos en el *discman*. Mi CD preferido fue uno que tenía tanta mezcla de estilos que lo titulé «Curry». Había jazz, pero también sonaba Alanis Morissette y aquella de Eros Ramazzotti, también una de Mecano, incluso de Pablo Milanés. El puesto de especias estaba justo al lado. No había ningún hombre. Ni en ese ni en el de la señora ni tampoco en el siguiente.

Ella movía la boca sin parar, aunque no hubiese nadie delante, con un montón de vajilla extendida sobre una tabla cubierta por una tela de lenguas con las esquinas roídas. Debía de llevar muchos años yendo a vender al mercado. Creo que no era fácil tener un puesto allí. Yo había ido a pasear casi todos los veranos desde que estaba en Madrid, por lo menos una vez. Y también antes, con los del instituto, pero con ellos fueron pocas. Con mamá no, porque trabajaba, y este mercado solo lo ponían los miércoles. Iba con los de clase en el tren. Dábamos una vuelta. A veces comprábamos algo. Un día compré unos caramelos muy picantes que vendía un señor que solo tenía cosas picantes, como salsas y aderezos y caramelos que no eran de azúcar, sino de fuego. Me picaba la lengua de pensarlo. Fue meterme uno en la boca y llorar. Llorar de lo que picaba y escupirlo y pisarlo dos o tres veces por si hubiera peligro de incendio.

Después de las compras, con lo que me sobraba me tomaba un *variat* en el bar de la plaza. La ensaladilla estaba buenísima, porque se notaba la patata y todo lo que llevaba, no era un puré con mucha mayonesa. Después, con la barriga llena, solíamos ir a la piscina municipal de Sant Joan. No tenía césped ni sombra, pero el agua estaba muy fría. Si mamá se hubiera enterado de que no hacíamos las dos horas de digestión, no sé qué me habría dicho. Al principio no nos las saltábamos nunca, pero después con mojarnos un poco las muñecas y detrás de la nuca ya no pasaba nada.

Me quedé helada al no ver al señor allí. Se lo dije a Héctor cuando lo cogí del brazo para que parara de andar. Pensé que cuando la mujer me propuso que fuese, él estaría también vendiendo con ella, que estarían los dos, yo creí que sería así. Lo entendí así. Él probaría la mermelada y yo le vería la cara y la reacción. ¿Qué hacíamos allí si él no estaba? Pues eso, el paripé. Vender mermelada de berenjena a personas que no tenían un hoyo en la barbilla.

Es verdad que no perdimos mucho tiempo. Estuvimos una o dos horas al lado de aquella señora que movía los labios sin parar, vendiendo mermeladas mientras nos explicaba cómo hacía cada uno de los platos. Cuando tenían la forma definitiva, los dejaba secar o los horneaba, no me quedó muy claro, porque solo le prestaba atención cuando decía la palabra «marido». Como si «marido» fuera un palo y yo un perro. Nos habíamos cambiado los papeles desde la otra vez. Entonces si decía «marido» en algún punto de todo ese entramado de frases sin respiración, yo levantaba las orejas y me quedaba mirando por si me tiraba algún palo que pudiera ir a buscar. Detrás de la explicación de cómo decidía los colores de los ceniceros, dijo: «Cuando mi marido venga a Capdepera». ¿Capdepera? Orejas hacia arriba, lengua fuera.

Héctor igual, sentado con los brazos debajo de la barbilla, esperaba a que soltara el palo para saber hacia dónde echar a correr. A lo mejor estábamos perdiendo el tiempo. No teníamos ni idea de si ese señor se presentaría. Bueno, que daba igual, que tampoco teníamos más alternativa. Debíamos seguir con el plan porque no había nada descartado. Si el palo caía en el mercado medieval de Capdepera, allí que lo seguiríamos. Se me pusieron las orejas de punta otra vez porque aquella señora del pelo rubio ceniza dijo «marido» de nuevo, y me enteré de que ese señor era pastelero. Por eso no iba a todos los mercados con ella. Solo a algunos. Él estaba en el obrador, hacía todo allí y después lo traía ya cocinado. Vendía en el obrador y a otros comercios y no podía venir siempre al de los miércoles en Sineu. Ya me lo podría haber dicho antes.

Lo de que fuera pastelero me trajo unas cuantas hormigas a las manos. No sé bien por qué. Tal vez no me parecía mala idea que mi padre fuese pastelero. Si era pastelero, teníamos aún más cosas en común. Y ya iban por lo menos tres, sin contar las físicas. Seguro que él también mojaba las ensaimadas en un montón de leche y después se quedaba mirando los dibujos que hacía el aceite sobre el blanco antes de beberse todo el vaso. Además, los pasteleros me parecían personas con tesón. Se levantaban mucho antes que el sol y les caían un montón de gotas de la frente. Amasaban y leudaban, amasaban y leudaban. Tenían paciencia. Podría aprender mucho de papá si resultaba ser pastelero. Ojalá lo fuese. Ojalá hiciese pan además de dulces. Ojalá pudiese tener los panes de papá en La Ultramarina.

Mientras recogíamos los restos de las tostadas, porque botes no quedaron ni siquiera para que la señora le llevara a su marido, aproveché la coyuntura. No quería que la probara sin que yo estuviera delante.

Un grupo de señores y señoras con sandalias y calcetines toqueteaban sus platos de barro. A lo mejor era la primera vez que estaban en la isla, pero luego si empezaban a ir todos los veranos y se compraban una casa de piedra, algunos acabarían poniéndose camisas de lino y albarcas y colgándose cestas de mimbre en los hombros. Pero se les seguiría notando la marca de los calcetines. Aunque se pudieran quedar mil años parecerían disfrazados. Seguro que a mí también se me notaba mientras caminaba rápido por la Gran Vía que lo que me salía de dentro era andar en mallorquín. Cuando volviese, lo haría de nuevo. Me daría igual si me adelantaban por un lado y por otro rozándome con los brazos, mientras yo miraba los edificios altos y el cielo raso de camino a la redacción. No me veía allí otra vez, la verdad. No. Entiendo que no era la única que estaba despistada. Seguro que me cruzaba todos los días con un puñado de personas que no sabían quiénes eran, aunque hiciesen ver que lo tenían claro. Me sentía un poco menos loca si pensaba en eso, aunque no sabía si era porque nunca nadie me había dicho: «Hola, no sé quién soy». Yo tampoco se lo había dicho a nadie. Solo a esa chica del espejo. La de mi baño.

Bueno, el caso es que la señora estaba envolviendo en papel de periódico unos cuantos platos para los de aquel grupo, y nos dijo que si queríamos volver otro día, que la semana siguiente ella estaría en el mercado medieval. «Creo que es el domingo. Sí, el domingo», decía mirando así como para arriba. Ya nos lo había dicho, pero como llenaba tanto el aire de palabras, a veces se le repetían. «Allí estaremos», le dije moviendo la mano abierta y diciendo adiós. Tenía un montón de hormigas en la mano. Cabía la posibilidad de que pudiera conocer a papá en el mercado medieval.

19
Miedo

10 de agosto

No sé cuánto tiempo hacía que no veía a mamá en la mesa de La Ultramarina. Por lo menos desde el verano anterior, porque en Navidades no pude venir y ya cuando me pidió que fuese y llegué a la isla, ella estaba bastante mal y la había cerrado. Así que ni siquiera coincidí con ella en la tienda. Fui yo la que le pregunté si quería bajar a cocinar conmigo, que tenía que hacer veinte cocas de trampó para un encargo de un cuarenta cumpleaños. Que iba a venir un chico a buscarlas sobre las doce y no sabía si me daría tiempo a tenerlas todas preparadas. Que ya le había dicho que sí, pero que tal vez debería haberle dicho que no, aunque no se me daba muy bien decir que no. Esto último no se lo dije. Creo que no hacía falta que le diera más explicaciones, pero como había tantas cosas que no le contaba, las que sí podía se las contaba por dos o por tres.

Aún no había terminado de hablar cuando me dijo que sí con la voz cristalina. La piel de la cara le brillaba. Tenía las manos como girasoles. Cuando bajamos, yo ya había preparado sobre la mesa de madera grande los pimientos blancos, la cebolla tierna y los tomates cortados en cuadraditos pequeños, como lo hacían la abuela y mamá. Faltaba aliñarlo todo con un buen chorro de aceite, sal y pimienta y bastante pimentón. Luego lo dejábamos reposar, porque a veces soltaba agua y así no empapaba demasiado la masa. Las cocas que hacíamos en La Ultramarina siempre quedaban crujientes y a la gente del pueblo le gustaban así, porque había sitios en los que estaban blandengues. Yo también las prefería crujientes como la corteza de una barra de pan.

Para calcular la cantidad de harina y de agua para la masa fui a buscar la calculadora al lado de la caja. Mamá me dijo que no hacía falta, que ella lo sacaba a ojo. «Venga, echa aquí», me dijo haciendo un cuenco con las manos sobre el bol. Exactamente como hacía cuando éramos pequeñas y la ayudábamos a hacer la masa. Me acordé de un día concreto. Yo, en lugar de estar de pie, estaba subida a una silla. Mamá me repetía la misma instrucción, y yo echaba harina como si fueran polvos mágicos hasta que me pedía que parase. Después añadía el aceite, el agua y demás. Yo debía de tener cuatro o cinco años. Estábamos en esa misma mesa en la que estábamos ahora. En la misma posición.

La abuela no andaba por la cocina, no estaba con nosotras fuera, por lo visto tenía algo en el fuego y seguro que lo removía con una mano en jarra en la cintura y meneando el cuerpo tanto como siempre. Mamá y yo estábamos solas. O parecía que estábamos solas porque Irene se había quedado dormida en el banco de madera. Y a veces le caía un poco de harina en la cara o en la camiseta, pero no se enteraba de nada. Ni siquiera del ruido de la campanita cuando entraba gente. Cuando ya lo había mezclado todo y tocaba amasar, mamá hizo algo que me encantaba. Se puso al lado de los pies estirados de Irene, me sentó sobre sus muslos y metimos las dos las manos en el bol, amasando juntas. Así también me ponía algunos días que me dejaba mover el volante del coche. Me iba diciendo que no pellizcase tanto la masa. Y yo separaba las manos porque no quería estropearla.

Cuando mamá creía que ya estaba bien, que la textura era la que quería, que estaba lista, me cogía el dedo que medía la mitad del suyo. Recuerdo la imagen de ver su dedo largo, como una varita, con las uñas largas y las lunas blancas. Todavía no tenía manchas en las manos. Entonces me hacía tocar la masa suave sin pellizcar, solo hundiendo un poco el dedo en aquella pelota blanca. «¿Ves? Así es como tiene que quedar, jugosa y flexible, nada dura. Cuando esté así, no hay que tocarla más. Solo extenderla con los dedos en una bandeja». Ella empezaba a hacerlo con suavidad y yo la imitaba. Y la masa de aquellas cocas de trampó tenían sus dedos y los míos marcados, un montón de huellas que después, para que no quedaran a la vista, cubríamos con todo el trampó del bol sin dejar casi huecos.

Cuando rebañaba los últimos trozos, sonó la campanita y entró un señor dando gritos. A mamá se le soltaron los dedos. El bol estalló contra el suelo. Yo me asusté mucho. Irene dio un salto y abrió los ojos. Mamá me bajó de sus piernas y dijo muy rápido que-subáis-para-casa. Aquel señor hacía con los labios el sonido como de una mosca. Yo vi a la abuela salir de la cocina. Ese día le pisé la barriga a todos los escalones y nos quedamos Irene y yo muy juntas en el sofá de arriba tapándonos los ojos. Fue la única vez que pasé miedo de verdad en La Ultramarina.

Desde el sofá escuchamos a ese señor que gritaba cosas como palabrotas, cosas que no entendíamos. Sabía quiénes eran mamá y la abuela porque decía sus nombres y luego gritaba sin decir palabras otra vez como si fuera una mosca. La abuela debía de odiar mucho a ese señor. Yo sentía los gritos muy cerca y pasé mucho miedo. No quería quitarme las manos de los ojos, porque si no veía nada parecía que no estaba pasando nada y que eso no era real. Irene me decía «chiiis-chiiis». Yo no hablaba. Me cogió muy fuerte. Aquel hombre chilló otra vez y las dos subimos los hombros como si fueran a caer cascotes. Yo respiraba muy rápido su aliento y ella el mío.

Estaba quieta sin moverme, a lo mejor tiritaba un poco. No sabía quién era ese señor que había entrado como una mosca gigantesca en la tienda y tampoco si mataría a mamá o a la abuela, o a las dos, o si nos mataría a todas, así que empecé a rezar. Nunca había ido a la iglesia, pero había visto por la tele que la gente juntaba las manos cerca del pecho y decía «pse-pse-pse», como si llamaran a un gatito con la boca, susurrando las cosas que recitaban allí todos juntos. Así que yo recé: «No quiero que le pase nada a mamá, no quiero que le pase nada a la abuela, que-se-vaya, que-se-vaya, que-se-vaya». Y escuché a mamá que le gritaba bajito: «Vete, que te vayas, vete, por favor, que te vayas». Porque a veces las madres gritaban bajito porque pensaban que si lo hacían así las hijas no nos enteraríamos. Pero las hijas nos enterábamos de todo y yo me enteré de que la llamaba puta.

Le decía «puta-puta-puta» como un disco rayado mientras ella trataba de calmarlo hablándole como con terciopelo. Irene, que tampoco sabía qué hacer, empezó a hacer lo mismo que yo. Las dos juntas hechas una bola en el sofá rezando como dos gatitos. No recuerdo si un minuto o dos o un día entero. Cuando nos callamos para coger aire, sonó la campanita. Irene y yo nos miramos. De repente, el silencio.

Me temblaban las manos amasando con mamá sobre la mesa. Preparamos las cocas juntas. No entró ninguna mosca.

A ella no se le marchitaron las manos. Y aquel chico salió con las veinte cocas de trampó haciendo equilibrios. Le agradecí a mamá que me hubiera ayudado, pero mientras estábamos allí amasando las dos no le comenté nada de lo que había recordado sobre aquel señor que vino a La Ultramarina. No hablamos nunca de eso. Ni siquiera el día que pasó. Entendí que si dolía por dentro, y eso había dolido bastante por dentro, era un círculo rojo. Y automáticamente lo guardaba en otro cajón de la cabeza. Uno que no podía compartir con mamá. Cuando ella y la abuela subieron, nosotras todavía estábamos en el sofá, nos pusieron sobre el regazo y nos acariciaron un poco hasta que empezamos a ronronear. Entonces mamá nos preguntó si queríamos pizza. Mamá nunca hacía pizza entre semana, siempre era los viernes. Y ese día no era viernes. No tardamos ni un momento en decirle que sí por si se arrepentía.

Siempre cocinábamos la pizza juntas; ella estiraba la masa, dos masas redondas como un huevo frito, y nosotras le poníamos los ingredientes que queríamos, cada una a una pizza. Yo le ponía mucho queso, mucho mucho queso, y después unas bolitas de sobrasada y lo que se me ocurriera para ganar. Me acuerdo de que esa noche le añadí un poco de miel. Irene la hizo con salami y mucha albahaca, pero casi no le puso queso porque se lo había puesto todo yo y perdió. Aunque estaba buena también. Hacíamos competición de pizza. Era un concurso. Y casi siempre ganaba yo, porque me gusta ganar. No por el hecho de quedar primera, sino porque disfruto con el esfuerzo. La sensación de que he sufrido un poco para conseguirlo, porque si no parece que podría haberlo hecho mejor. No sé si está bien eso, pero me pasa.

A Irene en cambio le daba igual. No se enfadaba cuando perdía y casi siempre perdía. Tal vez fuese porque las dos comíamos de las dos pizzas. La abuela no. Nunca. Y mamá no comió ese día. Ahora, con la edad que tengo y viendo las cosas para atrás, entiendo que debía de tener un botón grande cosido que le cerraba el estómago. Ahora que lo pienso, recuerdo que al estirar esas pizzas, las manos se le pusieron un poco del revés. Cuando lo normal era que estirase la masa con las yemas de los dedos. A mí siempre siempre siempre me había dicho que se tenía que hacer así. Y ella ese día lo hizo con los nudillos. La masa quedó gorda por unos sitios y fina por otra. Por unos crujía y por otros estaba blandita, pero como lo de encima estaba bueno no le dije nada. Además, estábamos cenando pizza y no era viernes.

A mamá ya le pasaba lo de las flores marchitas antes. Puede que desde ese día. A lo mejor no tanto como ahora, pero es posible que los síntomas empezaran ese día, aunque no les hizo nada de caso. La alarma debía de sonar todavía muy bajita. Y ella siguió y siguió y siguió, imagino que adaptando las molestias a lo que hacía. Si no podía estirar la masa así, pues lo hacía asá. Como cuando te acabas de pintar las uñas. Yo nunca me pinto las uñas, pero a veces he visto a Irene que se queda con los dedos raros un buen rato. Y le pica la nariz y se rasca con los dedos como agarrotados. O la veo cerrar así la cartera. Porque yo no lo entiendo, pero cuando Irene se pinta las uñas, justo después tiene que hacer un montón de cosas y las hace, las hace todas igual, con los dedos tiesos. A mamá le debió de pasar algo parecido desde aquel día. Imagino que no tan a menudo como ahora porque yo nunca me había dado cuenta. ¿O es que esto también lo había ocultado desde siempre?

Estuve toda la tarde con dolor de barriga, sin saber muy bien por qué. Me fui a dormir al *llaut* de Héctor esa noche. Estaba removida. No cené. Mamá creo que tampoco. A lo mejor sí cenó y no me lo dijo. Como tantas cosas. Al día siguiente, además, era lo del mercado de Capdepera. Íbamos a ir temprano, así que le conté a mamá la verdad. Yo sí. Ella sabía que estaba quedando con alguien y no tenía por qué ocultarle nada. Por lo menos no tenía por qué ocultarle eso. «Mamá, no volveré esta noche», le dije cuando salía. Y cerré la persiana, que gimió un poco.

Era la primera vez que dormíamos juntos toda la noche, uno sobre el otro enredados, como los pelos de la nuca, en esa cama minúscula. No había hueco a los lados, tampoco entre nosotros. Las escotillas estaban un poco abiertas. Algunas cacerolas tintineaban con el movimiento leve del mar. Olía tanto a mar que parecía que estábamos cocinando mejillones. Toda la noche. Él sobre mí. Yo sobre él.

Entendimos mejor que nunca el significado de la palabra «bellanía». Un territorio solo nuestro. Donde no existía nadie más. Ni mamá. Ni mi hermana. Ni mi padre vivo. Ni el suyo muerto. Ni la abuela. Nadie, solo nosotros. Por fin solo nosotros. Y tampoco allí había rastro de la Marina que no sabía quién era, porque enganchada a su cuerpo creía que lo sabía todo.

20
Los demonios

13 de agosto

Los banderines naranjas y verdes y azules y blancos y rojos con cruces ondeaban sonando como las hojas de los árboles en el cielo. Las calles empedradas que subían al castillo estaban también engalanadas. De algunos cinturones colgaban espadas de madera, las manos sujetaban vasos de barro esmaltado con ron miel. Los puestos estaban entoldados por la parte de arriba con telas granates dentadas con ribetes dorados y forjados irregulares. Parecía que estábamos en el escenario de una peli tipo *Braveheart.*

Ese día no me había disfrazado. Llevábamos los tarros de mermelada en los botes de siempre. Muchas caras sudaban, ninguna era la de papá. Me tropecé con una empuñadura que era como uno de esos tacos que enganchabas debajo de la puerta para que no se cerrara. Y al levantar la cabeza lo vi. «Está allí», le dije a Héctor gritando bajito y tirándole de la camiseta. Él se paró, girando la cabeza y mirando a todas partes. Yo, inmóvil como una estatua, movía los ojos hacia arriba y hacia arriba otra vez. Estaba muerta de miedo.

Aquel señor que podría ser mi padre iba vestido como todos, con una especie de túnica marrón abierta, con el pecho peludo y ancho al aire. En medio de la barriga, un cinturón grandote con una hebilla dorada que le apretaba la carne. La espada de madera le llegaba solo hasta mitad de la pierna. Era alto. «Por eso yo soy más alta que mamá», me vino ese pensamiento tonto porque quería que todo encajara. Antes de verle bien la cara se dio la vuelta. La señora que movía mucho la boca la tenía quieta en aquel momento. Estaba colocando una montaña de platos que debían de pesar mucho, y entonces sonó el estallido. Nosotros no nos acercamos. La gente se giró y él gritó una palabrota detrás de otra sin parar. Todo muy seguido, como cuando hace unos años me di un golpe con el coche. Oyes el golpe, miras y no sabes cómo ha pasado. Allí ocurrió algo así. El señor gritaba cosas muy juntas que yo no entendía porque tenía la voz muy grave, como el motor de un tractor. Le pregunté a Héctor qué decía. Me tapé los ojos. Héctor tampoco entendía lo que sucedía. Me cogió de las manos. Yo quería volver a tapármelos, los dos estábamos allí de pie, inmóviles, en medio del camino, y la gente pasaba a los lados como si nada, como si mi padre no estuviera allí.

Algunas personas lo miraban de reojo, otras se paraban y lo observaban gritar como si aquello formara parte de un espectáculo medieval y bruto. Pero nadie hacía nada. Como nosotros; nosotros tampoco podíamos hacer nada. Por lo menos yo, porque se me estaban poniendo los huesos muy blandos y me resultaba un poco difícil mantenerme de pie. Lo veía gritar cosas y palabrotas, y abría la boca de espaldas, como un hipopótamo, pero no podía verle la cara. Y yo quería verle la cara para comprobar lo más rápido posible que ese hombre que trataba así a la señora del pelo rubio ceniza que siempre movía mucho los labios, pero que ahora no los movía nada, no tenía los dientes abiertos. Ni soles en los ojos. Ni un hoyuelo debajo de la boca. Cómo iba a tener alguien así soles en las pestañas. Pero no lo podía ver y solo le repetía a Héctor, con voz de minino, si él lo estaba viendo.

Mientras, yo me tapaba los ojos y me los destapaba y hablaba como maullando. Solo me salía: «Por favor, que ese señor no sea mi padre, por favor, que no lo sea». «Marina, mira», me dijo Héctor, y lo miré a él porque no me atrevía a mirar a nadie más. Tenía la boca como una raya. Como aquel día en el restaurante de Valldemossa. Y movía la barbilla hacia delante para que mirase al señor, que estaba dando golpes a la mesa con la cara descolocada. Y dijo puta. Y la mujer se echó para atrás, pero él le volvió a llamar puta como tres veces más. La señora agachaba la cabeza y miraba al suelo. Hacía como yo cuando quería que algo terminase, se tapaba los ojos y ponía los hombros para arriba. Y aquel señor le gritó no sé qué más y justo le vi la boca con los dientes separados y un punto en la barbilla.

Me volví hacia Héctor con los ojos llenos de cristales y no encontré la orilla que me limara en los suyos. La señora seguía allí sin decir nada y sin hacer nada. Con los hombros hacia arriba y los ojos tapados. Todo sucedió muy rápido, no debieron ser más de dos o tres minutos. Fue horrible. Aquello estaba pasando por más que ella se tapara los ojos. Porque vi el momento exacto en el que ese señor que no quería que fuese mi padre cogía con sus dedos de orangután de los pelos a la señora y la empujaba al suelo. Y ella abrió la boca solo esa vez y gritó: «Por favor, no me hagas esto». Y la gente no hacía nada, nadie hacía nada. ¿Nosotros tampoco hacíamos nada? Lo único que se me ocurrió para salvarla fue gritar muy fuerte, como él había gritado. Y me salió de la boca su nombre: «Pauuu». Fue una mezcla de grito y llanto. Muy agudo. «¡Paaau!». La garganta se me rajó y volví a gritar: «¡Pau!». Y otra vez: «¡Pau!».

Héctor me cogió del brazo pero me solté. Y empecé a correr calle abajo, para alejarme de allí como hacía siempre, y grité «¡Pau!» otra vez con la voz crujida. Y me crucé con unas luces de sirena azules. Mis piernas sin huesos seguían corriendo y todo a mi alrededor estaba congelado. Me dolía tanto todo. Me dolía el alma. El agujero de en medio. Me había imaginado muchos tipos de padres, pero ninguno así.

Escuché la sirena. Tenía hormigas por todas partes, los tobillos se me deshacían. Empecé a oír unos pies detrás de mí golpear como los cascos de un caballo, pero yo corría sin parar. Sin huesos. Hasta que no pude más y me cogió tirándome del vestido. Y me asusté. Me metió entera entre sus brazos y su olor a algas me hizo quedarme. Con sus dedos de colchoneta me acariciaba el pelo. Héctor no decía nada, porque sabía que había momentos en que las palabras solo podían pinchar. A veces lo mejor es callar y hacer con el cuerpo lo que la voz no puede. Y él lo hizo todo mientras yo lloraba sin huesos, entre sus brazos acolchados. Nos quedamos así un rato, no sé cuánto. No tenía prisa porque sentía que solo me podía sostener allí.

Cuando llegamos a la lonjita, yo con la nariz roja y los ojos hinchados, cogí todos los tarros de mermelada y los estallé uno a uno dentro del contenedor. No fue hasta mucho más tarde, tumbados, mirando el cielo en 3D, callados, cuando le pregunté a Héctor si creía que ese señor era mi padre. Yo estaba casi convencida. Tenía la cabeza apoyada en sus piernas. Sus dedos de esponja me acariciaban el pelo. Me caían algunas lágrimas calientes hacia los lados, desde los ojos hasta las orejas, y empecé a contarle lo que había vivido aquel día siendo pequeña en La Ultramarina. Le dije que nunca había pasado tanto miedo, que todo coincidía, que hice mal queriendo buscar a papá. «Estoy loca. Me he puesto en peligro. He estado buscando a una bestia, a un desgraciado. Mamá me mintió porque tenía que hacerlo. Lo hizo para protegerme. Si yo lo sabía, pero me he empeñado en saber la verdad y la verdad y la verdad y la verdad, y me ha explotado como una bomba en las narices. Ahora ya sé que soy hija de un monstruo, que me parezco a él en tantas cosas que me doy asco». Y me callé con un punto en la boca que abrí un instante después. «¿Querías saber la verdad, Marina?». Me estallaban los dientes juntos. «Pues ahí la tienes».

Y sus manos no pararon de acariciarme el pelo ni un momento. Me escuchó sin interrumpirme, sin decirme que aquello no era así y que yo no era como él. No. Esperó a que me saliera todo el veneno de la boca. Porque él pensaba que tenía que soltarlo todo, porque si no los demonios se quedaban dentro y después te atacaban. Porque los demonios propios o los que te comías de otros se acababan expresando de muchas formas. Todo esto me lo dijo después. «Y yo quiero que los saques todos, que no te quedes nada dentro. Nada. Escúpelo. Enfádate».

Estiró un poco el otro brazo. Quitó el cabo, lanzó la cuerda y encendió el motor. El mar estaba en silencio. El cielo negro. Y allí estábamos en medio de la nada, toda la oscuridad nos envolvía, el mar chocaba suave contra el casco. Me empujó despacio con las rodillas para que nos levantáramos. No entendí qué quería hacer. Las luces del pueblo se veían como estrellas. Las estrellas se juntaban con el pueblo. Me dio la mano y me apretó fuerte. Le noté algunas heridas. Me volvió a apretar la mano. Sus dedos entre mis dedos. Los dos de pie. Todo negro. La madera del barco desnuda bajo nuestros pies descalzos. Me apretó una vez más y me dijo: «Venga, ábrete el pecho y grita. Grita». Un, dos, tres. Y abrí la boca y de allí salió un grito de fuego, como de la boca de un dragón, que me quemaba y me aliviaba. Gritamos los dos como dragones encendidos. Gritamos. Grité. El cielo no hacía eco, nuestros gritos se iban prendidos como farolillos, cada vez más lejos. Y cuando ya no me quedaba nada, ni rabia ni aliento, nos besamos llorando, los dos con los huesos deshechos. La boca ardiendo.

Caímos en los cojines mojados, abrazados. Y con la respiración entrecortada como si llegara de una carrera, me dijo: «Gracias». Cogió aire, tragó. «No quiero que nunca te quedes nada dentro. Nunca, ¿me oyes?». La orilla de los ojos se le desbordó un poco y le cayó por las mejillas. «Nunca. Porque, ¿sabes, Marina?, la frustración, la mierda, los demonios que no drenamos se instalan en alguna parte del cuerpo, en el riñón, la cabeza, el hígado, las manos. No sé. En cualquier parte. Se instalan sin que lo sepas. Y gritan por dentro y estallan de mil formas posibles. Se expresan si tú no lo has hecho antes, como enfermedades físicas, mentales. Sé que lo hacen, lo he visto en algunas personas, lo he visto en mi padre». La orilla le llegaba a los lados de la boca. Nuestras narices estaban juntas. Vi cómo le carcomía. Suspiró. «Y no podría soportar que eso te pasara a ti». Escuchamos solo las olas un rato largo y, antes de llegar al puerto, me dijo una frase corta que fue un ancla: «¿Sabes? Yo creo que ese señor no era tu padre». Lo miré, extrañada. «Cuando gritaste su nombre, no se giró».

21
Un taller de cocina

17 de agosto

Durante aquellos días me sentía tan frágil. Me ahogaba porque las semanas me apretaban el cuello. Veía mi papel en Madrid tan lejos. Me tiraba como de una correa y yo hacía fuerza. Sentía Madrid muchísimo más lejos que aquellos kilómetros que conté al huir hace diez años. Y es que no solo lo sentía lejos en el espacio, sino también en el tiempo. No habían pasado tres meses todavía desde que regresé a la isla, pero a mí me estaban pareciendo toda una vida. Otra. Una diferente. Como si yo no fuera yo. Y de algún modo fue así. Ya no era la de siempre. Me sentía como una serpiente cuando se arrastraba por las rocas de una pared para ir soltando la piel. Solo que yo me quedaba en carne viva. Me hacía falta otra piel nueva, tal vez la de él. O tal vez no. Dentro del repertorio de tipos de padres que había imaginado esas semanas, no había entrado nunca la imagen de un padre monstruo. Había cosas que la imaginación anulaba, que estaban apagadas.

Ahora, desde lo que pasó en el mercado medieval, sí lo creía posible. ¿Por qué no? Mi padre podía ser cualquier cosa.

De hecho, seguramente todo menos un padre. A no ser que hubiese tenido otras hijas por ahí. También le daba vueltas a si una hija podía tener un padre a los veintipico. Quién iba a ser quién en esa relación nueva si nos encontrábamos, porque era nueva ¿no? Me sacudían la cabeza por dentro pensamientos de ese tipo. Estaba un poco desganada y asustada. No me quedaban muchas fuerzas para buscar, demasiados latigazos.

Además, ese día me levanté con la sensación de que a lo mejor él no quería que lo encontráramos nunca. Una vez vi en un programa o leí por ahí, no me acuerdo dónde, que muchas de las personas que desaparecían y no se volvía a saber de ellas en la vida era porque así lo habían querido. O sea que no es que estuviesen desaparecidas, sino que por lo visto decidieron cambiar de vida para encontrarse, se habían quitado la piel para conseguir otra y no deseaban que nadie diese con ellas nunca más.

Tal vez a papá le ocurrió eso y ahora tenía otra piel que no quería que nadie encontrara. Y, como me pasaba con Irene, quería empezar a respetar cómo eran las personas, aunque no fuesen como yo creía. Porque las quería con todas sus espinas. Pero lo haría cuando el suelo dejara de moverse. Porque así era un poco difícil encontrar el equilibrio.

Menos mal que la abuela seguía allí en las páginas del cuaderno, en los fogones encendidos. Ese día tocaba macarrones a la mallorquina en La Ultramarina. Nunca los había visto en ningún restaurante ni en otras casas. Iba a preparar una olla bien grande. No tenía ni idea de si era por la gira que hacíamos con las mermeladas, pero esos días empezó a venir gente nueva, de muchos sitios de Mallorca, personas que no eran solo las de siempre. Y ahora tenía que doblar la cantidad de comida que hacía, aunque seguía con la idea de un solo plato, cada día diferente. Pero mucha más cantidad porque se terminaba enseguida. Me pasaba que cuando entraban los de siempre, retirando la cortina y con la sonrisa grande, ya no quedaba. No podía dejarlos sin nada, así que no me importaba redoblar el esfuerzo, cocinar más. Al principio me hacía un poco de lío con las cantidades, pero, como mamá y como la abuela, ya sabía medir a ojo. Lo que cogiera. Esa medida universal.

También tenía que hacer más pedido de pan y de embutidos, y algunos tarros de conservas se acababan; en el techo había ya huecos de tomates. A veces no me daba tiempo a reponer. La abuela debía de estar muy contenta porque no paraba de entrar y salir gente, como ella decía que quería. Los fogones encendidos. En uno hervían los macarrones. En el otro tenía una sartén en la que sofreía el ajo, el pimiento y la cebolla, todo cortado pequeño y con un puñadito de sal, para que se fuese haciendo poco a poco, tal y como escribió mamá que le dijo la abuela.

Pasé el dedo por el cuaderno, donde ponía que una vez el sofrito estuviese pochadito, le añadiese el tomate de ramillete rallado y volviese a remover. Cada día que pasaba en esta cocina me daba más miedo salir de allí y no decir: «Ahora vuelvo, tranquila». Cuando el verano se acabase, no solo ese sino el resto de los veranos, y a mamá se le doblasen las manos o el corazón, ¿La Ultramarina dejaría de existir? Mamá, pero también la tienda. El mostrador. La despensa de los miedos. Aquella bombilla que temblaba. Irene y yo debajo de la mesa también dejaríamos de existir. Todas las cucharas y las bocas. Los cascabeles de madrugada. El olor del hinojo en las ollas. El sonido de la batidora. Las rodillas de mamá. Mis manos llenas de harina. Los rollitos de masa de mi hermana. La barriga de la abuela. ¿Adónde se iría a vivir la abuela si eso pasaba? ¿Desaparecería como papá? ¿Quién sería yo entonces?

Creo que la abuela se ataría a la buganvilla de la puerta, no se iría. Las persianas se cerrarían, se apagarían las luces. «Desahucian a la Carmen», dirían los del pueblo, y al cabo de unos meses alguien habría tirado las paredes que separaban la tienda de la cocina y lo que siempre había sido La Ultramarina se convertiría en un local de alquiler de motos o vete a saber qué. Como pasó con la panadería del pueblo, que cerró hace unos años porque no había relevo generacional. Los hijos del panadero no querían levantarse a las tres de la mañana. Se lo dijeron muy claro. Y tuvo que cerrar porque nadie tenía las manos abiertas. «Así es la vida», dirían algunos. No. Así era solo si querían que así fuese.

De los macarrones escurrían las últimas gotas en el fregadero. Mientras, añadí muchos pellizcos de sobrasada a la sartén y rehogué un poco más. Lo dejé a fuego bajo para que mantuviera el calor. Casqué unos cuantos huevos en un bol. Esto no me lo dejaba hacer la abuela. Decía que si se caía un trozo de cáscara podíamos tener apendicitis y el hospital quedaba muy lejos; lo soltaba así, con su voz dura y blanda a la vez. Lo de la apendicitis no sabía lo que era, pero no me sonaba bien porque sí sabía lo que era una otitis y dolía mucho. «Que luego tengo que estar pescando el trocito con los dedos y se escurre más que una sepia, que no hay manera de sacarlo», seguía ella mientras rompía huevos con una línea limpia. Y me dejaba batir muy rápido con un tenedor. Me decía que no hacía falta mucho, que solo tenía que pasar el aire, que se escuchara «clof-clof». Eso era que lo estaba haciendo bien.

Los batí, oí el «clof-clof» y le añadí el queso mahonés rallado. Y con los macarrones ya en la sartén, con las verduras a fuego muy muy bajo, casi apagado, añadí los huevos con el queso y removí lento hasta que quedó cremoso. Apagué el fuego. Guardé tres platos. Uno para mamá, porque sabía que le encantaban y le recordaban a cuando era pequeña, y los otros para Héctor y para mí, que habíamos quedado para salir con una piragua por Portocolom.

Nos los comimos enganchados a una boya. No importaba si se habían quedado fríos. «Estamos en el mejor restaurante del mundo», le dije a Héctor. Y él me contestó: «Sí, con la mejor compañía del mundo». Yo me metí los dedos en la boca, puse los ojos en blanco y me reí haciendo como si vomitara, porque eso había sido una cursilada.

Me estaba dando cuenta de que era bastante romántica, más de lo que pensaba, pero no soportaba las cursiladas. Así que él lo hacía como broma y a veces me soltaba frases de ese tipo, muy de película romántica mala. Reconozco que alguna me gustó, pero no se lo dije. Él iba detrás en la piragua y yo delante. Al revés que como siempre, al revés que en la moto. Las palas entraban y salían del agua, sincronizadas. Habíamos salido de Cala Marsal y queríamos llegar hasta el faro. En todo el verano casi no habíamos tenido tiempo de verdad para nosotros.

Tenía la sensación de que todo iba muy rápido, pero no sabía hacia dónde. Era un poco como en Madrid, que caminaba rápido porque sí, porque todos lo hacían, y yo me preguntaba por qué iba tan rápido cruzando la plaza de Oriente o subiendo la escalera de detrás de La Latina. No quería que eso me pasara con él. Ya que estaba delante, remando, y el faro blanco y de líneas azules todavía quedaba lejos, aproveché para gritar sin gritar. Para sacar pensamientos que se me estaban haciendo bola. Héctor me había dejado muy claro aquella noche que no debía guardarme nada porque se enquistaba. Creía de verdad en eso. Yo lo estaba viendo en mamá. Y estaba dispuesta a empezar a hacerlo con él. Así que mirando al faro y paleando sincronizados, le pregunté qué iba a pasar con esto si me iba.

Como lo tenía detrás de mí no pude ver la cara que puso. No sé si tenía la boca como una línea recta cuando me contestó: «¿Con esto qué? Querrás decir con nosotros».

Los ojos se me pusieron redondos. Tenía razón, se me daba muy mal hablar desde dentro. No estaba acostumbrada a decir las cosas en alto. En mi cabeza siempre sonaban mejor. Iba a añadir rápido, antes de que se cuajara la respuesta, que sí, que con lo nuestro, remarcando mucho la palabra «nuestro», cuando noté un chorro de agua en la espalda. Y tiré el cuerpo hacia un lado porque no era que el agua estuviera fría, sino que yo estaba ardiendo. Tenía la espalda ardiendo con un montón de crema. Al echarme hacia a un lado, volcamos. Con la gorra, las gafas, la mochila azul impermeable, con los táperes vacíos y las nectarinas. Caímos al agua con todo, dados la vuelta. Y Héctor se reía y tosía, le salió un poco de mar por la nariz. Había arrastrado el remo y me había lanzado agua como hacían los delfines.

Le dimos la vuelta a la canoa. Pasé los brazos por encima y me quedé agarrada como si fuera una colchoneta mientras volvíamos a enganchar todo en esas gomas negras elásticas de la punta. Escurrí la gorra y metí también las gafas en el agujero de mi asiento. Héctor hizo gestos para decirme cómo tenía que colocarme. Yo lo miraba para ver cómo era. Apoyó un pie y después otro en la canoa, en la parte del agujero de su espacio. El resto del cuerpo estaba en el mar y se tumbó hacia atrás flotando con los brazos abiertos. Hice lo mismo. Metí los pies en mi espacio, me tumbé hacia atrás en el agua con sal y abrí los brazos. Me encontré con uno suyo. Sus dedos caminaron como un cangrejo hasta dar con los míos. Los dos flotando entre el faro y la playa. En ninguna parte pero juntos, cada uno con los pies en su agujero. Nada me pesaba, como cuando Irene me hacía volar.

Pasaron dos gaviotas, el cielo estaba muy azul y había una raya de esas blancas, como si un avión hubiese ido dejando una línea de nubes, fina y perfecta. A veces me resultaba fascinante pensar en esas cosas. En cómo podían ser capaces de volar los aviones con el peso que llevaban. Yo siempre me sentía arrastrada por el peso. Volar era algo bastante parecido a esto que estábamos haciendo Héctor y yo. Dejarnos llevar. Flotar en mitad del mar. Sin nada que nos sostuviese, solo nosotros. El agua me tapaba los oídos y solo escuchaba burbujas y zumbidos. Un sonido azul que me inundaba la cabeza y me la llenaba de calma. Tenía la cabeza llena de un mar en calma. Estuvimos así hasta que nos notamos los dedos arrugados. Él, los míos; yo, los suyos. Y decidimos volver.

Mojados, sentados en el sillín de la moto, con los pies descalzos llenos de arena y el pelo salado, nos comimos las nectarinas. El sabor dulce y terso de la nectarina me llenaba la lengua salada. Con el índice fui a quitarle lo blanco de las cejas a Héctor. Me encanta cuando la sal del mar se acumula en los pliegues de la piel, del pelo, de las cejas.

Le estaba rascando así la ceja cuando me comentó que ya que estábamos allí sentados, podíamos abrir la cesta del portamaletas y sacar el cartel, que había algún tarro de mermelada porque no los había tirado todos. Quedaban más en el *llaut*, en la bolsa de basura, y los había traído por si me apetecía y tenía ganas.

Las palabras le salían con cuidado, porque sabía que a mí me estaba escociendo. Pero le dije que vale. Quizá fue porque no sabía decir que no o porque en realidad continuaba con el deseo de encontrarlo. Aunque si él no quería, pues yo no lo encontraría. Cada vez me parecía más difícil. Desde hacía unos días veía la cara de papá en todas partes. Me había pasado con algún señor que había venido a la tienda por el simple hecho de que llevaba el pelo hacia un lado. También con aquel monstruo de Capdepera. Y en la cala, con un señor que vi salir del agua con los ojos llenos de pestañas. Bastaba que tuvieran algo, solo una cosa, como ser un hombre, por ejemplo, para que pensara que podía ser papá. Creía que me estaba volviendo un poco loca porque si todas las caras eran para mí la de papá, no sé cómo podría distinguir la suya realmente. Por eso decidí, de alguna manera, parar la búsqueda. Se me estaba yendo de las manos y quién sabe si en algún momento se me darían la vuelta como a mamá. Esto no se lo dije a Héctor. Todavía no se lo decía todo, algunas cosas se me quedaban en el cajón con las cosas de mamá sin querer. Abrió el maletero mientras me acababa la nectarina. Puso el cartel y yo me hurgué entre los dientes con la uña del dedo anular porque se me había quedado un hilito de fruta y me molestaba. No salía.

Se acercaron un par de señoras curiosas, pero no se pararon. Cómo molesta cuando se queda ese hilito entre los dientes y no hay manera. También se paró un señor de bañador oscuro y camisa abierta con la barriga fuera como un balón. Solo quiso probarla y ya. No dijo nada. Yo intentaba sacar con la uña el hilito naranja cuando se acercó una mujer. Me saqué la mano de la boca. Llevaba un vestido suelto con brócolis dibujados y me hizo gracia, era muy divertido. No le pegaban mucho con las crocs blancas, la verdad. Nos saludamos. Debía de tener los ojos menos rasgados, pero el moño con el pelo liso pegado a las orejas le hacía la mirada más horizontal. Después de leer el cartel con detalle nos preguntó si hacíamos nosotros la mermelada. Le dije que sí y le conté la historia. No el plan, sino que tenía un ultramarinos en un pueblecito de la Serra de Tramuntana y que aprovechábamos algunas tardes para recorrer rincones y dar a conocer esta mermelada un poco peculiar que hacía mi abuela; también le dije que se trataba de nuestra receta más representativa. Me lo inventé solo un poco.

Ella movía la cabeza despacio. Irradiaba luz y me transmitía calma. No me cortaba las frases. Me escuchó y después empezó ella. Le interesaba mucho la gastronomía. Hizo como un gesto de paréntesis con las manos doradas y siguió hablando: «Soy psicóloga, pero me parece muy interesante cómo la gastronomía influye de manera emocional en las personas. Es un campo muy amplio». Explicaba de qué modo podía llegar a despertar algunos recuerdos en pacientes con problemas de memoria o cómo ayudaba a canalizar determinados sentimientos o síntomas en pacientes con problemas nerviosos agudos. Chicos que no eran capaces de hablar. Iba enumerando situaciones en las que la comida y las recetas eran un instrumento social. Yo no dejaba de mirarla, asintiendo. Era la primera vez que hablaba con una psicóloga, y mamá no se iba a enterar.

Me hubiese encantado cruzar esa línea antes, y poder contarle todo lo que se me acumulaba. Eso a lo que Irene y mamá llamaban los pensamientos con los que no hacía pie. Esos que me callaban o que me callaba yo porque sentía que me callaban, porque no les interesaban. Porque rozaban lo prohibido. Yo no era como ellas y necesitaba ponerlos en alguna parte porque ya no me cabían tantos en el cajón de la cabeza. Y como nos estaba explicando esta señora, para mí cocinar había sido también una forma de terapia. Aunque no sabía que era una terapia. Lo hice por intuición, porque era lo que había en casa. Y porque la abuela y mamá también iban a esta terapia desde siempre sin saber que lo era. Si lo hubieran sabido, seguro que no habrían ido.

Héctor la escuchaba con los labios juntos. Y de vez en cuando notaba que me miraba. Yo debía de tener los ojos como dos linternas, alumbrando cada palabra para no perderme nada. Nos dijo que la gastronomía era una de las actividades que tenía previsto incorporar en el centro. Y aquí empezó todo. Quería hacer algunos talleres de cocina en su aula y me preguntó si estaría interesada. «Claro que lo estoy», le dije sin pensar. Me interesaba mucho. Podía ser una forma de acabar de encontrarme.

En solo ese rato había hallado algunas respuestas. A lo mejor no todas las respuestas de quién era yo las tenía papá. Me identificaba con todo lo que comentó esa señora. La cocina como canal de expresión emocional, como bálsamo, como palabra. Nos pasamos los teléfonos, pero quedamos en que probase a impartir un taller de dos tardes y ver qué tal. Si iba bien y a los del centro les gustaba, podríamos llegar a un acuerdo y alargarlo. Yo no le dije nada de lo de Madrid. «Martes y miércoles de la semana que viene en Palma, ¿te parece?». Me dio la dirección y la apunté detrás del cartel de la mermelada. Aunque seguro que no me iba a olvidar, porque había pasado un montón de veces por delante del psiquiátrico de Palma.

22
Flotar

21 de agosto

La mañana de la primera tarde de taller preparé el desayuno con mamá para tomarlo en la terraza de casa. Llevaba varios días sin sobresaltos, mamá tenía las manos con un montón de flores. Yo cocinaba por la mañana con la abuela pululando, y disfrutaba del mar por la tarde. Alguna vez lo hacía con mamá, que últimamente era más mamá y mucho menos la señora que tenía a mamá dentro. Otros momentos los pasaba con Irene y hablábamos de todo menos de lo importante, pero también me parecían importantes esos ratos juntas. Un día fuimos las tres hasta Es Port Des Canonge y estuvimos leyendo en la sombra con los pies llenos de algas. Y también quedaba con Héctor, casi todas las noches. Y una tarde salimos a darnos un *capfico* con el *llaut* y preparé un pícnic con *pamboli* de quesos y fiambres ahumados. Nos bañamos desnudos en una cala turquesa que parecía de Cabrera, en la que yo no había estado nunca porque no se podía llegar andando.

La sandía pesaba una tonelada. Cuando veo las sandías enteras, siempre pienso que no podrían ser una fruta de otra época, tan solo de verano, porque en la piel tienen dibujadas un montón de olas verdes. La dejé sobre la tabla y mamá cogió con todas sus flores el cuchillo grande y lo clavó en una de las olas. La partió por la mitad con una precisión maravillosa.

Mientras ella cortaba trozos de sandía y los ponía en un plato, yo iba sacando a la mesa de la terraza las dos ensaimadas pequeñas, dos cafés y unas rebanadas de pan moreno con atún y alcaparras. Las dos teníamos el estómago abierto. Ni ella tenía botones ni yo piedras. La buganvilla estaba muy fucsia. En la mesa se dibujaban con sombra las hojas de la parra. A mamá la brisa le hacía cosquillas en los rizos y de vez en cuando sonreía, tocándose la nuca. No recordaba en todo ese verano un momento así, donde las dos fuésemos las de siempre de verdad. Supongo que mamá no había tenido la misma sensación porque para ella no me había mentido durante esos meses, sino hacía muchísimos años.

Y yo me contagié de esa normalidad. Aquel día me había despertado con la mirada fija en el taller que iba a dar por la tarde en el psiquiátrico. Mientras desenrollaba la primera parte de la ensaimada pensé en comentárselo. Me gustaba comérmela así, desenrollándola poco a poco, deshaciendo el camino, hasta que llegaba al bollito de en medio. Pero nos pusimos a hablar de eso, de lo mantecosa que estaba y que las esquinas habían quedado muy crujientes, y ya no hubo espacio. O no quise dejar espacio. Seguramente me habría hablado mal de los psicólogos, que eso no servía para nada. Las cosas de la cabeza se le hacían grandes y se le salían por las manos. Y yo no quería volver a verla agarrada a dos cactus. Nunca había podido hablar con mamá de lo que se me amontonaba dentro, pero ya no la hacía culpable. Lo tenía asumido. Me daba cuenta de que a ella posiblemente también le habría gustado gritarlas como un dragón para evitar que se le doblasen las manos. Porque yo no sabía si era por eso, pero cuando grité en la barca, Héctor me contó que fue lo que le pasó a su padre. Creo que a mamá le pasaba lo mismo. Solo que las manos no eran un órgano vital, a no ser que se las llevara al cuello.

Lo único que tenía claro era que a mamá se le habían acumulado un montón de cosas. Menos mal que la abuela cocinaba y cocinaba. Y después mamá cocinaba y cocinaba.

Si yo le hubiese contado todo esto, y que el taller era precisamente para canalizar emociones y que eso ayudaba a relajarse y, bueno, para todo lo que me había explicado la psicóloga, seguro que no habría parado de reírse. Se habría reído como la sierra de un cuchillo, cortándole toda importancia. Como estábamos bien, la mañana brillaba y yo no tenía hormigas en ninguna parte, preferí no decirle nada. Tampoco iba a hacer nada malo, nada que tuviera que ver con papá. No la estaba engañando. Justo se me había cruzado en el camino la oportunidad que necesitaba, intuía que era algo que me iba a ayudar a entenderme mejor y a saber quién era. Si eso llegaba a pasar, tal vez incluso sería capaz, como Irene, de no sentir el vacío ante la ausencia.

Podría empezar a drenar todos los trastos que había ido metiendo en ese agujero. Uf, me entró mucho aire solo de pensarlo. Mamá me preguntó que por qué suspiraba. Mientras se bebía el último sorbo del café, dijo con voz pillina: «¿Es por él?». Y yo le dije que sí, porque si le hubiese contado lo que tenía en la cabeza, no habría entendido mi suspiro. Estaba siendo un verano de descolocar, pero también de colocar mucho. Al tumbar todas las paredes no me quedaba otra que redistribuir y lo estaba haciendo sin darme cuenta.

Ahora mamá no me dolía tanto porque ya no necesitaba que me entendiera en todo. Nuestro todo era la cocina y allí nos entendíamos a la perfección. Me costó mucho llegar a esa conclusión, pero cuando la pieza hizo clic, me dio mucho gusto. Irene y mamá, clic y clic.

Desde que llegué en junio no había vuelto a coger el coche para nada. Iba y venía con Héctor de paquete en su moto de color crema. El resto del tiempo lo pasaba en el pueblo. No había necesitado encender el motor. Conduje hasta Palma con las ventanillas abiertas y el pelo haciendo eses. La mano todo el rato fuera, notando el aire caliente. Di un par de vueltas para aparcar. Había salido temprano, así que no me importó. De hecho, agradecí encontrar un sitio en batería un poco más lejos, delante de unos institutos, a diez minutos andando por un camino que bordeaba Sa Riera. De pequeñas, cuando bajábamos a Palma con mamá, siempre solía dejarlo por esa zona. Por eso me sabía la calle del psiquiátrico de memoria, porque pasábamos por delante muchos domingos de invierno. Aparcábamos e íbamos paseando hasta Can Joan a comer chocolate con ensaimadas.

Del brazo me colgaba la cesta de mimbre, en la que llevaba un trapo, una batidora y la canela y otras especias por si allí no tenían. Aunque me dijo Marga, así se llamaba la psicóloga, que no me preocupara, que tendrían preparado todo lo que puse en la lista que les había enviado y que no hacía falta que llevase nada.

El edificio era como una casa muy grande, alargada y blanca y con trozos de marés. Todas las ventanas eran transparentes pero estaban cerradas. No había persianas. Estaba rodeado de pinos. Había algunas personas allí fuera paseando por el recinto. Yo hice lo que me dijo Marga, entré hasta la recepción. Me presenté a una señora que llevaba los labios pintados de rojo y perlas en las orejas. Las gafas se le escurrían en la nariz. Sobre la camisa blanca tenía una placa en la que ponía LUCÍA. Así que me presenté a Lucía diciendo que era Marina, la del taller de recetas, y me dijo que sí, que ya le habían dicho que iba a ir, que me sentara un segundito en esas butacas de ahí, en las azules que parecían señores de rodillas, y que enseguida me abrirían las puertas y vendrían a buscarme. Sentada en aquellos señores azules arrodillados y mirando hacia la cristalera parecía que estaba en mitad del campo.

Para los que estuviesen allí metidos tenía que ser muy agradable, a pesar de estar encerrados, verse rodeados de tanto verde en la ciudad. Porque Palma no era Madrid, pero no era una ciudad pequeña y tenía muchos coches, y mucha gente caminando por el paseo Mallorca y por Jaime III y por todas las calles peatonales donde se iba rápido, pero mucho más despacio que en Madrid, y se colgaban muchas bolsas en los brazos y además bajaban un montón de personas de los cruceros y las calles se llenaban más, y de los aviones también bajaban turistas con chanclas y calcetines, y a veces parecía que la ciudad iba a volcar, como nos pasó a Héctor y a mí en la piragua.

Por eso, tener un poco de campo en mitad del caos me parecía extraordinario. Aunque estuviera acotado. Aunque hubiera muchas puertas y ventanas cerradas. Y algunos brazos cerrados. Estuve pensando todo eso hasta que llegó Marga y me saludó muy contenta y, sobre todo, dejando un rastro de la calma que la envolvía. Me dijo, dirigiéndose hacia las puertas opacas, que íbamos a pasar a una zona que estaba aislada. «Esto quiere decir que para acceder necesitamos una tarjeta, esta que tengo yo». Y me explicaba todo con tranquilidad. Las conversaciones con ella eran como los esquemas que me hacía en el cole. Me decía una frase y parecía que después abría dos puntos y empezaba a deslizar con palabras una línea que daba a una flecha y eso se desarrollaba un poco más allá. Todo estructurado. Era muy fácil entenderla.

Me dijo que a lo mejor alguno de los participantes se ponía nervioso, porque había personas internas con síntomas muy diversos, pero que no me preocupara, porque ella iba a estar todo el rato allí cerca y sabía perfectamente cómo hacerse cargo de la situación. Me alivió escuchar esa frase. No porque a mí me diera miedo entrar en una planta de psiquiatría, sino porque nunca nadie me había dicho eso: «Tranquila, que yo sé cómo hacerme cargo», especialmente cuando se trataba de cosas de la cabeza.

Marga tenía las manos muy abiertas, eso es lo que entendí. Y yo se lo agradecí mucho, aunque no se lo dije con la boca, pero creo que lo notó por mi forma de balancear los brazos y la cabeza. Se paró delante de las puertas opacas y me preguntó si entrábamos. Estaba preparada. Deslizó su tarjeta por el hueco, las paredes de los lados se tragaron las puertas durante unos segundos y entramos. Se volvieron a cerrar detrás de nosotras como una compuerta.

A la izquierda había una salita donde estaba el personal, llevaban uniforme y se los veía rodeados de carpetas. Supuse que era el *office*. Me saludaron levantando la mano cuando Marga me presentó. Toda la planta era un pasillo cuadrado del que salían habitaciones y salas. El centro del cuadrado lo rellenaba un habitáculo al aire libre. Todo era muy luminoso. Las paredes, los pijamas blancos de las enfermeras, las puertas de las habitaciones, los gestos de Marga y el patio cuadrado que recibía la luz natural. Blanco, como dicen que es el túnel por el que se pasa al morir. Se me taponaron los oídos igual que cuando buceaba y bajaba a más profundidad y parecía que los tímpanos me hacían vacío. Me tapé la nariz, soplé desde dentro. Se me destaponaron un poco.

Por los pasillos no había nadie, eso me sorprendió, y en medio del patio había dos mesas grandes y redondas con unos manteles blancos muy largos. Sobre una de ellas vi preparados los ingredientes que iba a usar en el taller de mermeladas vegetales. En la otra había utensilios para que los alumnos también las pudieran hacer. Marga me contó con sus palabras llenas de plumas que en ese momento estaban haciendo otras actividades, que por eso no había nadie, pero que en cuanto acabasen en cinco o diez minutos vendrían todos al patio. «Les hemos contado que hoy estarías aquí. Pero solo para que lo sepas, algunos no tienen obligación de hacer el taller. Hemos valorado la situación de cada uno y queremos darles tiempo y libertad a diferentes internos para que puedan acercarse a esta novedad con distancia y tranquilidad». No me gustaba mucho cuando hablaba de internos o usaba términos parecidos. Notaba como que esas palabras concretas no llevaban alas. Para mí los internos eran las personas que estaban en las cárceles. Me sonaba a eso. Pero ni siquiera lo comenté porque quién era yo para decirle a una psicóloga cómo tenía que hablar en su trabajo. Ella tampoco me iba a enseñar a mí cómo cortar las berenjenas.

Me dijo que iba a buscarlos y que me sintiera cómoda. «Si necesitas algo, pídenoslo». Y fui hacia mi mesa a comprobar si estaba todo y a familiarizarme con el espacio. Puse la cesta debajo de la mesa, no faltaba nada. Me habían traído un montón de berenjenas. La batidora funcionaba. Tenía potencia. Yo había cargado con la mía, más que nada por si pasaba lo mismo que en algún hotel cuando usaba el secador en invierno, que no tenía potencia y me tiraba dos horas secándome el pelo. Muchas veces tenía más potencia el secador de manos del baño, que te ponía la piel hacia atrás, como la cara de un paracaidista. Pero, bueno, no pasó, la batidora era perfecta. Se notaba que cuidaban mucho los detalles. Todas las enfermeras llevaban el pelo recogido. No usaban cordones en los zapatos ni llevaban bolis en las solapas. Los utensilios que iban a usar ellos eran de plástico. Los muros eran muy altos. A Marga no se le escapaba nada.

Supongo que los psicólogos tienen que ser muy observadores para no perderse nada. Yo también me considero una persona muy observadora, pero es verdad que se me da mejor ver lo de dentro por fuera.

Mientras me recogía el pelo en un moño llegaron los primeros alumnos, que se colocaron retraídos alrededor de la segunda mesa. Me estaba presentando cuando Marga entró con los últimos y les expliqué que me alegraba de estar allí y que íbamos a preparar tres tipos de mermeladas. Empezaríamos por la de berenjenas. Nunca había dado clases a nadie, pero no me pareció muy difícil, porque era bastante parecido a cuando cocinaba y retransmitía las recetas como la abuela. Solo que en lugar de contármelas a mí misma las compartía con otros. Era bastante mejor que hablar sola, porque había momentos en los que me contestaban.

Hubo una chica con los brazos como lápices y las mejillas con muchos huesos que me preguntó si siempre lo hacía con azúcar o si se podía sustituir por otra cosa. Le dije que yo siempre lo había hecho así. Otro chico con las cejas muy gruesas y la cabeza un poco hundida en un lado quiso saber si era mi mermelada preferida. Me pinchó un poco el corazón. Le dije que, bueno, que sí, que a mí me gustaban muchas cosas, casi todo, pero que esa mermelada era muy especial.

Todo era muy tranquilo como Marga, todos estábamos muy tranquilos como la voz de Marga. Disfrutamos mucho rato hasta que la mermelada empezó a hacer burbujas en la olla y salió el vapor que repartía el aroma a canela por todo el edificio, aunque estuviéramos con el cielo abierto. Entonces me fijé en un señor que estaba en un pequeño grupo de tres personas que no se habían acercado del todo ni se habían puesto en la mesa con los demás. Ya lo había visto de lejos andando de un lado a otro, un poco inquieto, moviendo los brazos hacia arriba y haciendo gestos repetitivos. Como algunos también hacían lo mismo, no me llamó la atención porque cada uno tenía sus manías, como me había pasado a mí con lo de los zapatos en la baldosa de mi habitación. Ellos podían estar pasando por un mal momento, o quizá su vida entera fuese un mal momento o ni siquiera nada de eso, a lo mejor simplemente necesitaban a alguien con las manos siempre abiertas para ayudarlos a entender los pensamientos y las emociones que no eran capaces de entender solos. Que les superaban, que se les salían del cajón de la cabeza y los mostraban con el cuerpo.

Aquel señor que tenía una calva muy redonda y el pelo hacia delante soltó un alarido. Me asusté un poco. No porque chillara, sino porque no me lo esperaba. Y di un saltito. Menos mal que no tenía la cuchara llena de mermelada ardiendo. Volvió a chillar y a moverse un poco más rápido. Yo seguía con la clase porque Marga me había dicho que continuara pasase lo que pasase, a no ser que ella viniera a decirme algo, que ella se hacía cargo. No me interrumpió, así que seguí removiendo la mermelada y explicándoles cómo se preparaban los tarros al vacío para que se conservara más tiempo.

Y aquel señor que gritaba y se agitaba empezó a decirse a sí mismo: «Tranquilo, tranquilo, tranquilo». Y movía la cabeza. Yo me estaba poniendo un poco nerviosa, no porque me fuese a pasar algo, sino porque cuando veía que alguien estaba muy nervioso me acordaba de mis hormigas. Y ese señor me había despertado a unas cuantas en los pies. Vi que Marga se acercaba a él. Al señor le entró una risa muy fuerte, una risa que salió disparada entre sus dientes separados.

Yo me concentré en lo mío, aunque algunas hormigas también se estaban paseando por mis manos. La mermelada ya había cogido la textura, con hebras como espaguetis transparentes, y apagué el fuego. Al empezar a llenar los botes, el aroma a canela y al dulce de la berenjena se fue pegando por todas partes. Muchos de los participantes gemían. Pasaba con algunos platos, que el olor se metía muy dentro, como un perfume que embriagaba. Recordé lo que dijo mi vecino que creí detective cuando la hice por primera vez en La Ultramarina. Soltó un «mmm» como una vaca. Y yo allí asustada imaginando tonterías.

El señor del círculo en la cabeza que chillaba y se movía se quiso ir de allí. Marga lo acompañó y me levantó la mano como diciéndome que ahora volvía. Yo estaba a punto de acabar la clase, así que cuando llenamos todos los tarros y todos la habían probado y mugido, unos más que otros, me aplaudieron y a mí me gustó esa sensación. E hice una reverencia como si estuviera encima de un escenario, no me dio nada de vergüenza y me acordé de Héctor, porque seguro que él habría hecho alguna broma de ese estilo. Una reverencia amplia, tocándose las puntas de un bigote puntiagudo que no tenía. Al escuchar el aplauso salieron algunas enfermeras blancas y todos se fueron dispersando. Algunos se acercaron a darme las gracias y a preguntarme si iba a dejar la mermelada allí. Les dije que sí, que claro que la dejaría. «Ya os la darán, ya veréis. Y si no, me lo decís mañana», les solté entre risas a los tres que se habían quedado haciendo corrillo hasta el final.

La chica de la cara con muchos huesos no me hizo demasiado caso, tal vez no le caí bien, pero no le puedes caer bien a todo el mundo. Marga llegó cuando yo estaba sacando mi cesta de debajo de la mesa. Me preguntó que qué tal había ido, si me había sentido bien. Y le dije que me había encantado, que era la primera vez que daba clase, pero que sentía que algo nos conectaba a todos. Siempre había cocinado o sola o con mi familia, y estar allí, con desconocidos para los que la comida era también como ver el mar, me había resultado muy especial.

«Y siento lo de los chillidos, la verdad es que hacía tiempo que no se ponía tan nervioso. Algo le ha debido de alterar. Perdona porque no lo he previsto, y mira que al taller de cocina no pueden asistir todos los que están en el centro, solo los que tienen independencia total. Los que están mejor, por decirlo de alguna manera», e hizo como un paréntesis con las manos cuando dijo «mejor». Pero para mí no había personas que estaban mejor o peor o bien o mal, sino simplemente personas a las que les pasaban cosas. Supongo que para una psicóloga que conocía los infinitos matices de las emociones y que sabía que estar bien era como decir raro, o sea nada concreto, no era fácil explicarse en tan poco tiempo, por eso hizo el paréntesis. Pero yo la entendí.

Pasó la tarjeta, a las puertas se las tragó otra vez la pared, salimos y se cerraron como las de un avión detrás de nosotras. Atravesamos la recepción, la señora de las perlas no estaba y nos despedimos hasta el día siguiente.

Ni siquiera pasé por casa, me fui directa al barco. Héctor me esperaba para cenar juntos. Dejé el coche al lado de casa y bajé la cuesta a pie dando saltitos, casi todos los escalones de los bancales estaban llenos de tomates rojos encendidos. Era el primer día que no había pensado en ningún momento en la cara de papá. Se notaba que estaba relajada. No la había buscado en ninguna parte y me estaba sentando bien. Debía acostumbrarme. Cuando llegué a la altura de la lonjita, vi que Héctor tenía de lado a lado del mástil una guirnalda de bombillas. La mesa estaba puesta con un mantel largo y dos copas altas, y él me esperaba como si estuviese en la puerta de un crucero en una cena de gala, con una camisa de lino blanca que le hacía la piel mulata. Fue verlo y dar tres palmas. Me reí. Le pregunté qué era eso, que si no veía las pintas que llevaba, y no me dejó seguir porque sus labios me taparon la boca y se acabaron los quejidos. «Estás preciosa», me dijo con los brazos alrededor de mi cintura. Las barbillas juntas. Me hizo un gesto con la mano para que subiera al barco. Y recitó el menú con voz de doblador de dibujos animados, como si fuera el cangrejo de *La Sirenita*. Qué tonto era y cómo me gustaba.

Había pica pica de calamar que hizo él mismo y también ensaladilla. De entrante, unas almejas a la marinera y unos mejillones al curri con mucho mucho cilantro. Me lo contaba haciendo la pinza con los dedos como si fueran las manos del cangrejo. Descorchó una botella de vino blanco que tenía vaho en el cristal, se le quedó un poco de corcho dentro y tuvo que empujarlo con el sacacorchos para que entrara y dejara salir el vino. En el vaso cayeron algunos piquitos que flotaban. Él arrugó la frente y puso morros. Le dije que no me importaba. Le seguí el rollo con el acento, pero a mí se me daba fatal poner acentos. Aun así le hice una pregunta con esa voz ridícula: «¿Qué celebramos?». E hizo un gesto con las pinzas de sus manos como que nada y todo.

Y me vino un pensamiento a la frente que no quería tener, porque estaba siendo uno de los mejores días del verano. No, no quería pensar en eso, justo ese día, justo esa noche, en ese momento. Esa noche estaba siendo muy de hacer ese gesto con las manos como de vomitar por exceso de romanticismo, pero me encantaba. Porque todo estaba lleno de luz.

Y, de pronto, en la frente se me puso la redacción de la revista, en la ciudad que se suponía que me esperaba con personas que solo llevaban chanclas el mes de agosto. Eso que siempre creí que era lo que buscaba, ahora lo sentía como un cuarto oscuro al lado de lo que estaba viviendo en la isla.

¿Me había preparado una cena de despedida? Como todavía quedaban algunos días para que volviera a cargar las maletas en el coche, no se lo pregunté. Me daba igual, quería disfrutar del camino. Y esa cena era una curva agarrada a su cintura, una puesta de sol. Quería saborearlo des-pa-cio, como Irene. Héctor levantó la copa y yo también la levanté, y dijo que si brindábamos por mis talleres de cocina. Los hoyuelos se le marcaban y me daban ganas de mordérselos. Grité que sí, con muchas «íes». Y brindamos por mis talleres, por esa nueva forma de encontrarme.

Las almejas bañadas de perejil estaban muy sabrosas. «Y les has puesto vino, ¿verdad? Están buenísimas. Me entero a estas alturas del verano que no solo te gusta comer, sino que también sabes cocinar bien», le digo con retintín. Me contesta que se estaba guardando lo mejor para el final. No sé si refería al final de la noche o al final, final, como que la cena era una despedida.

El corazón se me aceleró y noté que me golpeaba un poco, pero se me pasó en cuanto probé los mejillones. Él soltó el cabo y arrancó el motor, y me contó, poniendo otra vez la voz del cangrejo, que la cena incluía vistas a la bahía de Banyalbufar. Cenamos mientras el *llaut* navegaba lento, rodeando el puertecito y la cala, y después nos alejamos un poco hasta que tiró el ancla. El silencio del agua, los cubiertos sonando en el plato y todas aquellas casitas de persianas verdes y azules amontonadas en la ladera. Otra vez me imaginaba que podía verme desde muy arriba, desde fuera, y pensaba que formaba parte de un cuadro de uno de esos pintores que vienen a la isla atraídos por la luz. La luna asomaba redonda detrás de la montaña. «Es imposible encontrar en la ciudad un restaurante como este», susurró. Tenía razón, pero sobre todo no había visto nunca una orilla como esa. Y se lo dije mirándole a los ojos, porque nunca había visto una orilla como la suya. Sé que podría haberse metido los dedos en la boca y hacer como que vomitaba, pero no lo hizo porque sabía que era verdad, que era imposible encontrarnos allí, en la ciudad. Que nuestro sitio era ese. Que si yo estaba allí no habría un nosotros. Lo intuí por la cena y por la despedida. Y porque luego lo hablamos mirando las estrellas en 3D mientras me acariciaba el pelo, con mi cabeza sobre sus piernas que ya creía un poco mías. Pero esas piernas no iban a venirse conmigo a un sitio sin mar. Un delfín no puede vivir fuera del agua.

Esa noche hicimos el amor como salvajes y después me convenció para que nos bañásemos. Con los muslos todavía calientes, me lancé al agua sin pensar y moví rápido los brazos hasta llegar a las escaleras metálicas que colgaban del barco. Él se tiró detrás de mí, dando un grito al saltar alto y caer. Apoyé la parte trasera de mis piernas en las escaleras, a la altura de los tobillos, y con el cuerpo estirado flotando abrí los brazos de par en par. Sola. Flotando. Libre. Sin nada de ropa que me apretara el cuerpo. Siendo un poco mar y un poco olas. Las hormigas no podían llegar allí. Escuché cómo se movía el agua y noté las piernas de Héctor sobre las mías, ocupando el mismo hueco, dejándose flotar al lado. Juntos.

Al amanecer, después de tomarme yo un colacao y él un café sentado en la cama del *llaut*, nos vestimos y saltamos los dos del barco, tocando el suelo firme a la vez. No lo vería hasta por la noche y solo nos quedaban tres más. A no ser que pasara algo, como un movimiento de tierra. Con los seísmos nunca se sabe qué puede caer y qué puede seguir en pie. Pero creo que no ha habido un terremoto en la isla desde que yo nací. Excepto aquel temblor del día que encontré la foto. Si ya no iba a buscar a papá, ¿por qué tenía que quedarme después del verano?

23
El encuentro

22 de agosto

No había ni una sola nube. Mamá estuvo toda la mañana conmigo en La Ultramarina. Decía que se encontraba bien y que podía bajar a ayudarme, que había mucho trabajo, que no entendía cómo había llenado la tienda de gente. «Marina, que yo he escuchado todos los días la campanita y entrar y salir, entrar y salir». Algunos coches pitaban porque otros se paraban en doble fila para bajarse un momento. La tienda se estaba convirtiendo en una exclamación en el mapa de la Serra de Tramuntana para residentes de todas partes. Como había pasado con todas esas tiendas con cortinas de calabazas de la carretera de Villafranca, que nadie podía dejar de parar al pasar por allí. Irene y yo también lo habíamos hecho con mamá. Y comprábamos dos o tres melones que estaban muy dulces y no sabían nada a pepino. El otro día me enteré por una señora que venía siempre que ya no quedaba ni una tienda en esa carretera, que las habían cerrado todas.

«Hoy ya podría haber abierto yo», me decía mamá. «Ya estoy bien, si hace días que no tengo dolores». Y me enseñaba las manos por delante con todas las líneas y por detrás con todas las manchas. Las tenía preciosas florecidas y me abracé a ella, que estaba suave, con las ganas del primer día de verano.

Cocinamos *sopes d'estiu* con albaricoques de Porreras que me trajo un señor muy amable que se había parado con el coche; me contó que era de allí y me regaló una caja muy grande llena hasta arriba. Además, me dejó listos, ya sin baba, unos caracoles que solo había que ponerlos en la salsa y hacer el alioli. Cuando mamá y yo íbamos por la calle caminando no andábamos con el mismo pie, pero allí dentro, cocinando, me daba cuenta de que íbamos al compás. La comida nos ayudaba a sincronizarnos. No era algo nuevo, pero ahora lo entendía mejor. Había entendido tantas cosas ese verano. Menos una, pero supuse que ya la entendería algún día.

«¿Cómo es que se me ha cortado el alioli?», solté enfadada, pero aguantándome la risa. Y ella me dijo con guasa que porque ella estaba allí. Los vecinos que entraban y encontraban a mamá otra vez en la tienda, aunque la habían visto algún día por la calle o en la cala, la llenaban de piropos. Que qué guapa, que qué bien, que cómo estás, reina, que qué alegría. Y a mamá se le abrían más las manos, pero resultaron ser de hibisco.

Subí a darme una ducha mientras ella se quedaba hablando en la puerta antes de echar la persiana. Comimos juntas. Irene también subió al pueblo porque sabía que había caracoles. No creo que el olor llegara hasta Palma, sino que se lo dijo mamá porque era una de sus comidas favoritas. Le gustaban tanto que un día casi se comió la cáscara sin querer. A mí me habían dado siempre mucha envidia. Los caracoles eran unos privilegiados porque no necesitaban decidir qué lugares habitaban, ellos siempre estaban en casa porque ellos eran casa.

Yo salí después de darles muchos besos a Irene y a mamá. Subí al coche y encontré sitio donde el día anterior. Tuve suerte porque a veces allí era imposible aparcar. Así que disfruté de ese trocito de paseo a pesar del calor. En Palma siempre se notaba más el calor, yo lo sentía mucho más y se me pegaba al cuerpo, mojado, como un pulpo.

Al llegar al psiquiátrico repetí mis pasos. Tenían un protocolo clarísimo, fue todo igual. Saludé a la de las orejas de perlas, me senté en los señores azules arrodillados, Marga me vino a buscar con su voz blanca, pasó la tarjeta por la ranura, entramos, las puertas se cerraron, saludé a las enfermeras, el cuadrado grande tenía mesas, no había nadie en los pasillos, di la clase, pero el señor que gritaba y se movía ya no estaba esa tarde.

Cogí la cesta de debajo de la mesa, Marga pasó la tarjeta, salí delante de ella, las puertas se cerraron, no había labios rojos en la recepción, me despedí de Marga, me preguntó si volvería la semana siguiente y le dije que no lo sabía. Se extrañó, me extrañé. Y quedamos en que ya me pasaría en otro momento y hablaríamos tranquilamente porque ella tenía una reunión. Salí, sin saber si regresaría.

En el parque de pinos del recinto paseaban algunas personas. Sentado en un banco, estaba el señor con el círculo en la cabeza y los dientes separados. Me miraba, lo miré. Yo continué caminando. Él estaba quieto en el banco, no gritaba. Me hizo un gesto con la mano, como para que me acercara. Yo no sabía si podía hacerlo porque Marga no estaba y no me sabía las normas en ese punto. Pero fui. Al llegar a su lado, dejé la cesta en el suelo porque estaba llena de tarros de mermelada y pesaba un quintal. Me hizo un gesto con la mano plana para que me sentara en el banco. Llevaba una barba larga y tenía muchas canas que parecían hilos gruesos colgándole de la cara. Me miró con las pestañas separadas y me dijo que lo sentía. Le contesté que no pasaba nada. «Tranquilo», se decía él a sí mismo. «Tranquilo». Y otra vez le salió un «lo siento» y se calló. Yo le sonreí.

Le debí caer bien a pesar de haberlo puesto tan nervioso la tarde anterior porque iba a darme más conversación, pero yo tenía prisa porque quería estar más rato con Héctor y le dije que ya hablaríamos otro día, que a lo mejor volvía, y cogí la cesta. Él la miró mucho. Me la colgué del hombro, le dije adiós y me dirigí hacia la salida. No llegué. Antes de la barrera ese señor gritó, con un grito como cualquier otro grito, solo para que lo oyera: «Marina».

Y me pareció que la voz se le rompía un poco. Me giré rápido. La cesta se me cayó al suelo. Los tarros seguían dentro, nada se rompió. Me quedé congelada, sin dejar de mirar a ese hombre que me había llamado por mi nombre. Y de la cabeza a la boca me salió en alto: «¿Papá?», le contesté, cortando la «pa» y la «pá» con el cuchillo del tiempo. Él movió la cabeza arriba y abajo, lento, muy lento, como el paso de un caracol. Y empecé a notar hormigas que iban mordiéndome fuerte por el pecho. No sabía si andar hacia a él o matarlas a todas. Porque cada paso que daba sentía más hormigas comiéndome, hasta que llegué a sus brazos. Y los agujeros de la nariz se me abrieron, echándose a temblar, y los brazos peludos de ese señor me rodearon entera. Tenía hormigas por todas partes. Yo temblaba y él no. No temblaba nada. En sus brazos no temblaba nada.

Papá tenía los ojos más pequeños que en la foto, debía de ser por el musgo que se le había acumulado alrededor de las pestañas y en los párpados, y también a los lados de la nariz. Nos mirábamos como dos monos que se reconocían. Y nos tocábamos partes de la cara, como para comprobar que estaban ahí y que eran de carne. Que la carne estaba caliente. Que latía. Levantó el índice y me tocó el punto de la barbilla. Las lágrimas me caían a borbotones, pero no eran como otras, estas eran diferentes. No eran negras. Tenían sal, como todas, pero estas lágrimas eran azules y brillaban.

Yo empecé a cavar túneles con mis dedos en su barba y encontré también una cueva. Como la mía, como la suya. La barriga se me movía como si tuviera hipo. Y las lágrimas me caían lentas, cada vez más gruesas. Y a papá también se le llenaron los ojos pequeños de sal. No sabía que en el sol hubiera sal. No nos dijimos nada durante todo ese rato, porque era como si en esa distancia tan corta entre los dos se hubieran acabado las preguntas.

Me dolía la cabeza, sentía una presión que me subía de la nuca. Éramos dos extraños buscándonos con los dedos y con los ojos en cada tramo de piel. «Tienes tanto musgo en la cara», pensé. Es que estaba lleno de musgo por todo. Y le olía la piel del cuello como las rocas de la costa cuando baja la marea. Se me quedaron los brazos dormidos a los lados del cuerpo. Era como si me hubiera subido una presión muy fuerte, ese fuego dentro de la cabeza, y ahora hubiese bajado de golpe. Estaba flotando. Nos mirábamos flotando con los ojos encharcados y no nos decíamos nada. No sé cuánto tiempo pasó hasta que le pregunté: «¿Qué haces aquí?». Creí que no me iba a responder porque tardó mucho en abrir la boca para decirme que ahora que estábamos juntos otra vez no quería asustarme. Otra vez. Me parecía mentira escuchar eso. Que me lo contaría con calma si nos volvíamos a ver. «Claro que nos volveremos a ver, papá». «¿Y tu hermana?», me preguntó, con sus ojos en mis ojos y los míos en los suyos. No supe qué decirle. Y me quedé callada un rato sin bajarme de su mirada.

«¿Está bien? Ya sé que no quiere verme». Y esa frase fue como un relámpago que me pasó de arriba abajo, que entró y salió y me dejó el cuerpo dormido un rato. Mis cejas se juntaron en la nariz arrugada, mis ojos pegados a los suyos como si estuviéramos enchufados por las pupilas pasándonos toda la información. Y esa sacudida, porque primero vino el relámpago y después el trueno, me hizo polvo, pero también me alivió. Empezó a diluviar y de los pinos se fueron filtrando las gotas, que caían a chorro sobre las pestañas de papá. Pero yo no quería moverme. Nos empapamos. Tenía el vestido como si me hubieran tirado al agua. Los vaqueros de papá se volvieron más oscuros. Y nos quedamos inmóviles hasta que paró.

Nunca había pensado cómo sería ese momento porque creo que por más que lo imaginara, por más que deseara con todas mis fuerzas encontrar a papá, en realidad me daba tanto miedo que todas las opciones que se me ocurrieron fueron muy borrosas. Ahora sé que no se siente miedo al lado de un padre, por lo menos no al lado del mío. Debería poder sentirlo todo el mundo. Tenía ganas de contarle muchas cosas.

«Papá, no hace falta que nos movamos de aquí, tenemos todo el tiempo del mundo. ¿Te gusta la mermelada de berenjena?», le dije. Se quedó pensativo. Y me contestó, tranquilo: «Ya no». Lo que yo no sabía aquel verano era que todo el tiempo del mundo que nos quedaba por delante a papá y a mí juntos serían solo tres años más.

24
Papá

Otoño de 2016

Desde que papá murió por segunda vez hace unos meses, cogido de mi mano, he estado pensando casi todos los días en el tiempo que nos perdimos.

Ahora que él de verdad ya no está, no puedo dejar de darle vueltas a qué habría pasado si todas las personas de su alrededor no le hubiesen señalado con terror los fantasmas de la cabeza hasta acorralarlo. Mamá y papá se conocieron sin fantasmas y se casaron teniendo algunos. Irene nació y había fantasmas por todas partes. Yo nací y papá, muerto de miedo, se fue. Le dieron infinidad de pastillas. Lo internaron. Le dijeron que no podía hacerse cargo de sus hijas y él se lo creyó porque la correa del miedo, los fantasmas, las pastillas y los muros altos le apretaban hasta casi ahogarlo, y con aquello rodeándole el cuello sintió que era un monstruo con un montón de fantasmas dentro que podían destrozarnos sin querer y que lo mejor que podía hacer para mantenernos a salvo era encerrarse en una jaula. Apartado. Fuera de la sociedad. Y entonces lo pactaron. Y mamá nos mintió. Si ella no hubiese tenido tanto miedo de lo que le pasaba a papá, a lo mejor no habría dejado que se lo llevaran tan lejos los fantasmas de la cabeza. No culpo a mamá. Solo digo que a lo mejor si le hubieran explicado sin miedo qué le estaba pasando a papá todo habría sido muy diferente. Él me habría esperado casi todos los días a la salida del cole. Nos habríamos bañado juntos por primera vez en el mar. Y por segunda y tercera. Y muchas veces más. Lo habría visto llegar con una rebeca y un maletín de cuero después de dar clases en el instituto y me habría enseñado a sumar y a restar mejor que nadie. Habría probado mis galletas irregulares de la caja. Me habría pillado cogiendo paté del mostrador. Habría participado en el campeonato de pizzas de los viernes y seguro que lo habría ganado. No habría zarandeado nunca a Irene. Ella no le habría cogido nunca tanto miedo. La abuela no lo habría odiado. A mamá no se le habrían marchitado nunca las manos. Nunca habrían vetado nada. Y todos podríamos entrar y salir de las profundidades todas las veces que nos diera la gana. Irene habría estudiado exactamente lo mismo, pero yo no habría huido a Madrid. Mamá me habría dicho que le parecía bien lo del psicólogo, si yo le hubiese hecho la pregunta de lo del psicólogo. Tendríamos muchas fotos juntos con el fondo azul salado con dos, tres, cuatro, cinco, seis, siete, ocho, nueve, diez, once, doce, trece, catorce, quince, dieciséis, diecisiete, dieciocho, diecinueve, veinte, veintiuno, veintidós, veintitrés, veinticuatro, veinticinco, veintiséis, veintisiete, veintiocho, veintinueve años. Yo no habría renunciado al trabajo en aquella revista cuando terminó el verano. Irene no habría desaparecido tres días después de atreverme a decirle que había quedado con papá. A mamá no se le habrían curado nunca las manos si no hubiese podido contarnos la verdad. No habríamos estado las tres en el hospital mientras él se moría. Haciendo turnos. Sosteniéndonos. Juntos. Los cuatro. Yo ahora no viviría con Héctor. No me pondría cada día el delantal de La Ultramarina con mamá. A la abuela la habrían desahuciado. Y yo, seguramente, no tendría hueco para este niño que se está moviendo dentro de mi barriga.

25

Alas

Papá no habría estado muerto durante tantos años de mi vida si todas las personas hubiesen entendido que la locura en cualquiera de sus formas no es un monstruo que haya que encerrar. Aunque la locura nos asuste a todos, incluido papá. Sobre todo a papá.

Pero eso no pasó y papá tuvo que morir dos veces.

Agradecimientos

A Bárbara por aquella tarde de verano en la que te conté que empezaba con esta historia. A Alejandra por ser agua clara cuando estaba bloqueada. A Carlos, el pastelero de moda, por el cuaderno de recetas antiguas lleno de letras con tirabuzones. A Roberto por ayudarme a entender tantas cosas y dejarme sola en esto. A las personas de la Sobremesa de los domingos. A las mujeres que escriben. A las grandes ausencias de mi vida.

Y, especialmente, a Gonzalo y a Ana, mis editores, por señalarme las alas y permitirme desplegarlas sin prohibirme ni una palabra.

A Jaime, mi amor, por entender que todos los planes juntos podían esperar mientras escribía día y noche esta novela.

Gracias, gracias, gracias.

Este libro
se terminó de imprimir en España
en el mes de julio de 2023